普罗米修斯已松绑

陈希我 著

北京出版集团
北京十月文艺出版社

目录

普罗米修斯已松绑

老掉牙情节

我实在看不上这个本子。一个老掉牙的故事：抗战时期，日军占领了中原某村庄，逼迫村人把一个游击队员交出来。剧情毫无新意，好学生的作品嘛！我一直看不上这个人。

但学院领导已经敲定要演他的本子，要我导演。校庆一百周年，学院用这剧目展示文学院学生的创作。就这水平？我不想接受。院团委书记找我谈话。剧本作者也找我，说：

"不就导一导嘛！"

"导演是一门艺术，严肃的艺术！"我说。

"严肃！是的！"他说，"是要严肃。"

我知道他理解的"严肃"跟我不是一个意思。我自己也觉得这个词用得不恰当，这是个被糟蹋掉的词。"反正不能敷衍！"我又说。

"嗯。"他那眼神，我都替他想好了话，"什么嘛！要不是必须有个导演名字，我这本子，没导演也照样演！”

不是有句话嘛，一个剧组里，什么都不会干的就干导演。但我坚定认为导演才是一部剧作的灵魂。对脚本没有感觉，导演的灵魂就出不来。拗不过我，团委书记答应我可以把剧本做个修改。“让故事更生动一些。”团委书记说。她也是文学专业毕业的。她说得很委婉，用的是“更”，毕竟不能否定原作。

我提出，原故事发生的村庄应该与众不同。

“典型，‘这一个’！”团委书记说。

“是‘陌生化’。”我说，“‘陌生化’才产生审美。”

“什克洛夫斯基。”张导说。他毕竟是文艺学专业毕业的。我们把辅导员叫“×导”。张导一直欣赏我的才华。“我是‘导’，现在你也是‘导’。”他对我说。其实我觉得只有导演才配称为“导”。“说说你的方案！”张导说。

这可以是个被日军占领的村庄。但要弄清楚，说是被占领，其实不过是被扫荡过。我看过有关资料，中国地广，日军兵力铺不过来，所以往往采取扫荡的方式。扫过了，走了，留部队在炮台上盯着。

但这个村庄有所不同，有个日本人驻扎在这里。说是“驻扎”也不准确，这个日本人不是兵，是普通人，也没穿军服。他为什么在这里？他喜欢中国文化。我这是受电影《霸王别姬》启发的。这地方有古城遗址，或者干脆把这日本人设置成文物贩子。他会一些中国话。当然也不排除他是间谍。但这在这个剧本里并不重要，重要的是他的存在，让村民在日常生活中接触到了日本人。这时我想到的是姜文的《鬼子来了》。我最崇拜姜文了，崇拜他的狂，创作力爆棚。这日本人爱喝酒，常常喝得烂醉。他醉后就撒野，喜欢欺负妇女。无数的抗战叙事都讲到了这一点。村里人对他，嗯，敢怒不敢言，应该是，中国人的懦弱。村里女人像躲鬼一样躲在家里。那鬼子就更耀武扬威了，喝醉了酒，像李白一样，只不过用的是十分不标准的中国话，说：

“一夫当关，万夫莫开！”

原剧本写游击队，这可以保留。炸铁路、偷袭炮台什么的，各种事迹传扬。这些游击队也到村里来，都是半夜三更，那个日本人喝醉了，关灯睡觉了，他们才来，避免跟那个不是军人的日本人发生冲突，保存有生力量。村里人也对他们的到来，感觉很复杂。他们没有番号，村庄被耙地一样地一茬一茬来军队，都搞不清是什么军队，其中也有游击队改编的叫“新四军”的，穿着军装。村里人喜欢这军队，据说村口一家人的儿子就是新四军。只是大家从没有见到过他穿新四军军装的威风样子。大家对“新四军”这个称呼叫不顺口，仍是称游击队。

一天，那日本人喝醉了酒，竟然闯进了一户人家，把人家女人给糟蹋了。那女人提了吊绳自杀了。本来想着惹不起躲得起，可以躲家里，现在鬼子竟闯进家里来了。就是家有身强力壮的男人，敢反抗吗？不反抗，那么自己家的女人就要被糟蹋，就得去死。

这天来了一个游击队员。没有穿军装。他说是执行任务时耽搁了，要在村里借住一宿。村里人问可知道村口那户人家的儿子？回说不知。大家就怀疑他不是新四军，对他有点不放心。但这个人听说发生了鬼子糟蹋女人的事，气不过来。

“祸害不除，永无宁日！”他说。

说得铿锵有力。道理谁都懂，但大家见鬼子腿都要发抖。他自告奋勇去杀那鬼子。大家想借他的力，重要的是他手上有枪，枪就是胆。于是大家自愿加入。当然应该有胆小鬼，特别是家属。于是有人来，把自己儿子叫回去。当然，乡亲面前，怎么好意思直说不敢？毕竟胆怯不是好品德，谁也不愿意声称自己就是没有正义心。于是就找个别的理由，比如说家里的活还没做完。于是又有人受了启发，也用这个理由。

但也有勇敢的。人物必须这么设置，这在技术上叫作取得“参差”效果。带路的就是最勇敢的，因为他必须在最前面。其他人只是在后面跟着。翻墙，摸门，拨门闩。他所处的位置甚至比那游击队还前沿。但他手上没有枪。他想好了，到时候摸上什么硬家伙，凳子、瓦罐、石头什么的，砸过去。

因为喝了酒，那鬼子睡得很死。还打呼噜。大家才知道鬼子的呼噜声原来跟吹口哨一样。来扫荡的日本人也爱吹口哨，这使得大家一下子觉得面前这个日本人就是军人。有些兴奋，也有些紧张。这呼噜像哨声一样细，也就没办法遮掩大家摸索的声响。哨声细得让人担心会忽然断了，让这边的声音显露出来。特别是拨门闩，就是控制得了拨上去，门推开，门闩也会落下来，到时就会发出声响。把那鬼子惊醒，怎么办？好在那游击队员手上有枪，可以远距离射击，不必冲到炕前。这就是枪跟刀的区别。但房间里很黑，目标不清。那游击队员毕竟是游击队员，教拨门闩者一拨起，立刻猛推开门，故意发出大声音，惊动那鬼子。那日本人一翻身起来，就有目标了。就射击。一枪不能毙命，两枪三枪也铁定毙命。

果然，一枪就让那鬼子毙命了。

但枪声也惊动了炮台上的日本人了。立刻调动军队，把村庄包围起来。这是原来脚本的情节，好吧，可以用。全村的人都被拢到打谷场上，追查凶手。大家叫那游击队员走，但他不肯。在日本人来前他还有机会逃走的，但他说要跟大家有难同当。但在大家看来，他在，只能增加麻烦。他在，罪证就在。好像他不在了，杀日本人的事就追究不了了。

“我知道你要把我作品改成什么样了！”原作者抗议，“请尊重我的原创！”

“你那是‘创’？”我说，“几十年的老套了！”

“这叫经典性！”他说。

“经典性不是平庸！”

“你这是钻牛角尖！”

“我是挖掘得更深刻！”

“深刻？就是往坏里挖？”

“话不好听，但你的话还真说对了！”我说。

辅导员还开明。应该说，当时整个创作氛围还是开放的。“毕竟是在原作基础上修改，还得尊重原作吧？”张导只是斟酌这个。

“那我可以重新创作一个。”我说。与其这么被原脚本掣肘，不如另起炉灶。“我也会创作，张导您知道的！”

“知道是知道，但现在你的任务是导演。”

“我新创作的更有意思。是现实题材，现实主义……”我用了

“现实主义”这个冠冕堂皇的帽子。

“现实中有日本鬼子？”原作者问。

“不一定就要日本鬼子，现实生活中也有坏人，比如，黑社会性质的坏人。”

“你不要告诉我，游击队员，你用警察来代替。这也是抄袭！”

“是不是抄袭，我不跟你理论。但我可以告诉你，我才不会用警察替换游击队员。处理现实经验的功力在于：去职业化标签、身份化标签，把人作为人来考察，深入到人的内心世界。”

我这话打动了辅导员。张导毕竟是硕士毕业的。

我的新创

我可以设置一个别墅山庄。这里的住户都是从城市来的，他们从当地农民手里买了房子，进行改建或者拆掉重建。只是这样的房子没有产权。市房地产公司的经理，人物姑且先依“百家姓”姓氏顺序吧，这经理就姓赵，赵经理，他也办不下产权。

但赵经理也无所谓，他只是随便买下，权当别墅。便宜，没产权就没产权，能住就行，住多久算多久，周末来住一住。那时是九十年代初，还没有双休日，周六晚上上来，周日晚上就得下山，还得花几个小时做卫生，也觉得这房子没什么意思。渐渐地，几周都懒得上来了。

钱总却很有兴趣。他是一家食品加工公司的老总。他是在一个商业场合跟赵经理认识上的，知道了有这么个地方，他看上的是可以登山减肥。“你真该到我那山上锻炼锻炼！”当时赵经理开玩笑道。言者无意，听者有心，钱总上心了，让赵经理带去转了一转。那时还不是山庄，只有几栋像烂尾楼一样的建筑。村民们自己都住在远远的他们自己的村里。

“怎么都是建得半拉子的？”钱总问，“资金链断了？”

赵经理笑道：“他们哪有什么资金链？他们把这些房子建得半拉子，是不想把钱再投进去。反正你们也得拆了重建。”

实行双休日后，赵经理有点后悔自己当初没有把房子拆了重建。农民建的那房子，土不拉唧的，样子难看，功能不全。这提醒了钱总。钱总买下时，把房子全拆了，找了家设计公司设计，建得像白宫一样。开车在盘山公路，远远就能望见这个白宫。这让赵太太不舒服，越发不喜欢自己的房子了。

其实最初想去山上居住的不是赵经理，是他太太。赵太太一直没有生养，吃斋拜佛也没有见效。虽然没见效，但她迷上此道了，将之作为修行。山上的环境适合修行。对钱家，赵太感觉复杂。因为他们存在，山里确实热闹了一些。钱家有三个孩子，两个是超生的，反正他们家钱多，不怕罚款。这又让赵太反感，觉得钱家充满了铜臭味，自己的丈夫虽然是经理，但不过是公职人员。虽然捞了一些，但毕竟不是光明正大赚来的，有钱不敢花。当然从佛的角度，万事皆空，财富乃空相，花钱也是空相。那么生儿育女不也是空相吗？她是为求空相而来信佛的，有些荒谬。但从修行的角度说，并不荒谬，因为修的是现世幸福。也因此她讲究修行环境要美。

好在钱家房子离这边远，吵不到这边来。只有钱家活色生香的景象对赵太的修行有点影响。但钱家在山上待的时间不会超过两天，一是孩子要上学，二是山上没手机信号，钱总这样的生意人怎么受得了？虽然最初他把这缺陷说成了好处：

“更好，我就可以不被他们烦了。事情交我助理去办。我也清净两天。”

他最初甚至还让妻子带着孩子先下山。反正他有专职司机。他一个人在山上逍遥。但他仍然不放心山下的生意，结果是，他下山的时候比妻子和孩子的还要多。

赵太不能理解的是，她的丈夫工作那么忙，怎么还有精力当“皮条客”，又把一户人家拉了上来。赵经理说：

“人家是处长。人家提出来了，总不能不答应吧？”

处长姓孙，是赵经理公司上级主管部门国土局的官员。赵经理之所以介绍孙处来，不只是因为他是上级主管部门的处长，而是他说可以办下房子的产权。赵经理问赵太：

“可以办下产权，有什么不好？”

“真的？”赵太道。她已经离不开这里了。她甚至不是节假日都上来，反正她那个闲班可上可不上。她在一家私企上班，那私企老板看赵经理眼色吃饭。

孙处真的办下产权，而且把关系介绍给赵经理办。赵家非常感激孙处，他们关系走得非常近，经常串门。孙处的太太老不见上来，赵太发现孙处房子里，夫人的照片一张也没有。当然，新房子嘛，又不常住，哪里搞得那么齐全？但赵经理从国土局的议论中知道，孙处的太太想跟孙处离婚。要问为什么离婚？无论是孙处还是孙处的太太都只说感情不好。于是又有人传孙处的太太外面有人了。

孙处好像外面并没有人，不像那个山坡上的人。那人从不跟大家来往，也从不见孩子。一男一女，赵太眼睛判断，那女人不是太太，像是“二奶”。不管是不是，总之赵太把他们称为一对“野鸳鸯”。

“哎呀，你管人家干什么！”赵经理制止她。

“我就是眼里揉不进沙子！”赵太说，“这里可不是藏污纳垢的地方！”

“人家过人家的……”

“是不是你也想过那样的生活？温柔乡。你们男人哪！”

“男人？孙处不也是男人？”

赵经理就拿孙处出来搪塞，他知道自己夫人赞赏孙处。赵太认为孙处是正经男人。孙处好像是把山上当作避难所。“周末，也没什么地方去。”有一次孙处说。赵太捕捉到了他的寂寞，想：是啊，平时上班，还可以在单位待着，周末在家，跟一个要跟自己离婚的女人低头不见抬头见，这日子太难熬了。

赵太母性出来了，常拿些食物过去给孙处。后来，赵太每次上山，都惦记着给孙处带吃的，卤肉干、豆腐干，后来知道孙处啃凤爪，又带凤爪，还有鸡翅。但孙处似乎有点烦她了，躲着她。她也看出来了，但她把对方的逃避当作孩子对母亲的逃避。

赵太的行为，让赵经理心里委实有点不是滋味。“你就不要烦人家了！”他对妻子说。他不好直接表达自己的醋意。

“都像你，这么冷漠！”赵太说。

“我是冷漠的人？”赵经理辩解。

“好歹是你的上级单位领导吧？”赵太又说。

这还说得通。想想，也是。

赵太对这个地方上心，赵经理就也觉得这里有家的感觉了。他这才后悔当初没把农民的土房子拆了重盖。特别是眼看着自己快退休，就要闲下来，往后余生难道就要跟这样的土房子一起过？当然这危机，与其说是对住房，毋宁说是对退休本身，他必须有事情做。他开始开垦屋边的一块荒地。开垦让他想起他上山下乡的年代，那时候自己那么年轻，开荒种田，战天斗地，青春好像又回来了。

赵太对这也很赞成，自己种些蔬菜，绿色食物，自然生活，跟修行在精神上一致。她还把种出来的菜送给孙处。当然也会把瓜果送给钱家孩子，她喜欢孩子，虽然钱家孩子让她觉得吵，但她还是打心里喜欢的。这么一送，钱太也送来了礼物。赵太才感觉到其实钱太人不坏，只是平时没有接触。又发现，自己其实是喜欢接触人的，这跟她的信仰并不矛盾，中国的佛教是现世信仰，讲人与人之间其乐融融，和谐相处。

钱太受了启发，也开始开垦种菜。她是行动力很强的人，还开始养家禽。放养，山上围个大网，鸡鸭在里面跑。不吃饲料，很绿色。她漫山遍野追鸡鸭的样子，一点也不像一个富太太。“都是穷苦过来的。”她说。是啊，想想，赵太自己不也是看着自己的丈夫一步步仕途升迁。钱太应该也是原配，当初嫁给钱总，钱总也还不是“总”，天知道丈夫后来会成功。

杀了鸡鸭，钱家也送过来，尝尝鲜。赵太觉得不好意思，决定也养，到时候杀了也分给钱家。

一片片的菜地吸引了一个人，他是休假来随便逛逛的。“无忧无虑，这真是农家乐啊！”他学鲁迅《风波》里的城里游客，叹道。

他路遇孙处，向他打听怎么在山上买房子。他自我介绍姓李，是师范大学的教师。孙处自己也是大学毕业，后来走上仕途，但一直有知识情结。特别是当在单位遇到不顺心的时候，就感叹不如去当个知识分子。所以他一听对方是大学教师，就有亲近感。他愿意给他提供帮助。当然，办产权的资源他没有提供。李老师也不在乎，他说北京宋庄那些艺术家也没有得到产权，不是好好的？孙处才知道对方是美术系教师、画家。再看看那样子，确实一副艺术家的气质。李老师看中的可不是种菜，而是种花。他喜欢画花卉，从此以后可以画自己种的花卉了。有这么大的土地可以种花，那是在城市里想都不敢想的。

“只有澳大利亚才可以。”他说。李老师的儿子在澳大利亚读大学。他感叹澳大利亚移民越来越难，只能做好与国内共舞的打算。

暑假一开始，李老师就急急忙忙搬上来了，刚好适合避暑。收拾房屋时，大家才真正看清了他的夫人的长相，很柔弱的一个女人。最初大家叫她李老师夫人，但她不喜欢，说自己姓吴，和丈夫同一所大学，只是不同系，中文的。大家就叫她“吴老师”。

李老师和吴老师分别招呼自己的同事，约时间上来玩。但李老师不知道，任何事情都是建立在规则之上。他只想到自然规律，没有想到人为规则。或者说，他也知道人为规则，但没想到这里也有，而且是“潜规则”。山区难以发展经济，这些村民发现了一个生财之道：农村人往城市跑，城市人却往农村跑，那么，何不搜刮他们一下？于是来收费，名为管理费。

这些城市来的人本来是抗拒的，他们可不是这么好欺负的，何况他们中有的是掌握权力的，比如孙处、赵经理。但孙处经过三思，不敢把事情闹大，怕查起他房子的产权问题来。钱总倒不怕查，他房子本来就没产权，他完全可以动用他的关系，他也是有当领导的朋友的，但他也没有干。作为商人，他打点惯了。再说这些村霸也没要多少钱，花钱消灾。那对“野鸳鸯”也不敢造次，这本来就是他们的秘密处所，闹大了，就可能暴露了。

但最初他们还是想过通过村干部来解决。孙处去找村干部，毕竟是当领导的，思维是走组织程序。再说这些村干部，他们也是打点过的。但村干部都跟这些村霸沾亲带故的，只是过后跟那些村霸说说，让他们不要这么干，城里人来，要友好，热情好客。那些村霸说：

“我们就是好客啊！我们给他们当保安，还不好客？”

村干部就用这话回这些城里人。谁都知道这不过是拿筷子遮鼻子，但也没办法。好在好歹有个说法了。当然这说法实在太不像样了，他们除了收钱时来，平时影子都不见。钱总本还想让他们总得干些什么，拿了我的钱嘛！

“瘟神，送走还来不及！”赵经理说，“这社会就是这样，那些坏人，有时候还真拿他们没办法。”

钱总也觉得对：“就是啊，明知是鬼，也得当神供。”

“就当作施舍了！”赵太说。心里又觉得不对，施舍是这样的吗？“就当打发乞丐！”

钱太说 ：“喂狗！”

钱太又朝她的孩子们，“喂狗！”做出狗的样子。孩子们笑了，这开玩笑化解了孩子们质疑的目光。特别让钱太担心的是，她最大的儿子已经在摩拳擦掌，一副要冲出去的模样。

孙处一直没说话。自从找村干部不奏效后，他就不说什么了。人们只看见他腮边一下一下暴着牙龈痕。他好歹是领导，竟然在这个地方要低头。当然他也知道能屈能伸，要不然怎么坐到处级这位置？只是在心里，他觉得腻歪。

那对“野鸳鸯”也觉得腻歪，生活本不该这样的。他们确实不是夫妻，他们是为爱走到一起的。男的带女的来到这里，是来建立一个爱的世界，却不料遇到了挑战。爱是绝对要理想化的。何况男的还曾经参加过对越自卫反击战，动不动就缅怀当年的战场，自己的英勇。“虎落平原被犬欺！”他只能叹息一句。为了表示不驯服，他每次交钱时，都故意不小心地把钱丢到地上去，又做出要去捡起的样子，却迟迟拖着，等对方去捡起来。

村霸也知道这个男人是故意把钱丢地上，但他们也无所谓，只要拿出钱来就行。他们很务实，只要钱。要知道现在不好赚钱，去给人打工扛活自不必说，就是做生意，也要低声下气，顾客是上帝。这个能挣钱，比做生意强多了，弯个腰捡算什么？脸能当饭吃？只要给我钱，你们都是我祖宗。

无论抢的人，还是被抢的人，都很务实。我觉得，这是我剧本的新意。

甚至大家多少还抱着侥幸，在这穷乡僻壤，确实也需要保护。要是真发生什么事，找警察，离得太远，远水解不了近渴。这些收了保护费的人毕竟在村里，村霸是当地人，坏人可以治坏人，多少会给予帮助的吧？这些人也确实留下了他们的手机号码，说有事可找他们。

“坐着收钱，你们平时总要做点什么事吧？”钱总提出。

他们于是就隔几天来个人，扛着扫把，扫一下地。

只有赵太还是有点不甘。“钱拿了可以，但要开收据！”每次交钱，她都提出。

“没纸。”

赵太拿出纸。村霸就随手写几个字，那字猫爪一样，赵太也认不清写的是什么。谁心里都明白，这破纸一点效力也没有，只是赵太这么折腾一下，她气才顺了。

大家渐渐也习惯了，把这种付费当作过好生活必须付出的代价。村霸们一个月来收一次，没有遇到任何麻烦，直到李老师来的这个月的月底。

“什么钱？”李老师不懂。

村霸听李老师那口气，解释说是服务费。

“我们委托你们服务了吗？”

“我们是村里的……”村霸说得很含糊。

“拿证明来！”李老师说。

村霸当然拿不出来。“一直是这样的嘛！”他们说。

“从来如此就是对的吗？”李老师说。

村霸愣住了。他们没料到这个人会这么问。“我们跟你没法说。”他们本可以动粗，但又怕被其他户知道了，一起来抗交。他们准备先转到别户去收。却不料，这个家伙竟然跟了出来，跟去孙处家里。村霸是两个人，用一人把他堵住。他就在坡下叫孙处：

“这种事，你们就答应了？”

孙处正掏出钱来，搁住了。听着李老师一次次叫，他的脸红了。他感觉无地自容。他愣了一会儿，把钱收进钱包里，把钱包揣进衣袋里，出门去张望李老师。本来，孙处即使拒交，也可以回屋里去，把门关上，无论是村霸还是李老师，统统不理。但他却迎出去看李老师，他是给自己一个机会，用李老师的勇敢鼓起自己的勇气。

孙处出门，也看到了赵经理。赵经理觉得自己是最先开发这个山庄的人，所以任何事都应走在前头。何况是闹在孙处家。赶过来才知道是李老师抗交保护费，也不让孙处交。孙处有难，他自然更要协助。他的办法就是息事宁人。他也合着村霸在拖李老师。还有李老师夫人吴老师，她当然是为自己的丈夫。李老师觉得赵经理成了村霸的帮凶，拿胳膊肘顶赵经理。赵经理本来也可以不管的，但李老师说出一句话后，他就不能不管了。李老师的话是：

“让媒体来曝光！你们这些人的行为敢暴露在光天化日之下吗？”

这些人倒不怕暴露，我是流氓我怕谁？赵经理却紧张了，他怕事情闹到媒体上，他产权的事就被拔出萝卜带出泥了。于是他企图制服李老师，比那些村霸还用劲。“这社会……都这样……”

“我们小民被欺压也就算了，你们领导也被欺压，你们也认了？你们官威哪里去了？”

李老师也懂得抓住对方敏感处，刺激对方。无奈赵经理不在乎。“什么官威嘛！你以为官员什么都能干啊？”

感觉拖不走，这李老师一定要冲向孙处家，赵经理改变策略，示意村霸们，索性让李老师进孙处家里去。“在外面吵吵嚷嚷，影响不好！”他向村霸们说明。

村霸们也同意，他们也怕李老师的抗拒声会被其他家听到了。李老师被赵经理拥着后背，推到孙处面前。孙处只能迎客。大家进来了，让村霸在门外等着。

“你们看着办吧！”村霸说。

“我们当官员的也不是什么都可以做的。”赵经理继续絮叨刚才的话，“特别是，现在抓得很紧，我们怎么敢？”

“被欺负还不敢反抗，那还当什么官啊？”李老师继续刺激，“你们是那么胆小的人吗？”

“当然得胆小，你不知道，我们现在就是如履薄冰。”

“那就没腐败了？”李老师说。

“谁……谁腐败了？瞧你说的，我们这里谁腐败了？”

“你敢说自己很干净？”李老师不依不饶。

“李老师你说什么嘛！”赵经理道。

“邪不压正！那你们怕他们什么？”李老师说。

“谁怕他们了？”孙处怆然叫起来，把赵经理吓一跳，李老师也怔住了。平时他没有把孙处当官员看待，这下真是拿出官威来了。

"老虎不发威，以为是病猫！"孙处叫，就要去开门。

村霸就在门外，赵经理料到这一开门，孙处肯定要跟村霸闹翻。两虎相斗，都没有好结果，这样他自己也要倒霉了。他死死拉住孙处，叫着要冷静。"冷静！千万要冷静！孙处，不要因小而失大啊！"

孙处甩掉他，把他甩得踉跄。孙处轻蔑道："什么是小？什么是大？你有你的价值观，我是讲原则性的！"

原则性！赵经理猛然意识到面前这个是他的领导，虽然不是直接领导，也是上级部门的。孙处这甩手，就像是把他甩到角落去。孙处这话，无疑是在政治思想性上否定了他。不安，畏惧，羞耻，让他脑袋猛地一轰。一股孤注一掷的气猛地注进他身体里。他站直身子，叫：

"谁不讲原则性？谁没有原则？谁没有尊严？我愿意这样吗？谁都是有人格的人！孙处说得对，我也不想交！我们就不交了！看他们拿我们怎么办！"

其实此时外面只有一个村霸了，另一个跑"野鸳鸯"那里收钱去了。"野鸳鸯"姓周，两个都姓周，都是税务机关公务员。他们确实不是夫妻，他们各有家室。这山上房子是男周瞒着妻子买的，男周父母有钱。男周经常带女周上山玩，并不长住，也不过夜，所以村霸不容易逮住他们，总要来几次才撞上。今天却被撞上了。男周直呼倒霉。

外面，李老师的叫声，这边听得清楚，男周想装作听不到都不行，因为边上女周在用眼睛审视着他。他们是因为议论单位那些苟且的人，走到一起来的。彼此认可，于是生爱。现在，是检验他们跟那些他们所不齿的人不一样的时候了。如果他们装作不知道，那么他们就跟他们平时所鄙视的人一样。我这成了什么了？正确的举动应该是冲出去，声援。不，参加战斗。你不是曾经上过战场吗？你不是曾悲叹这时代英雄无用武之地吗？你不是认为沉闷的生活造成人精神萎靡吗？

但男周的腿站不起来。

当然可以像平时那样表示出轻蔑，表示自己早已对这个世界绝望。绝望，不是很好的理由吗？反正绝望了，还争什么？很多人用绝望来掩盖自己的怯懦和慵懒。这么一来，绝望而能发声，就已经够勇敢的了。当然，绝望还发声，说明你仍然抱着希望，可笑。好吧，可笑就可笑，我就可笑了。这样，发声就已经是勇敢的作为了。于是他骂了起来。

但骂着骂着，还是应该有所行动，只停留在骂，他自己都觉得在虚张声势。在自己爱的人面前，他简直说不过去。爱是严苛的，不能来半点虚的。

当然男周可以把球踢给女周，你不是也没有行动吗？但你是男子汉，总不能跟一个女的计较吧？这又是一个困境。何况这个女的是你爱的人，你必须顶出去。于是他站起来，在房间里走。他不是站不起来吗？但他竟然能走了。他只是害怕走出去。

他本来可以这么一直走下去，在房间里，表示他的愤怒，他的决心，他的勇气。但糟糕的是他自己对自己也有要求，他不能容忍自己在爱的人面前这么表演，爱是扪心的，扪心问，我是什么人？

更重要的是，自己这么躲着，那些村霸也会找上门来。等他们找上门来，自己再打开门，那就是被动接受了。不，他要主动出击。他熬着，挣扎着。

他实在熬不住了，冲向门口，打开门。村霸已经出现在门口。

完了。

好在也许是在李老师他们那里碰了壁，村霸堆了一脸笑。这给了他反击的机会。“干什么！”他以从来没有的愤怒叫道。这声音就像冲锋号，让他成了战士。

村霸说交钱。

“我已经忍你们很久了！”男周叫，“我是不跟你们计较，你们还得寸进尺了！”

男周说话，简直像骄傲地吹喇叭。此时女周也一步上前，挽住男周胳膊，和男周形成一堵墙，挡在村霸面前。见女的上前，男的自然要有更进一步的行动，于是他向外顶去。村霸起初没明白他要去哪里，发觉他眼睛瞧着孙处家门口。才发现那边已经扭成一团。不知什么时候，李老师一家、孙处，还有赵经理联合在一起了，跟留守那边的村霸越顶越近。很快地，赵太也趿着拖鞋往那边赶。这边这个村霸慌忙往那边跑，去救同伙。发现男周女周也跟着，害怕他们也加入，就停住，去阻拦男女周。他想阻拦了男女周再过去帮同伙，他赶紧跟这边这对男女说软话，施缓兵之计。但男女周不被他蛊惑。他只能一直被男女周纠缠着。

那边，孙处开始用食指戳那村霸的鼻子。他毕竟是领导，拿出了教训人的威严。村霸倒退了几步，这些地痞对当官的还是有些心虚的。直到孙处的手指尖戳到了那村霸的鼻尖。

“你敢！”那村霸叫。

孙处一怔，稍微后退一下。“我怎么不敢？”他忽然尖声叫起来。“我有什么不敢的？”他又继续往前顶，“我有什么不敢？我都癌了，有什么不敢！”

他的话让大家大吃一惊，扭头去看孙处。赵经理也暗暗惊愕，他们算是一个系统，在孙处单位也从来没有听过，否则早就是爆炸性事件了。也许是真的，只是他一直隐瞒着，如果被他那些政敌知道，他的仕途也就到头了。现在他竟然这么说出来了，可见受了多大刺激了。赵经理不明白孙处为什么这么受刺激，他的声音发抖，他的手臂也发抖，这使得他食指尖即使想不示弱地戳对方鼻尖，也无法戳中。他的食指更像在扫射，但也没有子弹射出。

村霸不怕了，笑道：“我还艾滋了呢！”

“谁跟你开玩笑！”孙处道，把自己衣服撩了起来，露出了手术创口。“肺癌！”他宣扬地又道。

赵太刚好到达，看到，吓得抽筋了起来。

赵经理赶紧去搂妻子。他本来应该忌妒的，自己的妻子竟然对孙处的病这么敏感。但那刀口也刺痛了他，他感觉心头火辣辣的。自己的妻子毋宁说是被吓的。他本来可以借此离开这是非之地，但他不愿。他愤怒，单是为自己妻子被吓成这样，他就要讨说法。至于孙处，人家都把自己最可怕的秘密说出来了，自己还畏畏缩缩，成什么人了？

孙处的话释放出了殊死的绝望，所有人都奋不顾身了。那边男周和女周合起来跟那个村霸搏斗，但即使是两个人，还是无法从村霸控制下挣扎出来。主要是村霸逮住了女周，这使得男周即使逃脱了，也得再回来救女周。“不许动她！”他撕心裂肺地叫。

那边钱家也骚动着。村霸还没有收到他们家，就是钱总决定这次拒交，也还没有到抗拒的时候。但钱总已经被煽动起来了。从理性上说，他也要推波助澜，大家一起抗交。他是所有人中最不愿交的，他的钱是靠自己一分一分辛苦赚的，但却总是被各种敲诈，现在这些没来头的人也要来欺诈一笔，他就不能忍受了，觉得是剜他心头肉。现在有机会不交了，他要去助一把力，添一块柴火，让火烧得更旺。

当然钱太不让他去。钱太最后搬出了大儿子，那孩子的眼睛已经要燃烧了。钱总犹豫了。但外面越闹越大，火越烧越旺，钱总感觉就像他的东西价格升到巅峰了，他害怕回落。他还是要出去。大儿子已经摆脱了母亲，冲在他前面，要跟他去。

“回来！”钱太叫。

“我不！”大儿子。

“回来！关你什么事！”钱太又喝。

钱总回头看到后面一排孩子，都用天真的眼睛看着这一切。他倒产生了另外的想法：自己不能在孩子面前丢份。这对自己没好处，对孩子也没好处。他一直为自己感到屈辱，他做梦都希望他的子女不像他这样屈辱挣钱。钱是挣了，人还是人吗？至少，有些时候该硬的也要硬气起来。他这个样子，子女们从小就接受着苟且教育，以后必然还是步他后尘。像老鼠一样偷吃，生意也是做不大的。他于是把大儿子的手握起，说：

“走，爸爸让你见见世面！”

他带着大儿子向冲突现场冲去。他刚到达那里，就听见一声惨叫。他一怔，把儿子搂住。那边本来围成团的人开始散开，孙处，赵经理，赵太，吴老师。李老师是最后撤的，开始，他好像不会反应了。他撤时身边空荡荡的，大家看到他手里捏着一块石头。再一看，那村霸倒在地上。

“杀人了！杀人了！”另一个村霸丢下男女周，喊着向这边奔来。

流氓呼告总是更瘆人，控诉起来总是理直气壮，这使得善良的人们真觉得自己干了天大的坏事了。

李老师确实觉得自己干了不该干的事了。自己竟然行凶了。他开始后怕，不仅是害怕对方算账，还对自己感到害怕。自己这只拿画笔的手，这只创作美的手，竟然这么残暴。也许自己只是一时冲动？这样，他自己还不至于沦为暴徒，也有理由让对方谅解。在他的心里，对方已经不再是那么穷凶极恶了，原先那种是非原则在化解，愤懑在淡化，换之的是懊悔，甚至还有淡淡的乞怜。

倒是他的夫人保持着对村霸的嫉恨。她了解自己丈夫，他是刚直的人。他们都是知识分子，知识分子应该有比普通人更多的良知。所以她仍然肯定自己的丈夫。但她丈夫却不耐烦道：

“你别说啦！”

大家都来看望李老师，他成了英雄。李老师仍然没觉得自己是英雄，不过也觉得自己是被赦免了罪行了。他更关心的是那个被他打的人怎样了。大家说，那人只是受了伤，并无大碍。这让李老师稍微安心。

“你还关心人家？”赵太说，“你可真是菩萨心肠！”

这话李老师爱听，他谦虚地摆摆手。

“要是我，也会这么干！”男周说，“当时我已经在往这里冲了！”

“要惯着他们，以后还得了？要从收费变成收税了！”钱总说。

“他们想！”男周说，寻孙处看。

孙处牙龈痕一暴一暴的，没说话。

赵经理也瞅着孙处。对这个孙处，赵经理仍然感情复杂。一方面，他意识到这是他的上级主管部门领导；另一方面，要说没关系也没关系，倒是自己妻子对这个孙处的热衷……那场战争过后，他又有点耿耿于怀了。但也觉得自己不能那么酸气。现在瞧着孙处，赵经理想的是：他是否后悔自己把癌症暴露出来了，他是否会想办法掩盖，说自己当时只是胡诌的？但孙处并没有这么说。他挺在那里，明摆着一副病容，一点没有掩饰的意思。

大家想起这是一个绝症病人，顿时生死的临界线被降低了。人家都已经到了快死的地步，我们这些人还有什么可奢求的？还有什么不能付出牺牲的？所以当村霸提出要交出凶手时，大家都拒绝了。

“怎么可能？”大家异口同声说，“我们成什么人了？”

“那样，岂不畜生不如了？”女周说。

“想都别想！”赵太也说。

大家本还想到村霸会去报警。“报警也好，脓疮挤破，彻底解决！”钱太说。

“怎么解决得了？”钱总说，“过后依然如故。”

“不管怎么说，能解决一阵子。”钱太说。她不知道赵经理和孙处都对报警有顾虑，怕扯出对自己不利的事情来，她还对赵太说：“他们不报警，我们报警！”

“不好闹得太僵！”赵经理赶紧说，“往后我们还得住这里，强龙压不过地头蛇，他们要跟我们结上了仇，长期捣乱，怕是警察也管不了，我们怎么住？你家房子又建得这么好。”

“都是说没用的！”钱总说，“重要的是怎么报警？手机都没信号。”

大家才记起这个。

“我们不会下山去？脚长在我们身上。”男周说。

他的话启发了大家。三十六计，走为上策。大家赶紧准备东西。男女周最简单，率先启动了那辆帕杰罗 V97 越野车。但开了一小段，前面有人拦住。村霸们已经封路了。

这个山庄只有一条进出的路，连接着盘山公路。村霸就在唯一的进出口上把守。

“你们这是干什么？我们有事要下山！”男周说。

村霸不听。男周也不管，驱车向前冲。但前面用石头垒了路障。

“你们这样，我们要报警了！”女周说。

“报啊！报！你手机有信号，就报！”

只能打道回府。消息传到各家，大家开始慌了。纷纷跑去路卡跟村霸理论，但村霸就一句话：把凶手交出来。

大家回来，首先想到了李老师，要把李老师藏好。打人的是他，找不到他，村霸就找不到对象了。虽然大家明白了，村霸是要挟持所有人，但李老师不见了，大家就觉得自己也可以藏住了一样，就像一个孩子把脑袋钻进洞里，就好像全身也不会被人看见一样。

自村霸提出要交出打人者，李老师从不忍心变成慌张。但他从村霸的话里判断，他们并没有看到是他打的。既然这样，他藏起来，无异于不打自招。再说，反正村霸不知道是他，那么他就没有危险，那么，他怎么能当缩头乌龟？所以他只答应待在自己家里，不出来晃荡。

钱总有点后悔自己当时那么急着加入那个扭打群体里了。不然，也可以向村霸说明，打人跟自己没关系。自己当时是怎么了？他作为生意人，不能承认自己那么愚蠢。就连冲昏脑子都是不能容许的。他只能给自己一个解释：判断失误。自己行动得太早了。如果再观察一会儿，看到李老师动手行凶了，他一定会判断出不妙了，事情性质起了变化。伤了人，一定要吃官司。生意人以和为贵，就怕打官司。赢也是输，输也是输。

“中国的事，就糟糕在不讲规则！”钱总感叹道，“有规则，我们也愿意按规则来。这样‘黑吃黑’，向谁讲道理去？”

大家都不同意他最后这句话。“这是‘黑吃白’！什么‘黑吃黑’？”

“好好，是‘黑吃白’。”钱总说，“‘白’又有什么用？”

“我就不信没用！”吴老师说，“这世界，还没有天理了！”

尽管大家都不信有天理，但吴老师的话很是给大家打气。无论吴老师是出于什么动机说这样的话，是为真理，还是为了自己丈夫。这也是我们为什么往往喜欢正面的话语，人生需要鼓励，与其说是相信，毋宁说是出于无奈。我们毕竟得过下去，活下去。

好在日子还能坚持，山庄里至少还有吃的，可以过几天。大多是有家有口的，家里或多或少都能淘出东西来。就是孙处是一个人。但赵太上来时，已给他准备了鸡爪鸡翅膀。当然，可以请他直接到家里来吃饭，也顺便宽慰宽慰他。

孙处来吃饭，仍然一声不吭。吃完，告辞，到自己家里待着。

赵经理得以直接观察自己妻子和孙处的关系。从他们表现看，并没有什么隐秘的地方，这让赵经理宽心了，甚至还责怪自己在大事面前揣着小心眼。

这事虽然不关家国兴亡，但也是大是大非。

这么多户人家里，只有男女周遇到了问题。他们平时是周末上来,房子里完全没有余下东西。这周末是准备上来一天就下去的，只备一天的食物。他们跟大家又不熟，不好意思向大家借要，只能做好饿肚子的准备。好在女周情绪高昂，觉得男周表现出了男子汉气概。她表示愿意跟他同艰苦共患难。弹尽粮绝了，他们就相拥在床上，说着对对方的爱。

可以用沉默坚守，可以用爱坚守，但钱家有点麻烦。他们家的孩子就不可能像大人那样懂事了，嚷着要吃这吃那。钱太就骂孩子，又骂丈夫：

“你还做什么食品加工！”

“不要说食品加工，食品都没有！”钱总说，“有，在山下，加工的没加工的，好吃的不好吃的，要多少有多少，你搬得上来？”

“你司机呢？怎么不见上来？”

“昨天才送我们上来，不到下山，怎么可能又上来？”钱总说。他忽然心里一跳。平时不能用电话联络，司机是定时上来的。这次定在后天上来。也许还有希望。但问题在于，封路既封出去的，也封进来的吧？就是让司机进来了，不也是手机没信号，没有用？

急躁，他也骂起小孩来了。“早知道不带你们上来！”

“是你要他们上来的！”钱太说。

“我只是问你，要不要上来……”

“我上来了，把孩子扔下面？亏你想得出！”

“我也没这么想。”钱总说。

“又是暑假……”

“唉，怎么偏碰到暑假呢！”钱总找到了一个推脱理由。

“干暑假什么关系？不是暑假就不用带孩子了？你带过几天孩子？”

“你这不是胡搅蛮缠嘛！”

赵太就过去劝慰。赵经理赞成妻子这么做，一切为了维持局面。出了这种事，总要稳妥解决为好。那钱家太太整个一没脑子的，之前还要报警。公办不如私了，公办，到头来谁能控制得了局面，事件走向都不知往哪里去了。

好在山庄范围广泛，有活络空间。大家串门，聚集，商量对策。与其是商量对策，毋宁是互相打气。外头的村霸看着这种热融融的气氛，急了，就又冲来。大家把门关起来，他们就拿着石头砸。那次大家聚集在钱家，结果钱家窗户被砸得稀烂。更重要的是孩子被吓得惊叫大哭。大家过意不去，孙处说，以后聚会点就在他家。赵太很看得起孙处的骨气，把自己家的零嘴什么的搬到孙处家，大家享用。

但很快地，食物就捉襟见肘了。赵太开始收割自己种的蔬菜瓜果。一看广阔的田野，赵太的心就豁然开朗了，那里的蔬菜瓜果还能支撑一阵子。她把瓜果送给钱家时，钱太坐不住了，她受不了别人的施舍。如果她没有回礼，那就是纯粹接受施舍了。她看上了自己养的鸡鸭。不仅回礼给赵家，而且大家一起吃。有了鸡鸭，被饿得又淡又苦的嘴就又活络过来了。

“我们有南泥湾嘛！自己动手，丰衣足食。他们封锁不了我们！”赵太说。

偶然地，大家发现吃东西时那对“野鸳鸯”都不在。他们应该是回避了，他们跟大家平时毕竟没联系。他们是否有食物？赵太想，没有拖家带口的，可能没有准备什么东西。于是带着钱太去敲他们家的门。开门，进去，这是赵太钱太第一次进入这个家，很暗，有味，女周赶紧跑去开窗。赵太把屋里，至少是客厅狠狠地审视了一遍，还翻了冰箱，这对男女果然已经没有食物了。

把他们拉出来，加入大家。男女周也已经饿得不行了，也就半推半就。男女周很快跟大家打成一片了，大家才知道他们的关系。到这份上，他们也不藏着掖着了，和大家融洽关系最要紧。男周说，正因为他们这样，之前不好意思跟大家来往，怕大家有看法。大家说，没什么，家家有本难念的经，各人有自己的难处。

只是李老师尽量躲着大家。吴老师觉得自己要有所表态。这局面，归根结底是由她家引起的，自己丈夫当时不一定要动手的，他就是这种脾气。好在大家通情达理，甚至，深明大义，甚至，宽宏大量。吴老师就摘了自家的百合花，说花也可以吃。大家确实知道花可以吃，餐厅里吃过。但在这种时候吃花，感觉大不一样，那种精神提升，那种从容，那种美好，山庄整个一美好社会，整个一共产主义了。

只是在夜深人静时，各家里都发出叹息声。

只有孩子仍然无忧无虑，到处跑。钱太害怕他们撞上那些村霸，把他们关在房子里。这倒刺激了她的大儿子。这孩子有点懂事，但他以为大人们真的要抗争到底。这使得他有恃无恐，要去冲破村霸的封锁。大人们以为他长大了，疏忽了对他的管束。他果然来到了被村霸封住的路口，不由分说，就搬起路障的石头。很自然，他被逮住了。

“你是谁的孩子？”村霸问。

孩子表现得宁死不屈。

村霸就把孩子扭送到山庄，喊着各家出来辨认。钱太才发现大儿子不见了，跑出来，道歉。

“你家的孩子？”村霸问。

钱总也出来，说：“是，我的儿子。”

“哦，是小钱啊！”村霸说。

钱总觉得这种称呼很陌生。但不管怎样，把自己的孩子领回最重要。但村霸不给。钱总知道自己被讹上了。

“你们要什么，你们说吧！”钱总理所当然道，心里在想着会破多少财。他已经做好了破财准备。但他没有想到村霸要的不是他个人的，而是集体的。

“把凶手交出来！”

“这……我不能做到嘛！”钱总说，“你说个我可以做到的。”

“你可以做到。”村霸说。

“我……怎么知道嘛！”钱总忽然灵机一动，“当时我刚到。我本来在自己家里，前一分钟，就在前一分钟，前一秒钟，我还在自己家里，不信你们那位兄弟可以证明……”

“他躺医院里呢！是死是活还不知道呢！”

“那还有一个，还有一个在那边。”他指男周的房子，“他看得到的。你看,这个角度。就是看不到,我到达事发地他总会看到吧？我刚到，还喘着气，眼睛还没定神，事情就发生了。我根本不知道哇！”

“这我不管！”村霸说。

“那叫我怎么办？”钱总说。

“你去问他们。”村霸道。

钱总凑前一步，悄声对村霸说：“都是熟人，邻居，我怎么问嘛！”

钱太也说：“是啊，金厝边，银乡里，以后我们在这里可怎么住嘛！”

“我们就不是乡里？”村霸道。

“当然也是。”钱太道，“都是乡里乡亲的，所以……”她伸手企图拉孩子过来。村霸把孩子一揪，揪到身后。钱总看到，村霸这么一换姿势，实际上他原来抓住孩子的手松弛了。如果他儿子够机灵，可以顺势摆脱，逃走。但他的儿子死脑筋，没有去挣脱。钱总只好自己动手，抄到村霸后面，正要动手，被村霸发现了。钱总只能做出完全没有这个企图的样子。村霸感觉到了危险，要撤离。钱太扑过来直接抢夺孩子。她被村霸一推，推在地上。钱总赶紧回头救妻子，妻子头上已经出血。他干脆大声叫喊起来：

“抢人哪！杀人哪！”他也会村霸叫喊那一套。“杀人哪！杀人哪！”

大家听闻，纷纷跑出来。钱总希望大家一起把他的儿子抢回来。大家人多。村霸步步后退。大家围上去。村霸一猫腰从地上捡起一块石头，举到小钱头上。“再过来，砸死他！”

钱总赶紧叫大家不要动。人在，总会有办法的。他正想别的办法，村霸已经扛起孩子跑了。他只听到村霸撂下的一句话，依然是：

“不交出凶手来，别想要孩子！”

尘埃落定时，大家好像才记起要继续冲锋，冲到路障处。那村霸不在，孩子也不在。男周忽然想起，号召大家搬砌路障的石头。大家猛然明白，纷纷搬起来。钱总急了，他的儿子在村霸手里，路通了，他们怎么能走？正想着，村霸赶回来了，一下子来了五个，个个拿着武器，有刀，有棍子。

既然走不了，还是必须同舟共济。先得安慰钱家。钱太不停地哭，大家用各种话劝她。但说来说去也就那几句话，没有新意，一点也没有作用。赵太就想换一个角度，叹息：

“唉，这孩子也太不懂事了！”

“你这是什么意思？”钱太问。虽然她也一再在心里咒骂儿子，骂的也是这句话。但这话得她自己说，别人说，她听不得。

赵太才意识到她说了不妥的话，赶紧说明：“我不是这个意思……”

“那你是什么意思？”钱总紧揪住不放。

他本不是计较的人，怎么这下比他妻子还计较？按说他还是通情达理的人，也因此，他承认人都是为自己的。之前大家只顾自己逃跑，搬路障石，他虽然慌张，但也理解大家。生死关头，哪有不各自逃命的？将心比心。从别人角度看，他儿子确实是添乱。要不是他自己送上去，村霸哪有人质可抓？自己的孩子自己管好，这也是应该的。没管好，出了事情，自己负责，也没话可说。道理如此。

说到道理，那么也应该彻底来掰一掰。归根到底，是谁造成了这局面？是谁那么莽撞，去动了手？他又说：

“对，是我小孩不懂事，祸都是我小孩惹出来的，是不是？”

吴老师感觉被扎了一下。“也不是……”她和稀泥地劝慰道。

钱总不管，他要把话挑得再明一些。“我当时刚从家里过来，我都不知道发生了什么事。”

“是啊！”钱太说，“我就说你就这么鼻血滚滚出，血热得会从鼻孔冲出来。你过去干什么？没你的事，你凑什么热闹？要凑热闹，先把儿子送国外留学去！”

吴老师脸色变了。

“还不就想着大家是一起的，出了什么事，劝一劝。”钱总说，“我到时已经出事了，我想劝都来不及了！”

他的话指向非常明显了。大家都不好接茬，反正这话题跟自己没关系。散了。

吴老师回家，告诉了丈夫李老师。李老师本来觉得自己动手确实太莽撞了，钱家孩子又被抓去，他压力更大。现在钱总这么说，这个人是他平时看不起的暴发户，他这么自私，绝情，不饶人，没有表现出同舟共济，他心肠硬了。他开始从践行道义上来鄙视钱家人。这样，他心里的负疚感没有了。

好在大家还好，没有受钱家影响。

大家都在劝钱家。说白了，是因为被抓走的不是自己家人，至少当务之急跟自己无关，所以能劝慰得出来。什么劝慰的话都有，让他们放宽心，总有解决办法的，身体要紧，那些村霸不至于把孩子怎样的。甚至，说着说着，赵太还差点又犯了错误，说出“这也可以促进孩子迅速成长”的话。要溜出口了，赶紧替换上一句，用道歉遮掩自己的心虚：

“刚才我真的不是那个意思！我很抱歉！但我真的不是那个意思……”

钱太道：“你没孩子，确实不知道当妈的心有多难受了！”

这话刺激了赵太。她要发火，但被大家及时劝住了。一事未了，再添一事，何必呢？但劝着，大家蓦然发现这倒是转移矛盾的好事。于是又转换了策略，虽然是劝，仍然是劝，但实际上是一直提这个茬，刺激两个女人，让她们纠缠在这问题上，问题成了这两个女人的问题了。还是赵经理发觉了，把自己妻子连推带抱着弄回家里。

剩下钱太还在骂着。大家又劝了她一会儿，说人家人都不在了，就不要再说了。于是冷却，于是大家回家，关起门来。

钱总很清楚大家是事不关己高高挂起，只有他儿子在村霸手里，每一分钟都在煎熬着他。钱太不停地哭，撕着他的心。这哭声是以分秒计的，他一刻也待不下去，他必须去救儿子。他决定去揭发李老师。

但转念一想，李老师跟自己没有直接仇怨，刚才得罪自己的既不是李老师，也不是李老师的妻子吴老师，而是赵太。李老师一直躲着不露脸，这使得钱总觉得李老师可怜兮兮，吴老师其实也可怜兮兮。本来他还会认为李老师是躲避，但跟那些在纠纷中说无关痛痒的话，过后又关门大吉的人们相比，李老师反而显得不那么可恨了。他还知道不好意思，其他人都觉得自己是正确的人。

但毕竟只有交出李老师，才能救出自己的儿子。钱总想来想去，想到了孙处。这个孙处，一身领导气，在山庄里也好像领导一样。既然是领导，那么就让他来主持公道。再说，在扭斗时他的声音最响，村霸，按目前情势，好像并不知道是谁动手的，所以才让山庄的人自己揭发，那么，孙处他当时嗓门那么大，他自己也应该想到在村霸那里，他也可能是嫌疑人。他就不心虚？钱总决定就利用这一点胁迫他，把该负责任的李老师推出来。

到了孙处家，孙处不说话。钱总问候他的病，孙处也不答。他只在房间里走过来，走过去，长时间的一声不响。

钱总一再打腹稿，如何切入对方的心。他生怕切得不对，或不到位。

钱总没想到，孙处比他还心焦。明天就是周一了，孙处要上班。这钱总也想到了，但又想，孙处是领导，不到岗还不容易？但钱总没想到，这周一局里有例会，孙处绝对不能缺席。上面领导坐着，你的位置空着，没有请假，无故缺席，这影响，不小于儿子被绑架。钱总儿子被绑架，还知道在谁手里，还可以讨价还价，孙处清楚，自己这一给领导坏印象，都不知道会怎么死了。当然，即便钱总知道这利害，也还会想：反正你都得了绝症了。但对处在官场上的人来说，没有职务没有权力才是真正的死。孙处一直隐瞒着自己的病情，也因此不敢上医院治疗，只找江湖里的中医，吃中药。之前他一直认为中药治癌症是忽悠，但除此而外没有办法，只能希望也许中药会有点用。他是带着殊死之心来奔仕途的。他现在后悔自己之前带着殊死之心跟村霸抗争了，那不是殊死的关键点。但自己已经把自己顶到最前线了。

孙处甚至疑心同样在最前线的李老师，所以动手，是因为不必紧迫，他们一家都是老师，孩子放暑假，他们可以在山上待着。但这么揣测着，他又觉得自己有点卑劣。

他想到了赵经理。赵经理也要上班。还有那对男女周，他们也要上班的吧？得让他们去跟村霸协调。

协调？这虽然是他作为领导经常用的词，但一直是他地位没有受到挑战的时候才用的。但这次，他是被挑战了，这协调意味着什么？投降。不是妥协，是投降！当时决定跟村霸干，他就没想过投降，所以他都把仕途豁出去了，所以他把自己最大的秘密都暴露出来了，现在，难道他要投降？

这投降的不是他的人，而是他的人格。

孙处为自己的松动感到可怕。他甚至抽了自己一巴掌。但论起来，他又不是没松动过。每次投降，他都觉得自己完了，但每次过后又活过来了。人生一步退，就步步退。但说是这么说，他的人生并没有这道理所说的那么糟，甚至，还每每得到好处。每次都对自己说：实在没有办法了，到了生死关头了，就干一次吧！以后洗手不干了！但后来又会再干一次，再一次……现在，又到了生死攸关的时候了吗？

他嘲弄地想：这生死攸关，比他患了绝症还生死攸关，每次都起死回生。

这次，他又觉得到了生死攸关的时候了，可以再投降一次了。

何况他又没有出面，去丢人现眼。这下，他在乎的是丢脸而不是亏心。他可以让赵经理出面，赵是个没什么原则的人，态度柔软，跟村霸好说话，不像自己这么臭硬。他是带着自欺欺人的臭硬态度去找赵经理的。赵太见到他，就可怜他的身体。这么一来，他竟又有一种被母亲关怀的倔儿子的情绪，不愿说出让赵经理跟村霸协调的话。

好在赵经理自己说了，并且说可以联合男周一起去跟村霸协调。也只有男周，钱家不行，李家也不行，赵经理明智地没有把孙处算在里面。赵经理所以看中了男周，是估计男周是急于要下山的。

这对“野鸳鸯”，抽空跑山上吃野食，总不能在他们家人那里失踪太久吧？更重要的是，男女周完全没有在事发现场，他们是局外人，好调解。

赵经理说干就干，就去找男周。只有女周在。女周说，男周不知跑哪里去了。

“不会也被抓去当人质了吧？”女周自己忽然想到。

赵经理愿意带她去找。山庄虽然范围不小，但可以想到的也就是几个地方。都没有。女周忽然想到路口。赵经理没明白她怎么想到这个地方了？那可是村霸的地盘。

男周果然在那里。

男周见到女周，显得很慌张。但他很快就沉稳了，做出让你知道也没什么的样子，我还不是为了你？

确实，要论急，男周也许更急。他自己上班倒无所谓，他是为女周着想。他蓦地发现自己好险，当时没有在现场，被另一个村霸缠住，否则他也会去动手，那么现在到此困局，自己再去找村霸说情，是英雄当不成，成狗熊了。其实他自己心里清楚，自己哪里是当英雄的料？当年在战场，自己就不敢冲锋在前。他后来回忆战争，只是吹嘘，至多只是出于缅怀，出于对当下社会的不认可。只是在缅怀中，常常把自己的胆怯给抹杀了。甚至，他呼唤战争，不过是自己安逸中的作秀，其实在日常生活中，他也可以当英雄的，比如在面对丑恶事件时挺身而出，再没有，对生活的坚忍、对婚姻的坚守，也是一种勇敢，日常生活的英雄更难当。再说，如果你实在要当非常态下的英雄，这次，他就可以当，可以挺身代替李老师。

但他什么也没有做，只停留在跟大家一起谩骂之中。

其实为了这，女周就跟他争吵过。女周觉得他不够勇敢。“骂算什么啊？”

“你不是平时也挺会骂的吗？”他反击。

“我是女的，你跟我比？”女周回击。

女周所以爱上他，是因为他常表现出男子汉气概。现在发觉他只不过是放嘴炮。她鄙视他。她鄙视他鄙视得轻易，这里有个重要因素，因为这个男人只是他的男友，而不是跟自己利益相关的丈夫。他牺牲了，倒成就了她的理想。她与其说是爱他，毋宁说是爱她自己。

所以他去求村霸时，就没有告诉女周。

“叛徒！”女周啐。

“我都是为了你……”男周说。

“是为你自己！”

男周无奈地瞅着女周，对女人，是没道理好讲的。甚至，现在他生出一种感觉：女人千万别去惹她。

那个村霸倒对男周生出了怜悯。“你男人费了那么多口水……”

“谁说他是我‘男人’！”女周道。

村霸愣住。“好，好，我不管你们是什么关系，反正你们是拴在一根绳上的蚂蚱了！你们自己去说好，怎么办吧！”

“我们？”赵经理说，“你不是也听到了，就是他们，”他戳男女周，“不也不是一起的吗？”

“这我们不管！”

“你这就是不讲道理了！”赵经理说。

“我们就是不讲道理！”村霸说。

“你们不管，我们也不管！”男周火了。他实在面临着两面夹击的处境，一边要向村霸软磨，一边又要在情人面前装硬。再说，他委实很看不起向流氓服软的自己。干脆豁出去了。“我也无所谓了！反正我不要上班！”他甚至也撇下女周，甩头就要走。赵经理拉住他。

“别忘了，孩子在我们手里！”村霸威胁。

“哈，又不是我的孩子！我女人都没有，还有孩子？”男周近乎骄傲地叫。

女周恨恨一跺脚，走了。

“反正是你们的孩子！”村霸道。

“你要这么论，”赵经理道，“你说，那孩子是我什么人？我姓赵，他姓钱，我们什么关系也没有。要论起来，原来我们连熟都不熟。是这孩子的事，你们找他爹妈好了！”

“你以为我们是傻子啊？”村霸道，“打我们的人的是那个孩子？”

“不管怎么说，肯定不是我嘛！”男周叫，“我根本不在现场，跟你讲多少遍了，听不懂吗？”

“也不是我。”赵经理抓住机会撇清，“你们应该去找打你们的人。”

“谁？你告诉我！”

“我……我怎么知道嘛！”赵经理说。

“你不说，就是包庇，就别想过关！”

“那我也没话说了！”赵经理皱眉，说道。他也觉得自己太软了。他是来做建设性协调的，村霸竟然不讲道理。他把还拉着男周的手松了，也做出转身要走的样子。“你们要怎么办就怎么办吧！我无所谓。”

“小心你的孩子！”村霸威胁。

村霸好像吃定了赵经理一样，盯着他。村霸平时来山庄只是匆匆忙忙，对这些城里人，只是大致认识，根本没弄清赵家没有孩子。赵经理回过头，冷笑一下，这笑近乎冷酷，又赖皮。“我没孩子！”赵经理叫。

“没有？”村霸仍威慑。

“还真是没有！”男周道。

“没有？别以为没尾反而好了！”

没尾！赵经理想，我他妈的就是没尾！就是你诅咒取笑的没尾。没有孩子，本来是他的伤，但被村霸这么揭疤，他很愤怒。“你们，别太猖狂了！”

他一挥手，走了。他残忍想：还好自己没有，没有把柄让他们抓。这世界，就是赤脚不怕穿鞋的。他第一次觉得一无所有的好。

赵经理的决绝感染了男周，他也指着村霸：“别以为我们怕你！老子怕过谁呢？老子当年扛枪打仗时，你还在穿开裆裤呢！别把老子逼急了，给你一梭子！”

村霸呵呵笑着。

村霸开始吓唬钱家大儿子。夜晚的山野特别静，突然响起了孩子的哭喊声。钱太马上听出了这是自己的孩子，钱家的人都跑了出来，却没有看到人，孩子和村霸都没看见。村霸好像是故意要让他们听足了哭喊，然后，他们才慢悠悠地出场了。他们不知从什么地方出现在钱家房屋前，村霸纷纷打火点烟，钱家人才看见面前不远处站着几个人。但没有孩子。

“我孩子在哪里？”钱总问。

“放心！他好着呢！”村霸说。

“好？”钱太说，“他哭着喊着，还说他好？”

“别急，他还会更好！”村霸说。这说话的村霸喊一声，孩子的哭号声又响起来了。钱总分析不出孩子所在的方位，好像整个天空都是他孩子的声音。那声音又虚无缥缈，自己家的孩子好像已经在天上了。

“你们，把他怎么样了！”他叫。

“没怎么样，不过是打几下。”

“别打！”钱太叫。

“看来有人心疼了。打在他身上，疼在你身上。”村霸冲钱太，“有孩子就是不一样啊！”

“有孩子怎么了？有孩子就该死？”钱太道。

“有孩子就会疼啊！”村霸说，“会疼就知道别人的疼啊！打别人怎么疼。”

“又不是我们打的！”钱太说。

“那是谁打的？”

“我们，怎么知道！”钱总仍坚持道。

钱总这么说，是看到了大家都出来了。他实在不能在大家面前出卖李老师。

“好吧，那就让你们知道知道！”那村霸又一个命令，孩子的喊叫声又响了起来。看不见孩子，只听到他的叫喊，不知道自己的孩子被打成怎样了。这使得钱总钱太都把孩子的惨状想象得极其可怕，钱太觉得自己的孩子已经皮开肉绽了。她开始怨恨钱总，还在坚持说不知道，男人就是男人，孩子不是他身体里掉出来的肉。她不能。她要把罪魁祸首说出来。但她说出来时，却还是这话：

“我们就是不知道啊！”

也许是这时候她看到了吴老师惶惶站在她边上，用乞求的眼光看着她。都是女人，钱太好像自己的舌头被吃掉了一截，说不出来。但为什么反而是我觉得舌亏？她恨自己。大家围上来安慰她，所有这些围着她的人，都像软绳子绑着她。她挣脱着。又不是你们自己的孩子被打！她看到其中也有赵太时，更觉得大家虚伪了。大家与其说是在安慰她，毋宁说是在控制她。再看，几个男人在跟村霸交涉，说理。还说理！都人命关天了！这些人的背影还是那么淡定，说出来的话还是一板一眼的。他们简直是冷血，仗着死的不是他们的儿子！特别是那个孙处，一副官僚走形式的样子。她觉得自己孩子的命在这些人的虚伪与冷漠中渐渐消失了，果然，孩子的叫声微弱下去了，本来这只是村霸不再折磨孩子，但在钱太听来，是孩子叫不出来了。她猛然奋起，叫：

“我说！”

大家全惊愕地瞧她。她身边的女人,像绷紧的绳子一样散开了。钱太强迫自己不去管大家，她向村霸走近一步。

村霸们简直是惊喜,实际上他们也被折腾太久了。领头那个说：

“你说！我们马上放了你孩子！”

钱太说出了李老师。

她几乎是不过脑地说出的。她让自己的话不过脑。

她周围一片死寂。她都听不到自己的声音，直到许久之后，她才听到从远山回声过来自己的揭发。

村霸立刻要冲去李老师的房子。大家蓦地意识到，去拦。每个人的拯救本能都被激发起来。还是孙处有脑子，他叫：

“先放孩子！”

“对，先放孩子！”大家也叫。

“孩子在哪！我要见孩子！”钱总也叫。

“我说了，你们要说话算话啊！”钱太叫。

“对，说话算话！先放孩子！”大家叫。

这是什么意思？吴老师想，大家这是什么意思？就是接着要把她的丈夫交出去？吴老师觉得脑子轰的一声，身子歪了，倒了下去。

大家连忙去顾吴老师。那边，钱总顾不了这么多了，继续敦促村霸交出孩子。但他也机灵地发出声音，对村霸：

“人家都死了，你们还要怎么样！”

他成功地把村霸对李老师、吴老师的逼迫，跟对他自己儿子的挟持绑在了一起。

钱太没她丈夫机灵，慌乱着，一边向村霸要求着放孩子，一边跑向吴老师，看见村霸答应去放孩子，就又怕错过了孩子出现的机会，她要在孩子一出现就把他抢在手里，又反身去跟村霸走。村霸说：

“别跟！等着！”

孩子终于被村霸带来了。孩子并没有被怎样，之前哭叫，只是被吓唬的。对了，这里，我本来是构思孩子不被释放的。原剧中，日本鬼子是抓了村庄里的人当人质，威胁村民，不交出杀日本人的人，就杀人质。不交出来，每天杀一个村民，一直杀到交出为止。但我不得不承认，这样构思放到我剧情里缺乏合理性。

一、跟抗日剧比起来，村霸并没有被杀，于是他们的反扑不会那么凶。

二、就为了保护费？

三、孩子一直抓在手里也难办，要供养他。都这时代了。现在的孩子娇生惯养，又任性，让孩子生病了，甚至死了，怎么办？

四、不是战争行为，人命可是关天的。

所以我必须让村霸把孩子放了。

钱太自然要抱着孩子大哭。当然，村霸要顺势冲去李老师家找李老师算账。赵太拦住，把吴老师指给他们看：“你看人家都这样了！”

“我不管！”村霸说。

“总得等她醒过来去开门吧？”赵经理说。

赵经理是要拖延时间。在混乱时，孙处示意他，自己要去把李老师转移走。“三十六计，走为上计。”

村霸毕竟智商抵不过孙、赵二人，到他们被允许去李家，李老师已经不在了。搜尽了整座房子也没有找到。李老师被赵经理安排藏在房后的山上。天黑，料村霸不至于搜山。即使搜，也可以借夜色转移。那边孙处竭力阻挠村霸进李老师家，佯装李老师还在房子里。村霸是在被折腾得精疲力竭之后勉强得以进去的。没找到人，吴老师也醒过来了。她一醒过来就也找自己的丈夫，一见没有，就也寻死觅活了，倒好像是村霸把自己丈夫弄没了一样，死死抓住领头的村霸，要人。村霸烦了，撂下一句“别想过关”，收兵了。反正守住路口，看你往哪里逃。

李老师回到家里待了一夜。第二天一早，路口那边又有了大响声。不知道村霸又要干什么，孙处干脆让李老师从后山转移到他家里。

但这毕竟不能解决问题。孙处去找赵经理。“怎么办？很棘手！”他说。

“是啊，很棘手！”赵经理也说。

棘手，是他们平时常用的词。

两个人没有商量出办法来。“走一步看一步吧！”最后孙处说。

“也只能这样了！走一步看一步。”赵经理也说。

赵经理送孙处到门口，目送着孙处说着“走一步看一步”，自己也嘟哝着“走一步看一步”，各自回家。他忽然发现有个办法，是啊，自己从来是不会被尿憋死的。他蓦然发现自己愚蠢，之前去跟村霸协调，没有个方案怎么协调？当然村霸不鸟你了。

现在他有了方案。但他没有跟孙处说，也不知为什么，而且他是悄悄地去找村霸的，连自己的妻子都没有告诉。但他一开始仍然没有用这个方案，而是尽量争取，也许对方还可以更通融一些。

“既然你们已经知道是谁干的了，那就跟我们无关了！”赵经理说。

“不行！我们还没有抓住他！”村霸说。

“他是他，我们是我们。”

“难说不是你们把他藏起来了！”

“这怎么可能？他自己有脚。”

“这我们管不着！我们只管向你们要人！”

“总不能叫我们去绑了他吧？”

“不绑他，你们就跟他绑在一起！”

“既然您也知道我们都是绑在一起的，”赵经理于是说，“那么，我们可以留人质在山上。”

村霸愣了。

“人质，”赵经理强调，“我们每家都可以押下人。”

这么说着，赵经理心里也愣了。他才明白自己为什么没有向孙处说这方案了，孙处只有一个人，押谁呢？但管不了那么多了，到时候再解决孙处的事。孙处，说跟他有关系，也可以说没关系。

“你以为我们傻啊？”但村霸却说。

“你们怎么能这么看？我们是诚心诚意的！”

赵经理确实觉得自己是诚心诚意的。

“放你们下山了，去搬救兵？”但村霸说。

“想哪里去了！怎么可能？我们怎么可能做这种事嘛！”

“难说呢！城里人套路深！”

“我们是好人……”

“这世界上有好人吗？而且你们还是官，以为我们不知道？当官的，有路子，有权，一旦回到你们位子上就是龙，踩死我们没商量。在这里，我们是地头蛇，强龙压不过地头蛇。”

“我是什么官嘛……”赵经理说。

“你就是官！”

“在你们眼里，谁都是官。跟你们没法说……”

赵经理觉得自己挺冤枉，自己算什么官，自己跟那些真正的官比起来，只有捞汤喝的份。但到了仇官的时候，自己又成了官了，被一锅端。现在自己就是被一锅端，这世界简直不讲道理。也怪自己爱管闲事，算了，也不管了。

不知不觉，赵经理的脚走到孙处家。也是因为发生事情来，他经常去孙处家的缘故，但其实难说没有这种心理在起作用：既然押下人质方案实行不了，那我也就没有无法面对孙处的地方了。

他没有料到大家基本都在孙处家，其乐融融说着话。和大家一起聚谈，多么闲适。赵经理想。但大家的话里充满了火药味，大家异口同声在谴责钱家。

“太可怕了！之前还觉得他们家不错呢！”

“叛徒！”

“想想叛徒就在我们身边，太可怕了！”

这时候他的太太，他的傻太太，竟出来主持公道。有时候赵经理会觉得他太太就像网络上常说的“圣母婊”。“也不能这么说人家。”她说，“也应该理解人家嘛！我都被人家误解成那样了，说她孩子怎么这样不懂事，这有错吗？她竟然那么敏感。但我还是理解人家。母亲嘛，孩子是母亲心上的肉，连着母亲的心。人家的孩子都那样了！”

“怎么样了？”女周说，“也没被怎样啊！”

“难道还要到怎样了才甘心？”赵太反问。

“难道他怎样了，就可以把人家顶出来了？”吴老师说，“受害者，不错，但受害者难道就有特权？”

“也不是这意思。”赵太说，“就说要理解嘛！就好像对李老师，也要理解……”

“好一个理解！”吴老师道，“揭发者也要理解？”

吴老师毕竟是知识分子，这么一质问，确实她占着理。赵太觉得自己文化不够用。“互相理解嘛！”她只能支吾。

“所谓互相理解，不过是和稀泥！”吴老师说，“互相理解就是两头抹墙，就是沆瀣一气，同流合污。说穿了，是为自己软弱辩护。为什么有人对这种论调特别受用呢？为什么有人一抛出这论调，就有更多人举双手赞成呢？说什么人毕竟是人，人不能苛求人。我听多了这种论调。他们是思想家吗？这是另一种思想吗？哲学家？犬儒哲学！说什么你自己到这份上也未必做得好，但你先争取一下嘛，不行了再妥协，总可以吧？你努力过吗？没有。你既然没有努力，有什么资格说你坚持不了？”

吴老师说“你”，其实不是针对赵太，只是她讲课时常用的语式。但在赵太听来，就是指着她鼻子。她不禁想：咦，奇怪，是你家惹出了事，你却一点也没有愧疚感？说这么多理论，却是基本良知也没有，难道理论就是巧言令色的东西吗？所以佛家反对这样。巧言令色，又有什么用？现在大家都被困在这里，谁都有事，急着要下山，你们家，至少也该做点努力嘛！却一点松动的意思也没有。看你，李老师，你坐着，一副正义凛然的样子，像烈士。你是烈士，那拿出烈士的行动呗！不是要努力吗？就努力吧！她想着，不自觉把最后一句说出来了。

吴老师脸红了。是羞愧，也是愤怒。赵经理性情温和，连忙劝住。再说，吵架也无济于解决问题。但他又委实不能骂自己太太什么，就叹息：

“唉，怎么搞成这样了！”

“是啊！”孙处也说，“现在问题很棘手！”

他又说“棘手”。

赵经理又道：“现实就是这样，胳膊拧不过大腿。”

“你们是领导，总有路子。”男周说。

“我们哪有路子？”赵经理说，“要有办法，还会去交那个什么保护费？在这里，我们外乡人。也就想着息事宁人，花一点钱，又不是很多钱……”

“不是很多钱，就得接受他们敲诈？”李老师开腔了，可能因为长久抿着嘴，一说话，喷出了唾沫星。

“道理上是这么说，”赵经理无奈道，“原则上是如此，但都讲原则，怎么可能嘛！”

“这就是你们领导的做法？”李老师道。

“什么领导嘛！”赵经理说，心里不满，想：好嘛，推给领导了！“领导也不过是普通人嘛！遇到有些事，也得变通。何况这又不是公事、大事，只是生活中的事，有多大的原则性呢？”

“还有比日常生活更原则的吗？”吴老师又来讲理论。

“您这就是抬杠了！”赵经理有点生气，“好，就说日常生活，生活，生活的原则是什么？就是过下去。要是过不下去了，原则有什么用？本来我们过得好好的……”

赵经理顿了一下，他想起没有出这个事前的平静日子。他几乎忘记了当初被村霸要求交保护费时的不情愿。赵太也记不起来了，她怅惘自己失去了的清静修行的好时光。孙处也想，要是没出这个事，他现在已经坐在局里的会场上了。他还有被提拔空间的。跟这个比起来，被收取保护费算得了什么？他甚至觉得自己所以心里抗拒交，只是心里腻歪，多少是出于作为一个领导的傲慢，并无关原则。要说受屈辱，在官场上他受的屈辱还少吗？那些屈辱比这小吗？山下现实比山上严峻多了。这样，就觉得李老师实在未免有点小题大做了。至于男女周，也在被“本来我们过得好好的”这话所引导，想：确实，要是没遇到这事，就一切事情都没有了，他们可以永远地婚外情下去，这下，恐怕要败露了。这么一想，他们都觉得自己原来过的是多么好的日子。这李老师，简直是添乱。

“……就是被他们要去那些钱……”赵经理继续说。

“是敲诈！”李老师又指明。

“人家也给我们做卫生的……”

“那叫做卫生？鸡爪抓的一样！”

“总是做了嘛！”

“要他们做？我们自己不会做！我们自己没手没脚？”

我们可不想自己费这力气！李家之外，几乎所有人在意识或潜意识里都冒出这意思。

“我们会去省那几个钱吗？”赵经理说，“再说，在这荒山野岭，谁能保证不出什么事？到时候，也许他们还可以拿来用一用。”赵经理这么说着，似乎自己也不太相信。但他继续说，他在用继续说，把道理理顺，来说服自己。“有时候，坏人确实能起到维持秩序的作用。我不讲大道理，就讲实际的，我们这里天高皇帝远，又不通电话，出了事，报警都没办法。再说派出所也离得那么远，倒不如叫他们……”

“奇谈怪论！”李老师说。看他那干瘪瘪的胳膊青筋暴起，赵经理心里蓦地冒出一个念头：他真是讨打。不过他很快理性地控制住自己。

“还真不是奇谈怪论。李老师，这世界上很多事情，并不是道理就能讲得通的，也并不是该怎么做就可以怎么做的。你不信他们能维持秩序，老实说，我也不是很相信，但不是很相信，也不是完全不相信。”赵经理玩起了文字游戏，“不管怎么说，秩序不是已经建立起来了吗？”

“哈，这是什么秩序？是他们压迫我们的秩序！”吴老师说。

“确实，是！我们在这样的秩序下，过得憋屈，我也是！但离开了他们，天知道会有别的什么人来呢！也许比他们更坏，那还不如让他们来呢！更糟糕的是，谁都要来占，打起来了，乱了，到时候谁也待不下去了……”

“人人都可悲地过着正确的生活！”李老师几乎是朗诵式地说道。

大家都觉得他未免太夸张了，包括孙处长。这是在客厅，不是在舞台；这是在商量事，不是在表演，谁也不是观众。有的人还起了鸡皮疙瘩。但女周受了感染，接道：

“但人的尊严呢？”

“现在搞成这样，更没尊严了！”赵经理说，“原来我们好歹还自由，还可以体面点吧？现在跟罪犯一样被关在这里！我说话就是这么直。”

“这么说，我是做错了？”李老师尖叫道，“我是自作自受了？”

“不要说得这么难听嘛！”赵经理说。

“就只是‘难听’？”吴老师道。

赵太为自己丈夫抱不平：“别老针对我们家老赵，他就是个锤砧！当英雄的是你。”

“谁是英雄？”李老师道。

“既然当英雄，别不承认啊！我们又不是英雄，却也在这里。”

她目光横扫众人。

李老师脸一阵红一阵白。

“我算是明白了！我该死！我罪该万死！是不是？”

他叫。他终于把这话说出来了。他其实早料到了大家会这么想，他又不蠢笨。对人性，他一直没有高的估价。他知道他背后的只是乌合之众。只是他一直害怕说破。现在他再也躲不住了。或者说，即使躲得住，也是多么赖皮。

但他仍然也扫视众人。他希望自己极端的话刺激起大家的不忍，毕竟是邻居。大家会说不是这样的，哪怕只是和稀泥。他还专门去看女周，这个女的不错，虽然个人道德上可能有问题，但这是“公德”，是大义。但女周正被男周揪着说什么话，好像无暇顾及这边。他又把目光转到曾经有心灵交流的孙处。孙处在专心细致地给大家斟茶。他想起了孙处强调的“棘手”，好像只有斟茶这种事才不棘手。甚至，他是故意把自己超脱出来斟茶，超脱，就是纵容，所以赵家人才敢那么放肆。

这实际上就是大家在表决。大家是在静待肇事者自裁，既然他自己说到这份上了，那么就等着他自己跳进自己挖的坟墓。

他绝望了。

他的心在发抖，是气愤，也是恐惧。“那么，我该去自首了？”他干脆直接说，“让他们把我剐了，千刀万剐！当祭品！祭天！”

吴老师哭了起来。

“普罗米修斯，你的灾难是个教训！”

我蓦地想起埃斯库罗斯《被缚的普罗米修斯》里的台词。这时候应该让李老师说。李老师就好像站在遥远的古希腊舞台上。那是个需要英雄的时代，英雄普罗米修斯因为给人类盗火而受难。

“还是得想个妥善方案。”孙处把茶壶搁下，开口了。

“妥善方案”，是个官方辞令，孙处习惯这么说。但他大多时候是不相信有什么妥善方案的，所谓妥善方案，不过就是妥协方案。他从心里厌恶官场，包括自己在官场扮演的角色，所以才到山上这世外桃源来。只有到了这里，他才觉得自己真实起来。认识了李老师后，他有了抒发心情的对象，能说些发自内心的话。那些话，他平时是不能说的。现在他又操起官话套话了。

他是想救李老师的。之前委实想救，但很快地他发觉救不了，所以他就想当个推动者。从拯救者成了推动者，他已经鄙视自己了。但渐渐地，这推动又成了虚的动作。斟茶就是一个虚动作，也好像在干，也好像很忙。也许就是因为已经养成了苟且习性，一步退，于是就步步退。确实是，总是想不退，但遇到难关，还是退了。并且是条件反射地，就好像孩提时候，大人一举起棍子来，立马就顺从了。但这次，他再也苟且不了了，这道坎跨不过去。他必须说话，但到头来仍然暴露了他虚头巴脑。他感到羞耻。

“唉，要是他们认，我就跟他们走。反正我已是快死的人了！”

他说。这简直是废话，村霸已经知道不是他打的，而是李老师。但他这话，特别是最后一句简直悲壮。

“要是挨他们一顿打能解决问题，我可以给他们打一顿！”男周也说。

“精神可嘉，”赵经理说，“但毕竟不是解决问题的办法。”

“也是。”男周说，“何况当时我压根儿就不在现场。硬说，在他们眼里反而没有信用度了。”

男周脑门灵光一现。“我倒有个办法了！既然有这份心，那么我们就都说是自己干的，大家都有打。法不责众。”

“这算什么办法？”赵太道，“既然大家都有打，那就都关在这里。跟现在这情形还不一样？”

她没明白，男周是想激发出李老师。我没打，我都想起顶替你了；现在大家也都为你受过，你好意思无动于衷吗？你还是个知识分子，号称那么有骨气。

赵经理明白了。“这也不失为一种办法。”他说，“至少让他们看到我们团结一致。”

团结一致，这种说法在这时候显得可笑，之前已经暴露出了人心向背。不，大家倒是不人心向背，他们是要把李老师推出去。但胶着的是推不出去，于是大家又有点想遮掩自己刚才的表现，于是团结一致这种说法倒成了往自己脸上贴金，虽然只能是拿筷子遮鼻子。大家一致点起头来了。李老师、吴老师也现出羞愧的神色，自己刚才那么失态。他们没说话，不知该说什么好，不说话，就是最大的接受与检讨。

孙处也觉得这个说法好，他竖起食指，点了点赵经理。赵太也同意了，但她提出，既然是大家，是全部，那么也要包括钱家。

赵经理一直觉得自己妻子捣乱，这下发现她倒是歪打正着地指明了问题解决的途径。男周也意识到了，他立刻附议。女周、孙处也觉得有道理，于是委托赵经理去叫钱总来。

“钱太也叫来！”男周别有用心地说。

“不要不要！”赵太还是满脑糨糊，“那女人来了，又要谈不成了！”

“人家还不知道来不来呢！”吴老师说。

李老师扯了一下她，制止。

果然只有钱总来。赵经理没有暴露出方案，只邀请他们来。最好一家子都来，包括孩子，这么一来就热闹了。但钱太还在生大家的气，不来。赵经理说，金乡里、银厝边，说开了就好，大家就是邀请你们去说开的。但钱太仍说，她要在家带孩子。

钱总怎么也想不到大家想出了这么一个不是主意的主意，简直是馊主意。他提出疑问，男周说：“你先说同意不同意吧！”

“怎么能同意？”钱总说。

这话把李老师惹到了。他本来感激大家跟他同舟共济，就是问题不能解决，大家也跟他在一起。“自私的家伙！”他脱口而出。

“谁自私？”

钱总要解释，但男周抢先不让他解释：“还说不自私！是谁告李老师的？”

钱总冤枉道：“我孩子被抓走了！我们也受害！”

“受害就可以不择手段了？”女周说。

“什么不择手段！”钱总说，“我们还能怎么办？换成你，你们，你们能怎么办？”

大家不答他。

“我这是倒霉！”钱总说，“还不是被别人的祸砸到的？”

“你这是什么话！”吴老师反击。

“还不是？当时我刚到那里。”钱总说。

“我还完全不在那里呢！”男周说。

“我没说你。”钱总说，“我虽然是在那里了，但也是刚落脚，天知道谁动手打人了呢！”

钱总两个巴掌在空中一抹，但眼睛却瞥了一下李老师。李老师坐不住：

“不用影射，就是我打的。你们不是已经把我告了吗？”

“那不就结了？”钱总说。

“不错，是我打的，但我是为大家！”李老师说。

“好一个‘为大家’！”钱总冷笑。

“也包括你！”李老师说。

“我要你‘为’？是‘为’你自己，为了表现你是好汉。好汉做事好汉当，你自己当去，为什么要连累大家？你当英雄好汉，把所有人都绑架了！”

钱总可绝对是精明人，他也知道发动群众，于是也扫视着大家，企图鼓动起大家的不满。这些意思，应该也是大家的意思。但他不知道，这些意思，在他来之前赵太已经说过了，没有解决问题。现在大家必须站在李老师这边，跟钱总斗争，以激发李老师对大家的感激，还有羞耻感、正义感，自己主动站出来。于是大家很高姿态地对钱总的话表示不满：

“说什么嘛！”

“什么绑架！”

钱总蒙了，大家这是怎么了？都成了雷锋、白求恩了？他实在想不明白，脑子混乱，竟然向所有人开火了。“你们，全脑子进水了！”

“谁脑子进水？”也不知谁反击。

“这不是？你们就愿意跟他绑在一起？”

“什么绑在一起，是同舟共济，不是说了吗？”

“虚伪！对，就是虚伪！真虚伪！毫不利己专门利人？哈！”

“不要说这些空话大话！”孙处开腔，“解决问题！”

“但问题在于，怎么解决问题？就你们刚才说的？”钱总说。

“这是目前能想出的最佳方案了！”赵经理说。

“哈，最佳方案？绑在一起死？这是方案？”

“那还能怎么办？”赵经理简直是在诱导钱总。钱总也不管是不是被诱导，他明确道：“就是：‘好汉做事好汉当！’”转头对李老师：“你还是不是好汉？还是赖汉？”

大家适时静了下来。静得什么也听不见，李老师听到自己心在跳。所有的人好像都在听着他的心跳，就看他是好汉，还是赖汉。

他无路可走。他听到自己髋关节发出声音，他身子要升起来。

他感觉到妻子按住他。他的屁股悬在半中间。他希望这时候出现什么动静，岔开他之前髋骨发出的声响，还有心脏的声响。他可以藏身在众人中。但没有任何声音，他感觉自己好像可笑地把头钻进地里，实际上是整个身子都露着的鸵鸟。我这成了什么了！

他没有幼稚到觉得大家真的都在支持他，就是付出代价也要支持他。他甚至也意识到这是大家的谋略，他被设计了。但大家也是实在没有办法了，能做到这份上也可以了。不平，失望，理解，宽赦，绝望，还有勇敢，一种种情绪像朝代更迭一样轮番上场。他慨然一叹，站了起来。

"我去自首。"他说。语气沉静。

大家仍没有声音。

"你又这么说……"赵经理作态地嘟囔。

"我说的是真的。"他是在好好说话，真实表达意思。

"你傻啊！"吴老师叫，扯丈夫的胳膊。

怕李老师变卦，男周率先肯定："真汉子！比我还真汉子！"对钱总："你还要怎么说？"

钱总也有点意外，还愣着。

孙处心里窃喜。"先不要……"但他却这么说。他不是说"不要"，而是"先不要"，先来个缓冲。自己仍然保持着好姿势，以减缓自己的道义压力。但最终还是要这么处理的。他才发现，自己之前一直表现出很为难，一再说棘手，潜意识里是给李老师显示，再没有办法，让李老师在一次次企图逃脱中，一次次剥夺侥幸心理预期，一次次夯实绝望：我看样子就是在劫难逃了！

确实，李老师最终做出这个选择时，并没有太困难。

"不要了！"李老师说。

"你不要这样！"赵经理说。

"不必了！"李老师说。

"你这是在怪罪我们……"赵太说。

"没有。"

"我们已经尽力了！"赵经理说，"我们真的是被逼无奈！"

"真是迫不得已！"大家也说，"我们一直在争取……"

"还得争取！"孙处斩钉截铁道，"我们大家仍然不会放弃的！"

“对，我们一下山，就会想尽一切办法来救你！”赵经理说。

“我们的资源在山下！”男周说。

绝望的吴老师向大家表示感激。蓦然瞧见自己丈夫往外面走。“干什么？”她好像不明白，叫。而且，这话不只是从吴老师嘴里说出的，大家也这么叫。好像谁也不明白李老师接着应该干什么，大家都处在懵懂状态中。

“自，首！”李老师慷慨道。

“不急嘛！”孙处说。他不能不表态。

“对啊！”大家好像猛然明白过来，也劝：“不着急的！”

“都这么久了，再拖拖也没关系。”赵经理说。

“明天再说！”孙处说。他不是说“明天再去”，而是说“明天再说”。说什么？他也不知道。

“过一个晚上，无妨。”赵经理也说，“陪陪夫人。”

这不归根结底还是要去？吴老师尖声哭了起来，好像给自己丈夫送葬一样。李老师烦了，甩着胳膊走了。大家仍然跟在后面，说着挽留的话，但没有人用实际行动上去逮他，也没有人想起他这么只身走了，没有带任何生活用品、换洗衣服，下面的日子怎么过？好像在潜意识里判定他已经不需要这些东西了，他就是去死。

李老师向村霸走近时，简直像《红岩》里发觉被叛徒出卖，为掩护同志而把自己暴露出来的许云峰。不同的是，敌人没有围上来。守住路口的村霸只有一个，他被李老师的奇怪举动吓愣了，拔腿跑村里去向同伙报告。李老师就在路口等着。这时候他完全可以跨过路障走掉，但他没有走，站着等村霸来。走了，自己算什么了？当然他也清楚自己走不了，这么长的山路，靠两只脚是走不下山的。到头来还是会被村霸抓回来，那时候就丢脸了。何况，他夫人还在这里。

但村霸并没有带走李老师。我应该想到，这时候村霸遇到的问题跟抓钱家儿子时是一样的。既有前车之鉴，村霸不可能再让一个大活人杠在自己手里。李老师自首，等于把球踢到了村霸一边。怎么办？把球再踢回去？不甘。于是让李老师先回去，在家里听候处理。

这边，村霸说话算话，拆除了路障。当即，大家撤离。

只有钱家走不了。他们没有车在山上，得按原来约好的时间等司机上来。钱太在这里一分钟都不愿待了，又开始怪罪钱总，说都是他出的馊主意。“雇司机？就你有钱啊，能雇司机！摆什么谱呢！有钱死得快！人家都走啦！”

她的声音在山间袅绕着，显得有点凄凉。

大家开车离开时，都望了望坡上的李老师的家，觉得是自己抛弃了李老师，甚至，出卖。每个人心里都有愧疚，但每个人都没有耽搁跑路的脚步。

但当车开过了原来的路障线，大家又不约而同地停了下来，出来，回到村霸那里，几个村霸在清理路障垃圾，打听，你们准备把李老师怎么办？

“怎么办？杀人偿命，欠债还钱！”村霸说，自己也觉得是夸大其词，危言耸听。

“什么杀人嘛……”孙处说。

“不就是伤情赔偿吗？”赵经理说，“你们要多少钱？说个价，我们可以一起凑一凑！”

“我们怎么知道？”村霸说。

“不是送医院了吗？”

“是啊，还在医院看呢！”

“那不就知道医药费了吗？”

“医药费就够了？”一个村霸道。

“那你们说要多少？你们估个价吧！”

“那怎么估得了？估少了，我们吃亏；估多了，你们说我们敲诈。乡里乡亲的，以后怎么见人了？”村霸竟然这么说，死也不肯说数目。

一下山，孙处就联合赵经理，开始着手拯救李老师。

赵太请孙处到家里谈，吃饭，但赵经理有顾虑，危机过去，回到日常生活中，他又觉得自己妻子对孙处热情得有点过头了。好在孙处也不来。就约好赵经理去孙处办公室谈。关上门，两人像密友一样。彼此都有劫后余生的感觉。

市局有个科长，平时喜欢跟孙处拉拉扯扯，无非就是想自己和孙处所在的口资源共享。但孙处不想跟他同流合污，他还想当个有原则的官员。这样，也使得他其实人脉十分有限。水至清则无鱼。他翻箱倒柜地想，公安口还真的只有熟悉这个人，只有去找这个人了。请他小聚，对方非常热情，满口答应帮忙。孙处知道自己是上了贼船了，将来不知道这人会拿什么辣嘴的菜给他吃，那时候就是屎，他也要吞下去了。这付出的代价未免太大了。

在酒席上，孙处曾经一度不能忍受对方灌酒，想一走了之。但他忍住了。这么一走,他可真是没有办法了。自己又不是多大的官，处，在官僚系统里算得了什么？再说，找别人不也照样要卖身？

当然他也可以不做。但不做，就是置李老师于不顾。李老师还被扣押在山上，抛弃李老师，就是抛弃自己的良知。他已经做得不好了，拯救李老师，就是对他怯懦的救赎。救赎就是要出卖自己，这够荒诞的。

既然自己卖了，那就要把村霸往死里整，告他们“黑恶势力”绑架。但赵经理听孙处的计划，提出，这样会把事情闹大了，产权证的事就暴露了。孙处被提醒，就打消了念头，改为利用公安来震慑那帮人渣。公安口熟人是个明白人，就以公安名义，但又是私人面子地托到当地派出所。

村霸才后悔不该把其他人放回市里。这些慵懒生活中的山民，虽然知道这世界恶，但没有坚持警醒，也没想到现实会如此严峻。但他们中也不是没有人想到，放大家下山时，他就反对。但问题在于又能怎么办？这个事，对他们成了烫手山芋。

“给他们脸，还不要脸！索性揍了他！”

大家你呼我应，就往李老师房子去，发泄。杀人偿命，欠债还钱，我们有什么错？

李老师本来也想好了要赔偿，特别是钱家被司机接走后，只有他家单独被扣在这里，吴老师一直说害怕，也想到拿钱消灾。但这下，村霸竟然说自己没错，就又不干了。“我还什么钱？”

“还什么钱？”村霸道，“你还不知道该还什么钱？”

“本来就是你们的错！”

“我们错？我们错哪里？”

“你们黑社会收保护费！”

回到最根本问题上来了。本来村霸还可以对这费做解释，但对方说“黑社会”，派出所传话来也用这词，他们被刺激了。“我们黑社会？你还杀人呢！”

本来李老师也可以纠正，自己并没杀人。但他不愿意跟这些人费口舌，他的情绪也往上顶。“我就是杀人了！杀的就是你们这些地痞流氓恶霸！你们就该杀！我是为民除恶，你们一分钱也别想得！”

好在吴老师又劝阻又央求，不然又要扭打起来。

“不赔钱，看你们走得了！”村霸丢下一句话，气咻咻回到村里。大家发誓，坚决要把他们扣在山上，扣到老死。但这当然是不可能的。那边，派出所又来催促放人，该赔多少赔多少，事情就过了。大家气还没消，那个比较聪明的村霸找到理由：是那个打人者不肯赔。“一分钱也别想得！”这是打人者的原话。一点诚意也没有。派出所不相信，来走访李老师，果然，李老师又说了这句话。

消息传到了孙处耳里。孙处觉得李老师很不懂事了。自己付出这么大代价，他竟然还那么任性。他联络赵经理，一起上山做李老师的思想工作。赵经理又去联系男周，“人多力量大。”

“大家的事！”男周一口答应。

“这事没解决好，我们也别想再上山住了。”赵经理理由很实际。

“这次要！”男周思想境界高。

但男周答应后，发现自己莽撞了。现在山上还是是非之地，搞不清楚，村霸再把他们扣押怎么办？好在他没有跟女周说，只是他自己上去的，他一个人被扣押，赤脚的不怕穿鞋的。但他真的是赤脚的吗？女周每天都要找他，查他的岗，搞得跟老婆一样，他老婆还没有这么查岗，有时候女周还会打电话到他家，问他的老婆在不在家？他老婆在不在家，跟她有什么关系嘛！是在他的家，老婆在又怎样？倒好像女周是老婆，男周老婆是“二奶”。再说，一到山上，手机就没了信号，那么女周就会怀疑他在山上，也许就会跑到山上来。她是很疯狂的，打车都干。她一来，我就再次面临丢脸了。但他当然还得去，不去，他更看轻自己。但他必须先把女周安顿好。怎么安顿？说出差？他们是一个单位，骗不了。说他家里有事？女周已经认定他家的事是没有合法性的。只有一个办法：推迟上山。让孙处和赵经理先上去，他上去时，先躲在别的地方观察情势，如果不妙，就溜。

脚踏实地不装的赵经理没有识破，太有使命感的孙处也没有想到这，他们就上山去了。赵经理对李老师说，他和孙处上来，是因为惦记着李老师，来看望李老师的，没有说是因为听到告状了。赵经理知道，知识分子就像小孩一样爱面子，这李老师的脾气就是吃软不吃硬。

“怎么样？”孙处关切地问。

“还怎么样？好得起来吗？”李老师说。

孙处说：“忍一忍，只要忍过这一关，看我们怎么治他们！”

“忍不了！”李老师说。

孙处以李老师察觉不了的速度皱了下眉头。“可以理解！您刚强，有血性，难得！在我们这时代，是难得的珍贵！但也要懂得保护自己。”

吴老师觉出不对：保护自己？怎么变她丈夫自己的事了？跟之前孙处的口径好像不太一样。“不是大家的事吗？”她说。

“当然是！”赵经理连忙说，“既是你们的事，又是大家的事！但现在是你们被扣在这里，你们首先要保护好自己！我们都在努力，‘冤家宜解不宜结’，你们得先离开这险恶处境。赔偿就赔偿吧，没办法。赔偿的款项我们大家一起出。”

“我缺钱吗？”李老师道。

“不是这意思！不是说了吗？大家共同有责任嘛！”赵经理说。

“我们有什么责任？”李老师说。

“我们？”赵处惊愕，难道这李老师现在认为自己都没责任了？

“我们这些住这里的人，为什么要被他们敲诈？”吴老师说。

“哦哦！”赵经理松了一下，“但毕竟是我们打人了嘛！”

“是我打的！”李老师纠正。

赵经理想：这人还真是耿得很。也好，你既然要自己承担，也就没我们什么事了。“我们之间，何必分得这么清楚嘛！”但他嘴上仍然说。

“我要分清楚。”但李老师又说，“是我打的就是我打的，所以也由我来分清是非，究竟是谁的错？我错还是他们？”

赵经理急：他不跟我们大家算得清楚，却要跟村霸算得清楚，倒不如跟我们算清楚。

“他们当然有错，乱收费，确实。”他只能先顺着对方思维，“但总不能因为这个，”赵经理本来要说“去打人”，他改了说法：“人就要被打嘛！”

“还是应该说清楚的！”孙处竟然说。

李老师也以为孙处是支持他较真的，就说：“是嘛！”

“乱收费，有错！”孙处说。

李老师点头。“就是嘛！”

“但这错，确实没有到了被打进医院的程度。”孙处又说。

李老师愣了。赵经理内心欣喜，处就是处，懂得因势利导。他就加上一把火：“是嘛！再说了，李老师你作为一个知识分子，动手打人有没有错？我们不是为村霸辩护，单从客观上说，毕竟是打了人了？”

“客观？”

“是啊，凡事要客观分析。”赵经理说，“要不讲客观，整个社会……”他本来要说“充满了戾气”，但改口了，“……要讲道理。”

“讲道理？”李老师叫，“别跟我讲道理！”

赵经理诧异，对方作为一个知识分子，怎么会说出这话来？“不讲道理？怎么能不讲道理？好，就算可以不讲道理，我们能不讲道理得过人家？丛林社会，我们不见得就是强者。世界乱来，可能先死的是我们。当然我不是就认可丛林法则，但正因为如此这样，”他顿了顿，整理思路，“无论从道理上，还是利益上考量，我们还是要以讲道理为好，要理性，是不是？”

他又转去吴老师。“是不是？我们现在还能活着，还能过，还可以享受好生活，虽然有限，我当然知道，相对而言吧！这世界上有绝对的幸福吗？去美国也不见得有。你们孩子在国外，应该比我知道。你们还比我好，好多了，你们有孩子，你们知道我没有孩子。你们在国外的孩子，总希望看到平平安安的父母吧？”

他捕捉到吴老师眼里的泪光。他继续说：

“不要出什么事！他们是土匪，我们犯不着跟他们较真，掉价！就当为了孩子！就为了孩子，为了家人，我们都是为家人活着的，我没有孩子，我也有家人，我们谁不是被家人绑着，是，受辱！”

“要不是为孩子，我早去死了！”孙处在一旁叫道。

无论是赵经理，还是吴老师都诧异，孙处从来不讲自己孩子，就是跟李老师交流心灵时，也没有讲到自己孩子。这使得他有点失态，但也让人感觉到满满的人性。“我都癌了，还这么辛辛苦苦要活着，都为了什么！”

“你们知道孙处为这事付出多大牺牲？”赵经理趁机说，“自己都这样了，还要为这事奔波，什么关系都用上了，你知道，托人哪有这么容易？孙处又是讲原则的人，只能拿原则去交换，让自己没原则……”

这让李老师感觉到受了重压。“不必要！”他说。

“那怎么办？”赵经理道。

“该怎么办就怎么办！”

“你这不是解决问题的态度嘛！”

“是我的事！我自己的事我自己解决！”

“那我们的努力都白费了？不说我，就说孙处，已经付出代价了，你就这么无视？我们为了托人找关系，这债不要还吗？”

“我还不了！”李老师说。

孙处摆手，制止赵经理，对李老师：“不是要你还。我们只是要把事情办成。事情办成了，付出多大代价都是值得的。只要你配合……”

“我配合不了！”

“你听我们说嘛！”孙处说。

“不用听！”李老师扬扬手，要冲过来把孙处、赵经理赶走。孙赵二人闪避着。“不要这样子嘛！”赵经理一面嘟哝，一面赔着笑脸。直到李老师的手划到他脸上。他火了。

“你这么了不起？要没有我们大家护着，你早被他们打死了！”

李老师像被掴了一巴掌。他尖叫：

“那我得谢谢你们了！要我赔你们钱吗？要我跪下来吗？”

他还真要跪，孙处抢前把他身子撑住。孙处这慌张举动，这吃力的样子，使李老师来劲了，他执意要跪了。他用胳膊肘杵孙处。

“你这样，我们就走了！”孙处说。

“走！”李老师叫，胳膊肘又凶狠一杵。孙处只能撒手。

“我们真要走了！”赵经理道，“我们一走，就没人管你了！”

李老师夫人冲过来，抱住丈夫，一边向赵经理、孙处使眼色，让他们再给点耐心。但李老师掰开吴老师。从来没有发现他力气那么大，他瘦弱的手好像只配拿画笔，但现在干得坚硬，有一种爪子的力量。更令人惊骇的是，这力量竟然用在自己妻子身上，简直是窝里横。

吴老师索性整个身子下坠。

“你就想想我们吧！你不为我想，也要为孩子想！”她哀号。

“没有我，你们也能活！”李老师道。

“你这说什么哪！”吴老师叫。

“本来我就不该生他！不该结婚！我就不会被挟持！”

“已经结了生了啊！”赵经理道。

“那就，快刀斩乱麻！长痛不如短痛！”

“你能斩得了吗？”赵经理道，“你这是不负责任！对我们不负责任也就罢了，把我们不当一回事，当一棵葱，我们是自己讨贱！我们才是自作自受！但你也对自己亲人不负责任？你孩子都那么大了，你还像小孩，你可怜可怜你妻子吧！”

“这是我们家事，不要你管！”李老师道。

他竟然开脚踢孙、赵。“真是不知好歹！”赵经理道。孙处脸色铁青，腮边一暴一暴着牙龈痕。他扭头走出门去。

男周上来时，山上一片平静。孙赵两人已经下山去了。男周从吴老师嘴里知道了之前发生的情形，他向李老师表达了敬意。不是虚伪，他是真心的，他怒斥这时代人的精神萎靡。他是要借此事，跟李老师站在一起，找回自己的尊严。这下他想，要是女周也上来就好了，她会看到。也无妨，他是为自己，就连李老师会怎么在心里赞许他，他都无所谓。

但李老师似乎对他没什么兴趣，他已经被自己的勇气撑得满满的了，不在乎别人支持不支持，觉得这世界上的英雄只有自己一个，自己独挡邪恶势力。

“这是什么人嘛！”下山路上，他对孙处说，“我们为他付出代价，特别是您，他竟然不当一回事！人情世故都不知！”

孙处腮边一暴一暴着牙龈痕。

赵经理回去跟妻子说了。“简直没有良心！”赵太说，“我们别插手了！我们仁至义尽了，问心无愧！”

撂挑子前，赵经理分别给其他人打电话，汇报情况。“我们使不上劲啊！”

“我早就说不要管他了！”钱总说，“祸本来就是他惹出的，还砸到我们身上！”

男周不接电话。没有女周电话。

赵经理把大家的反应汇报给孙处，孙处不语。

创作者我

“编吧，编吧！”原作者打断我。“编成没一个好人了！”

“谁说没有？”

“就一个李老师，就他英雄？”

“孙处！”我想了想，说。

按人物性格，孙处应该还是不能撒手的。特别是李老师那执意要下跪，简直是在羞辱他。他觉得自己可耻，自己有罪。他自己一个人跑上山去了。

李老师依然臭脸对他。那脸，比对村霸还要臭。孙处也知道自己之前的行为暴露了自己，在李老师眼里无疑成了投降者、叛徒，李老师恨他。再想，自己这些人确实比村霸还可恨，村霸不过是要敲诈，我们呢，举手投降；村霸敲诈还可以说是为自己利益，我们呢，却连自己利益都不保护。李老师是在替我们保护，现在他是在为我们受难。没有人把李老师的行为理解成是为自己受难，只有孙处一个。这样，孙处觉得拯救李老师，就是对自己的赎罪了。

所以他才实在不能放弃。他不能放弃自己。

但问题在于，究其根本，自己又有何罪之有呢？自己到底做了什么？我到底犯了什么罪？我要承受这样的羞辱？我又不是基督徒。他最终还是挂不住脸，悻悻下山了。但回到庸常生活中，他又觉得自己有悖于人生的最高原则，自己活得猥琐。他就又上山去了。

"要理性，"他这样开口。理性跟信仰是在一个逻辑线上的，于他自己，就是遵从最高精神原则，比如上帝，拯救自己灵魂；对李老师，就是让李老师用理智得以解救。

"我很理性！"但李老师压根就没想跟他对话。

孙处愣住。"我们谈具体问题。就现在这种情况，你觉得怎么解决好？"

"该怎样就怎样！"

"那您究竟准备怎么样呢？"

"就这么样！"

"就这么样？"

"对！"

“后果想过没有？”

“不用你管！”

对话断了。

“不行不行不行……”孙处把头摇成拨浪鼓，“这怎么行？我一定要救您！”

“不要！”

“不行！我们无论如何不会放弃的！”

“真烦啊！”李老师叫。

“不要这么说！我知道我们做得不够……”

“跟你们有什么关系？我要说多少遍！”李老师咆哮起来，“你没耳朵吗？还是理解力有问题？”他敲着桌子，俨然是敲着讲台。“还当领导！差生！差生啊！给我滚蛋！”

孙处不动。“我不走！”他竟像学生，赖着。

“走！”

“不走。”

“不许！”

“就不走！”

“好！好！那我走！”李老师叫。

“去哪？”孙处问。

“去死！让你救个死尸！”

孙处惊，觉得对方真会去死。吴老师也慌了，来拉丈夫。孙处也来拉，救人命要紧。这下，李老师坚决要去死了。吴老师连忙向孙处摆手，让他走。孙处慌慌张张退出。但又不甘心，在门口站住。吴老师哀求地示意他，走！

他踯躅地退出李老师家的门，感觉自己是被逐出了天国。

“编！继续编下面的情节！”原作者继续说。

我承认，我委实有点编不下去。事情最后要怎么断落？孙处管不了了，其他人更是不管了。那么李老师能撑多久？最重要的是，李家的食物吃完了。这倒是到了可以舍生取义的时候了，李老师可以去死，但他的妻子怎么办？还有远在国外的孩子。吴老师就在他身边，也不可能让他去死。究竟有多大的事，要付出生命呢？

村霸也难办了。他们当初释放了钱家孩子，就是担心闹出人命把事情闹大了。我让村霸胆怯、退却，但这个李老师，我既然把他树立成了英雄，如何让他退却？我承认，我搞不定我的人物。

“奶奶的，木头夹在锯里了！”村霸心里嘀咕。

最初他们一天来威胁好几次，但这个李老师就是不理睬。他是英雄嘛！他们想，耗吧，耗到你没吃的！但到了他们估计对方真没吃的了，就又害怕了。会饿死人的，弄出人命来。所以他们就降低要求，只要对方赔一千元。但李老师不干。又降低，赔五百。李老师还是不干。又让步，就补缴当月服务费得了。本来，那个被打的同伙其实并没有伤，一个执画笔的手能把人打成什么样？但李老师也不干。

“这关乎原则！我们没有委托你服务！”又是这话，“这是敲诈！”

这在村霸，是只有小几十元钱，但在李老师却关乎原则：这是不合理的，是“潜规则”。

这姓李的是什么怪物？

但还是不敢饿死人的。村霸就半夜摸到李家门口，偷偷丢些食物。但这个不通人性的李老师，竟然把食物扔掉。村霸就又放。那姓李的又丢出来。于是他们就像孩子斗气，你扔过来，我丢出去……

“这成了什么了嘛！”原编剧道，“连故事都讲不圆！”

他告到团委书记那里去了。他歹毒就在于他是向团委书记告状，而不是辅导员。他知道张导也许还会跟我讲道理。但团委书记正忙着校庆的事，还是叫张导来做我的思想工作。

“我理解，你这是‘后现代’的故事。”张导说，“‘后现代’写作常无法结局。卡夫卡就是这样的。”他竟然把我比卡夫卡。虽然我有疑虑：卡夫卡是现代还是“后现代”？但我喜欢他这类比。他竟然从“后现代”来理解，我承认，我像被抚摩了伤口的小动物一样痛并温驯着。

“原作是战争年代的故事。抗战，二战，那是一个峻急的时代，一个原则鲜明的时代。敌就是敌，我就是我；中国人就是中国人，日本人就是日本人。你日本人到中国来就是侵略，绝对不能容许，我的抗争是绝对应该的，不抗争就是投降。而你的背景是和平时期……”

“和平时期又怎样？”但我仍然嘴犟，“国歌还用着‘中华民族到了最危险的时候’这样的句子呢！”

张导瞅着我。他大概是意识到会被我推到沟里，他要陷入危险的政治思想问题里了。“当然，”他又在这一面肯定我，“你说得很对！我们任何时候都要有危机意识。你很有正义感，很有原则性，很好！这很可贵！”

“就是嘛！”我嘟囔。

“但我们是在谈‘后现代’状态。”张导继续说，他小心翼翼地避开了敏感问题，进入学术领域。“‘后现代’社会固然也充满了危机，有矛盾，甚至有更多的矛盾，令人吃惊，令人愤慨，甚至令人绝望。但这毕竟不是一个峻急的时代，不需要像萨特当年那样，对自己应该采取怎样的行动必须马上做出抉择，因为关乎是非。这是个非峻急时代。所以……你的构思出现了错位。你的人物是处在非峻急时代，是否有必要做出那么强烈的抵抗？你的李老师也没必要，本来可以妥善解决的，智慧地解决……”

“好一个智慧！”我挖苦道。

“生活不都靠智慧吗？”他说，他确实智慧得仍然语气平稳，“就是对他自己，也没有好处，他也让自己做无谓的牺牲。”

“人家愿意牺牲！”

“好，那退一步说，也不能给别人制造麻烦啊！就连去救他……”

“他是为了大家！”

“大家未必需要他这么做。”

“那他也不需要你们，他牺牲自己好了！”

“大家怎么能看着他牺牲呢？会觉得是欠了他的。但人家怎么就欠他呢？是他自己惹的祸。人家去救他，他还不领情，好像人家是应该去救他的。而且，他还继续任性，让人家救不得，不救呢，又不是，又缺乏道义。人家就这么跟他绑在一起了。说不客气点，这是道德绑架！”

张导大声了些。但又连忙缓和了声调。“我们不说作品了，好不好？现在解决当务之急。校庆是当务之急，人人都在全力以赴。这个剧目是上报了的，定下来了。到时候交不出戏，完成不了任务，谁也吃不了兜着走，后果不堪设想。所以还是用原来的版本，怎样？”

我不听。

反映到团委书记那里。团委书记也来做工作。我仍然固执己见。反映到院党委。书记道：

“最初就不该另起炉灶！什么更好的本子？惹出事来了！”

不过书记还是找我谈话，要说服我。他竟然亲自找我，这让我产生了受宠之下的任性，觉得自己可以像孩子一样耍泼了。他还让我喝茶，然后，辩论。辩了几轮，他终于没有耐性了，说：

“不要再讲了！”

“就不讲道理了吗？”我抗议。

“这是院党委的决定！”他说，“校庆是重中之重，没有道理可讲！”

啊，三千年不眠不睡的时辰，
每一刻全由刺心的创痛来划分，
每一刻又都长得像一年，刻刻是
酷刑和孤独，刻刻是怨恨和绝望。

我蓦地冒出这个台词，还不知不觉地念诵出来。这是雪莱《解放了的普罗米修斯》里的句子。在雪莱这里，普罗米修斯拒绝答应宙斯的条件，他铁了心，决不妥协。我觉得自己是豁出去了。

书记怪异地瞅着我。他脸一沉，嘴唇一啧：

“神经病！换人！”

把我赶出来，门砰地关上。

我一直觉得自己很勇敢。但当时，我应该承认，我脊梁发凉。那感觉，正是我描绘的孙处长被李老师驱逐出来那样，像被逐出天国。

但孙处是我否定的人物，我应该是李老师呢。但现在我明白，写英雄跟当英雄不是一回事。

我必须承认，导演这个戏跟我前途有关。我得知来观看演出的嘉宾里有著名导演姜文。我所以把剧本推翻了重新构思，也是想在姜文那里展示我的特立独行。

我开始懊悔。但也未必，我身体里的英雄人格仍然屹立着。一方面，我要创造我最有感觉的人格，展现给姜文导演；但另一方面，坚持创造这人格，又让我失去了在姜文导演面前展现的机会。也许可以考虑退回原剧本？但那样，我就无法展现最好的自己了。但不管怎样我还可以当导演。我安慰自己，这是我通往伟大理想过程中的无可奈何的妥协。不，是必须跨过的一道耻辱之坎。等我有了权力之后，我就可以导我自己的本子了。我，一定！一定！

有了这种自我期许，我就能心安理得去投降了。我找辅导员表示我可以导演原来的本子。张导说，现在他说了不算了，要去问学院团委书记。

我又找了学院团委书记，团委书记也说，现在问题不在她这里，在党委书记那里。

我又去敲党委书记的门。我在当初被关上门时，就应该去敲这扇门。我后悔了吗？也不。当时我去敲，就是投降。但我去找了辅导员、团委书记不也是投降吗？我宁可向辅导员、团委书记投降，毋宁说是想找他们来为我说情。我知道，我当时就去敲党委书记的门，被我激怒的党委书记是不会理我的。现在，至少也让他消消气了吧？其实我挺鸡贼的。

成功是属于技巧的，导戏需要技巧，演戏需要技巧。哪里有不需要技巧的创作，所有创作者都机巧。

但无论是辅导员还是团委书记都不理我了，怪我演得太过火了，伤了他们。现在，我只能贱兮兮地来向党委书记谢罪。

但门一直不开。

我承认我几乎要跪在那门前。是表演需要？也是内心需要。我真的很恳切。

有一刻我想，算了！但我的骨头是软的。

我咒骂自己：你人格如此卑微，还创作个屁啊！但我就是没有走掉。

说是伟大人格才能写出真正作品，但历史经验证明，没有技巧，是连作品都发表不了的。这包括艺术技巧，更包括混世技巧。我们谈文学艺术时，谎言太多，只有骗文艺傻子。

但我又仍然自诩自己是在做文艺的，不然，腿骨连跪的力量都没有。于是内心又升腾起一种崇高感、悲剧感。我对自己说：我这是在忍耐！等我扳回来了，我要复仇！我不仅要做自己，还要复仇！

但十年后我成了导演，已经有权力选择自己的本子时，我也没有去导这个本子。我觉得它幼稚，不，是可笑，有病。我甚至怀疑，勇敢是否是人类历史积淀下来的一种强迫症？

我甚至都记不起当初求人的耻辱了。

到夜深人静，我有时也会看到自己：我一直以来的勇敢，难道不只是为了获取权力吗？与正义什么的并没有关系。人很容易把自己给骗了。

但当时，书记的门一直关着。我只能去搬另一个救兵，我父亲。

我承认，我是本学院教师的儿子。所以学院选我当导演，跟我是我父亲的儿子不无关系。

其实，我所以能霸道地推翻原剧本，另起炉灶，还敢顶撞院党委书记，就因为我父亲。他是我们学院当代文学专业全国重点学科的学术带头人。没有他，这全国重点学科都申请不上。我作为他的儿子，也得到别的同学得不到的特殊资源。

我应该承认，我在叙述这个事情时，省略去了剧本原作者的一句话。在他的本子被我否决时，这个好学生恨恨朝我喊：

“还不是因为有你爸！装什么普罗米修斯呢！哦，不错，你是！普罗米修斯可是神级英雄呢！外国文学课，我们一个教室上的，以为我不懂吗？神就是神，英雄只是人，英雄再努力也永远成不了神。我和你，归根结底就是这个区别！”

我其实对此心知肚明。父亲的存在是个“原罪”。我所有行为都在证明自己可以摆脱出来。

但我应该承认，我所以这么硬气，还是心中有底：到头来终会有父亲可以拉我一把。

我最不愿求的就是我父亲，但我还是求了。我让自己感觉自己是到了迫不得已的地步了。

“好好的事情搞成这样了！”父亲骂，“你真会无事生非！你真会惹事！”

我以崩溃的姿态接受他暴风骤雨般的责骂。

“早知如此，何必当初！早跟你说了，不要像好斗的公鸡一样！大家都想安生过日子。将心比心，你扪心想一想，你要是党委书记、团委书记、辅导员，你遇到自己这样的人，讨厌不讨厌？你要是父亲，你儿子要是这样的，你什么感受？人都是人，你换位思考一下，体会一下别人好不好？”

父亲年轻时可是像我一样激进的。他接受的是启蒙主义教育。在我小时候，他也用启蒙主义思想教育我。但我长大后，他转而用传统文化来驯化我。

我乖乖听着，垂着脑袋。

“你现在怎么不辩了？”父亲道，“你不是很会辩吗？你不是很勇敢吗？你勇敢，你就干脆别求人家啊！也别求我！无非就是不当导演了呗！无非就是不在姜文导演面前展示了呗！姜文看了演出就能注意上你？可能性微乎其微。就这么不确定的希望，都让你放不下，都让你骨头软成这样了！”

这话相当打击我。我简直无地自容。我很懊悔。如果我没有惹这事，我还可以牛气哄哄，父亲奚落不到我。世界上很多牛气哄哄的人，其实只不过是没有轮到考验他。我呢，更属于愚蠢，自找考验，自取其辱。

“还不是叫你献出生命呢！你凭什么指责别人怯懦呢？这个怯懦，那个妥协，这个犬儒，那个猥琐。你剧本里那些被你抨击的人，山庄住户，还让他们被控制，被囚禁。你现在还没被囚禁呢，怎么就投降了？你自己这样，凭什么要他们当烈士？你人格如此卑微，凭什么创作？无非是纸上谈兵。自以为很勇敢，这时代有勇敢的创作吗？不过是生存得到保障之下的矫情。舞文弄墨，就自以为参与社会正义了，获得了已然付出的自许，然后返回原来的日常生活之中，安稳过日子。这就是这时代的创作！还可以构筑起正义之墙，跟生活中的不义形成阻隔。‘众人皆醉我独醒，众人皆浊我独清。’但其实，你不过是‘键盘侠’。什么批判，不过是抬杠！你以为你是英雄？你只是个‘杠精’！你塑造的那个李什么……也是个‘杠精’！‘杠精’塑造出的只有‘杠精’！害人害己！不，损人不利己！不，虚伪至极！说什么原则呢？只不过不服别人就跟人抬杠。要论原则，那个李……李什么？你告诉我，李什么？”

“李老师。”我答，给他供出靶子。

“对，就是李老师！他跟山庄上其他人还不是一样？跟他不齿的人还不是一样？他那么正义啊？他的正义性从何而来呢？他不也是既得利益者吗？你得利益，就有人被损害。他不是理想主义者吗？他应该明白这一点吧？而村民就是被损害者。当然他们是‘村霸’，就按你界定的那样，他们不是老老实实的村民。但凭什么农民就要老老实实？这‘老实’是谁定义的？他们为什么不能反抗？他们所做的难道不就是反抗？当然他们是用非法手段，但‘法’又是谁定义的？”

我愣。一直以来坚信不疑的观念在瓦解。或者说，不曾去怀疑过的、囫囵就接受了的观念。这时候我是认真的，不是鸡贼的。一个人要活着，脑子总要明白一些问题，哪怕是明白了后，再把脑瓜当尿壶。

但是，有些东西，或者说有些信念是总该有的吧？“那‘共识’呢？”我嘟哝出一句。

“‘共识’？‘识’如何‘共’？”

我没有想到父亲会这么反问。

“对了，那个李老师，实际上就是你自己，你别否认！言说就是价值观。这不是我说的，我知道你看不起你父亲，这是洪堡说的。你把自己比作普罗米修斯，这倒是歪打正着。你知道普罗米修斯盗火给人类，是建立在‘差序秩序’上的吗？‘差序秩序’！所谓秩序，都不过是建立在‘差序’之上！神向人类施加的是恩惠，是神的价值观。不要插嘴！我知道你要说什么，你要说宙斯。不错，普罗米修斯要反抗宙斯，但普罗米修斯不也是在建立神的价值观？海洋女神的柔软统治就是正确的吗？再说，让人开心智就是好的吗？难道不是给人类注入盲目的希望？你应该也知道普罗米修斯还发明了一种药术，让人类不死。但人类本性就是必死的啊！让必然要死的人类醒过来就好吗？你不要插嘴！我知道你要说什么。鲁迅？你们就知道鲁迅！铁屋子？我比你懂！‘从昏睡入死灭，并不感到就死的悲哀’。但你怎么就知道鲁迅是在肯定‘大嚷’的呢？‘使这不幸的少数者来受无可挽救的临终的苦楚，你倒以为对得起他们吗？’当然他也说了，几个人既然起来就不能说决没有毁坏这铁屋的希望,即便如此,鲁迅也是可以反思的,他是在他的‘序列格’上。知道什么叫‘序列格’吗？‘启蒙’就是一个‘格’,知识分子的‘序列格’。知识分子从来都是这么可笑、可悲、不负责任！什么时代都是！我是从八十年代过来的，我知道你觉得我是蜕变了，但怎么就没看到八十年代我们是患了‘启蒙’病？孩子,‘启蒙’是一种‘心灵病’，理想主义是一种病！但在峻急年代不容易被发现，整个峻急年代人类都在生病。但在痊愈之后，却又失落了。人类就是这么不可救药！看哪，法国又在乱了！当年‘大革命’、断头台，还有巴黎公社，现在又革命了！那自杀号称‘献身’，但这是患了‘自我牺牲’的‘心灵病’！这也是海洋女神对普罗米修斯的评价，你可以自我牺牲，拿我们凡人怎么办？求求你，谢谢你，不要拯救我！我们可以过自己的生活，我们有权利过自己想要的生活！我们有苟活的权利！”

我感觉很混乱。真的是混乱，不是气愤的，不是耍泼的，不是怨恨的，甚至也不是绝望的。是崩溃式的，直线崩塌。

我后来成为专业导演，归功于十年前的那个崩塌，不，是瘪，瘪下去，几近无声。瘪则平坦了。我顺从了父亲。父亲于是答应我去跟党委书记说说。但他告诉我，他跟党委书记关系不好，一个是行政的头，一个是学术的头，他们意见经常不合。但是为了自己儿子，父亲豁出去了。这我之前并不知道，要早知道，我从一开始就乖乖的。

父亲是怎么跟书记说的，我不知道。后来学院里流传着一个短信内容，是书记回复我父亲的内容。一定是书记传出去的，将心比心，换我也会这么做。

那短信是：

普罗米修斯已松绑

爱瘟神的女人

脸

出房间向左，就下楼了。下了长长的楼梯，就到楼外，不必经过房东住的一楼。租客进出有单独通道，只是到了户外，必须从楼前经过。常会看到房东老太太从高高撅着的屁股下面窥视你一下。她总是撅着屁股忙着什么。房东已经很老了，身体佝偻，可能是蹲不下来。

2019年秋天我去日本。先入读语言学校，我所在的语言学校没有寮，托学校为我租个房子。图省钱，我就租アパート，一个旧公寓。洗手间公用，没有洗澡的地方，我也无所谓。

入住第二天，听房东在外面擦地板的声音。我出来去撞见她，为的是向她打听我隔壁房间的住户。我没见过那住户，只从房东嘴里知道我邻屋住着人，房东的用意大概是让我要关照邻居，不要发出大的声音。

为了跟房东搞好关系，语言学校建议我给房东送个小礼物。我带了一些国内茶叶，来的当天就送给了房东。“给您添麻烦了，请多关照！”我用不熟练的日语说。房东好像猛然明白我是送礼给她的，佝偻着身子抱着，珍惜得像担心被人拿走礼物的孩子。一再道谢。然后聊到了邻居。她是否在暗示我也要送邻居礼物？我想来想去，也想送礼物给邻居。我出来向房东问邻居的事，其实有点冒失。二楼的公用厅不大，那邻居就在房间里，我们说话她一定能听到。背着谈论人是不好的。好在房东明朗告诉我：吉田さん出去了。さん，我以为是男的。

“我早上看到的，骨碌碌下去了。”房东说。

她不是用“咚咚咚”。下楼应该是“咚咚咚”的，房东是在表达客人脚步很轻吗？确实，昨天搬进来后，我就没觉得邻居进出，或者是本来就在房间里？但也应该出去的吧？搬家与整理房间，我一直进进出出，就是没见到这个邻居。也许是因为那房间紧接着楼梯，她一出来就下楼了，出去了。我的房间并不是最接近楼梯的，只是我觉得已经是顶在楼梯口了。

留意着，到晚上，终于听到有人上楼来了。开门，关门，声音小极了。我捧着乌龙茶出去，敲门，却没听到回应。

我下楼，绕到房东门前栅栏处，问房东。房东撅着屁股说，吉田さん好像还没有回来哟！

那刚才回来的是谁？才知道，还有另外一个邻居你，在楼梯上来的另一侧，与我隔厅斜对。这房东怎么一开始不说全？也许是数着说人，“住着两个”“这一个是”“那一个是”什么的，有点不够礼貌？而且，才知道紧贴我房间住的是个女人。さん，并不只是指“先生”。

或许是因为你是中国人，房东觉得你不会忌讳吵，所以当初不必特地提醒我？这让我有点兴奋，邻居有个同胞，有事可以相帮。听房东说你，庆应学生。能上庆应啊，真让我羡慕，我也想上庆应。我就更多留意你的房间。你房间边上就是公用洗手间，你比我早租，怎么不租我这一间？向房东打听，房东说，你自己选的那间，离楼梯近。

能近几步？大概是房租便宜吧，我想。但在日本不能问人家钱的事，这我懂。

又一天，我回来，上楼，开门，钥匙用得不太方便，开了半天，楼梯下面有了声响。我就想到了乌龙茶。不管是谁，我都送礼物。我抢进房间，捏了礼物出来。脚步声已经快到楼上了，步伐“咚咚咚”。这不是房东向我描绘的声音，不是她为我树立的榜样。是你。我不好迎上去见你，就在自己房间门口磨蹭，等你完全上楼时，装作撞上一样，跟你打招呼。

你发现了我，立马退缩回去脚步。如果不是再退就下楼梯了，你的脚后跟感觉到楼板边沿，看那样子，你还会继续退下去的吧。

我手里拿着礼物，并不像是撞上的，于是就不敢把礼物递上了。只是点头，我还不会习惯性地哈腰。你却向我鞠了个躬，微微侧着身子。后来我才知道，女人微微侧着身体鞠躬，是一种礼貌。但当时我却觉得你只是在敷衍我，接着就顺着侧身姿势要走掉。我一急，直接说出了中国话：

“你好！”

“你好！”你回答。波澜不惊的，难道你已经知道了我是中国人？但不是我自己先说出中国话的吗？我简直乱昏了头。

定睛看，才发现你所以会给我波澜不惊的感觉，是因为我根本看不到你的样子。虽然能听到你的声音，但那声音是躲在口罩里的。你戴着口罩，口罩上还戴着眼镜。那眼镜非常大，联合着口罩，把你整张脸遮住了。你为什么要戴那么大的眼镜？大概觉得按你的脸形戴大框眼镜好看？我自己读中学时，也曾一度喜欢戴眼镜，觉得能矫正我的脸形。我没近视，弄个平光眼镜。后来被我父亲喝止了：“没近视戴什么眼镜！什么鬼样子！”你应该是近视的，但我能够体会到父亲所说的鬼样子。我看不清镜片后面的眼睛，你的表情，是友好的，还是厌烦的？或者是冷漠，就像镜片玻璃的反光，连同口罩的白色。

说话，我说是刚来的。你又微微鞠了一个躬。样子并不像冷漠。但你怎么就不脱掉口罩说话呢？也让我看到你的嘴巴，觉着你在回应我。但你根本没有讲话，看到那嘴也没有用。

多少觉得受怠慢，无趣了，也没有送礼物的想法了，就随你转身去开你房间的门，进去。

中国人对中国人并不比日本人对中国人好，想起我来之前听到的一种说法。倒是日本人常常很热情。这我在接着的日子里更感受到了，迷路，问日本人，日本人会很热情给你指路，甚至直接带你去。我第二天就迷了一次路，日本生活街区的样子都差不多。问路边一个水果摊老板模样的，他跟我比画，看我仍然不明白的样子，就叫出一个女的，老板娘吧？让我跟她一起走。走到一个路口，女的指着前面："那就是。"我认出了房东的房子。

带路的女的也戴着口罩。日本人戴口罩的并不少，尤其是女性，还有白领样子的文弱男人。大概是怕空气污染吧，日本人有洁癖。但你是中国人，戴什么口罩？当然也可以理解，你在这里待久了。但你见我时，已经不在街上了啊，已经到自己住处了。也可以理解为你是刚回来，忘了脱口罩。

但再见到你，你仍然没有脱口罩。也许是我们仅寒暄的缘故，很快就别过了，脱不脱口罩无所谓。但我是想跟你多说些话，向你请教问题。你不至于冷漠到连问你一些问题都不愿意回答的程度吧？平心说，你也回答的。有一次还回答得挺多。我们站在二楼我们房间之间的空地上，光线幽暗，不知不觉就说了挺长时间。我自我介绍姓陈，福建来的。你说自己姓杨，北京人。我亲切说我是在北京上的大学，北航，我想上庆应。这时你眼镜片后面的眼神打出了惊讶的光。我说明道，是房东告诉我你的学校的，我现在在上语言学校。

"我是直考。"你说。

"修士直考啊！大神啊！"我说。

你有点害羞了。你是会跟我交流的，并不冷漠。要不是这时候房东提着桶上来做卫生，要不是房东跟你说起了话，我们可以继续谈。

但你自始至终还是没有脱口罩。不会因为顾着谈话，忘了脱了吧？

一天，因为一直没碰到吉田さん，我又向房东问起。房东说吉田さん一个人住，敲门要是里面没回应，就是人不在。于是又聊起吉田さん。房东并不像大多日本人那样不议论别人，也许是老了吧，喜欢聊天。房东说吉田さん一个人过，丈夫已去世，没有孩子。家乡有亲戚，但基本不回去，父母兄弟姐妹都在战后过世了。

战后？动用我的知识，应该是太平洋战争之后。对我这一代来说，那场战争已经非常遥远，只是从抗日影视剧里看到。“战后了，怎么还会……”我脱口而出，马上觉得自己无知，日本战后经济崩溃，饿死了不少人。“是饿……”

“不是饿死的，”房东说，“是霍乱。”

原来那时候还发生过瘟疫。但在2019年秋天，瘟疫这事我不关心。我寻思的是，这么按年代算吉田さん，就算她父母去世时她才几岁，她现在年纪也已经七十多岁了。虽然我知道日本人长寿，但七十岁还能骨碌碌下楼，还是令我惊异。后来我终于逮到她回来，把礼物送给她。她也戴着口罩，也是大眼镜，这使得我一时恍惚，以为是逮错了，这不是吉田さん，而是你，杨さん。直到她用小女孩一般的嫩嗓子道谢，你可没有这种嗓子，才把你跟她区别开来。但很吊诡，你却比她年轻。

吉田さん像少女一样闪身进屋了，关上门，整个动作简直可以称为轻盈。之后好像是关系畅通了一样，我经常遇见吉田さん。一如既往的大眼镜、口罩。她的身材也像少女一样苗条，也许是被衣服塑造的缘故，日本女人会打扮，但衣服里面早已无可奈何是衰败的身体，不是苗条，是干瘪。

有一次竟认错了，把你认成了吉田さん。这使我不禁打了个哆嗦，我怎么会犯如此离奇的错误？再审视你，你身材也很好。难道你也表里不一？但你肯定不老，还在上大学院的，怎么会老？身材好也是理所当然的，那么，那身材是真的了。但你为什么不露脸呢？难道脸长得不好看？身材好的往往脸不好看。但也不至于把脸掩起来吧？再说楼上光线晦暗，看不清楚的。脸不仅是美丑所展示的部位，还是确认人的部位。我们一般对人做出判断，不就是通过脸吗？不是有脸部识别这种事了吗？日本银行有人脸识别吗？我刚来不久，还不知道。

只能想到你模仿日本人，有洁癖。日本人的清洁，在我看来，就像这アパート洗手间里放着卫生球一样，那味道，说是取得清新效果，实际上是怪味，是浊，反而把空气污染了。

或者，戴口罩是一种自律？但我都没戴口罩，你在我面前自律什么呢？要说忘了摘，不至于每次都忘了摘吧？有一次，上楼后的你甚至喘不过气来，攀上这么一个长长的楼梯，中途没有拐弯，直直一路上来，我一个男的都会觉得吃力，你一个女性，再戴着口罩，不会憋坏了？但你仍然没有扒拉掉口罩。

看得出来你爱美。口罩戴着，还保持着完好的一道道褶子。再探究看，圈在耳轮上的系带也没有打卷，工工整整。但喘息时，口罩的鼻孔处一喷一抽，呼吸受到限制，褶子被抻拉开了，而你还是没有脱下口罩。活命本能难道不会让你去脱口罩？你究竟在掩盖着什么？丑陋？我也曾透过你的眼镜窥视你的眼睛，想窥视你的心里。但那镜片是灰镜，我只能模糊揣测那后面有双眼睛。如此而已。

我几乎完全不了解你。

2020年，日本正月，放假，学校也在假期。这时候一个不妙的消息在微信里流传。我们这些中国人，到了国外仍然用微信，文字还是中文简体方便，朋友还是国内的，消息源也是来自国内。中国武汉暴发了疫情。中文网络上最初是说“非典”，后来说是“新型冠状病毒肺炎”。武汉封城了，整个中国禁行了。一些拿到签证的留学生快快跑出来。我庆幸自己早一步来日本。

中文社交平台上对日本是放心的，至少比对中国国内放心多了，说是国内疫情肆虐，日本才开始，日本人讲究卫生，日本人有戴口罩的习惯。但我并不戴口罩，我的理论是：大家都戴口罩了，你们戴了，我也就没什么危险了。即使我带病毒，你们已经隔离了我，你们是安全的，管我呢！但我也觉得自己不文明。尤其是，中国春节，东京塔披上了中国红，有文章解读这是在表示“中国加油”“武汉加油”，不戴口罩的我，走在街上，自觉得有点像过街老鼠不能见人了。

但很快的，“钻石公主号”游轮疫情的事越传越烈。这艘被禁在海上的船，原来只是随着海风带来似有似无的消息。现在它成了一个障碍，让岸上的人不能不面对。甚至，房东把它比喻成当年的“黑船”。这船被允许靠岸，人被允许上岸了。也不知是否这样的原因，日本感染上了疫情。从后来发展的情况，所有说辞都不一定站得住脚，所有即便是客观科学的发现，都只是一种假说。

语言学校取消开学，改成上网课。语言学校是中国人办的，比日本人有危机感。当然也难说没有偷懒的因素。让我不安的是我的

N1 日语资格考试。要上理想学校，日语要达到 N1，我出来前只拿到 N2，本来规划在日本尽快取得 N1 资格。这个 N1 考试会不会因为疫情发生变化？

另一方面，我还报了私塾。私塾会不会也改成网上上课？效果差。才知道疫情对我影响厉害。苦闷，想找个说话的人，国内的人，因为我们分别在两个国家，语境相异，话题不见得投机。只有父母亲絮叨着好像是非常重要的话题，安全、健康、戴口罩、勤洗手、保证营养什么的，还说是张文宏专家说的。“知道张文宏吗？”

“我还知道钟南山！”我应。他们难道不知道我上的也是微信？就是啰唆。

“钟南山是钟南山，我说的是张文宏！不要吃稀粥，要……”

“你们以为在日本，稀粥是廉价的东西？病人才吃粥！”

“张医生说了，病人才不能吃粥。粥没营养，日本人也真是，受中国影响，也是不对的！要吃西餐……”

“那你们为什么不把我送西方去？”

我把视频掐断了。他们又呼过来。“怎么话没说完就挂了？”

“还有什么？”

“至少，要戴口罩！”

“我都在自己房间里，戴什么口罩？”

“总有出门的时候！”

我讨厌戴口罩。除非我小的时候，我不记得了，我从来没有戴过口罩。之前只是自己不戴口罩，对戴口罩的，觉得太过于小心翼翼，弱不禁风。但现在，戴口罩对我来说成了喘不过气来的事情。

想到杨さん蒙着口罩艰难呼吸的样子。还活不活啊？据说染上新冠肺炎死去的人，死前就这样如同被蒙在塑料袋里，没死也被窒息死。

但我再出门时，路过房东住的一楼，房东从栅栏里喊出来，撅着屁股赶出来："没戴口罩啊？"

房东在意了。她忌讳我住着她的房子传染病毒。街上人都在意了，超市里，人人对不戴口罩的我敬而远之。到收银台前，收银员明显向后虚了一下，才发现我排队时，我的前后都虚空出两个人的位置。就也去药店买一个吧，做做样子。但被告知，口罩脱销了。这是我完全没有料到的。

父母又语音来，听说日本买不到口罩了，要不要从国内寄口罩？我呛：

"谁说买不到？日本什么没有？中文自媒体那都是谣言！"

尽管我自己也是看中文媒体。唯一不同的也许是，我是看中文媒体而又不信中文媒体的人。但我看日文媒体，又看得吃力。当然身处日本，我可以按身边的日本人那样做，但我又做不到。

有时候我想，如果发生了国与国的战争，那么我算什么人？两面人？阴阳人？只有跟我同境遇的人才能理解，互相抚摩。

我于是想到了你，我的同胞邻居。你偶尔出来，仍然戴着口罩。这下你是有无可置疑的理由戴口罩了。走在街头，你完全成了日本人，你用口罩模糊了你的两面性。但口罩内外，还是有两面的吧？我胡思乱想着。

你好像出门少了，难道你学校也改成上网课了？百无聊赖中，我倾听你房间里传出来的声音。你的嗓音不是从口罩里发出的。虽然是穿过门板,但清爽多了。穿透房门的还有饭菜香。我不会做饭，也没准备自己做饭。有个学长告诉我，待久了还是得自己做饭，餐馆太贵，哪怕只是拉面也贵，老吃便利店的东西会受不了的。出楼右拐就有一家7-Eleven，我确实有点吃怕了。疫情期间，只能照吃,方便面、便当,饭团好像叫“御握り”,おにぎり,还有关东煮,想起来都反胃。所以你那边门缝漏出来的自己做饭的味道，比声音还清晰。女的就是会过生活。但我并没有去蹭饭的意思，我知道我们还不熟，我只是想跟你说说话。

我发誓我只是想跟你说话，别的什么也没想。

得找个理由接触。最好是借书什么的，有借有还，然后再借。但这是老套的手段了，我手上也不可能有你的东西。没有就造，我可以送你。于是又想到了送礼物。我拿着茶叶过去，蹑手蹑脚，俨然心怀鬼胎。到你门前，我从来没有到过这位置，你的门跟我房间的门一样，有个玻璃小窗。但糊着纸。只是隔着玻璃跟隔着木门板感觉不一样，玻璃给人容易穿透的感觉。

敲门，里面没有回应。可能是我敲得太轻了，太小心翼翼了，于是重敲。还是没声音。“杨さん……”我只能叫。

半天，里面才有了回音：“谁？”

声调是紧张的。周围很静,另一个邻居好像出去了,就我和你,难说不会让你觉得危险。我赶紧说：“是我。”

又没有声响。我是男的，严格说，我们没到可以串门的地步。你给我印象是心理紧张的人。我又不好直说要送你礼物，说了，人家好意思开门吗？中国人对人家送自己礼物，总是要推辞的，我一开始就说是送礼来的，你来开门，不是成了为收礼物而开门吗？我于是说：

“我想……请教您一些问题。”

“什么问题？”

“是……一些问题。”我前面说“一些”时，并无刻意，只是随口说的，这下，这“一些”可以成为让她开门的理由。不是一个问题，是一些，不是隔着门就能简单说完的。

“哪些问题？”不料你还是说。

“就是……”我尴尬了，不知怎么说，“我想……送你礼物……”

“不要，谢谢！”

“也不是什么贵重的，就是我老家的乌龙茶……”

“我不喝茶。”你道。

我怔了半天，说：“不喝也没关系，随便给你……”

“我不收礼物。”你说。

这简直是打人家的脸。这人怎么这么不通人情，还显得我是对你有所企图。不要就不要，你可以扔掉！我差点说出来。但我忍住了。

连门也不开，连露个门缝都不。太失礼了。日本房东，还让送礼的我在屋子里坐坐。当然这是你一个女孩子的房间，但我也没有抱着非分的想法。但既然没有抱着非分的想法，那我为什么偏要进去人家的房间呢？但难道我给你印象是流氓？即使是流氓，你有什么值得我流氓的？你长得怎样我都不知道，你应该比我还老，我会看上你？我肯定，我不会看上你的。但何以可以肯定？即使我连你长得怎样都没有看清楚。我承认我是想看你长什么样，这跟看得上看不上没有关系，只是认知需要。我并非好色之徒，看到，只是我作为正常人的认知需求。

我承认，所以我执意要进去，是因为想到，在房间里，你总不好再戴口罩了吧？

也许因为看不到，激发了我的好奇。脸是裸露的身体。如果能看到脸，作为异性，只是好奇衣服之下的身体。但她连脸都遮着，身体成了更幽暗的地方。当然我也没有那么下流，我揣着探究你身体的潜意识，明意识里，只是要探究你的脸。你应该给世界展现你真实的样子。这么捂着脸，是什么意思？恐怖。看新闻报道，恐怖分子总是捂着脸。“鬼样子”，我父亲这么骂戴眼镜的我。我于是怀疑你是否真近视？电影里特工往往化装，其中最常用的手法就是戴上眼镜。我自己当年假装近视，是中学生的恶作剧。但我们都已经成人了，你还比我大。当然我也不能确定，也许你比我小。你不亮出脸来，我无从判断，所以不能怪我对你做出随意判断。如果你比我小，那么我可以认为你是在恶作剧，可以原谅你。但我总得向真面目原谅吧？除非你真是特工。

身边就有一个特工，又恐怖又刺激。疫情期间，被关闭在房间里的人，想象力异常丰富，又战战兢兢。“御宅族”的想象力与专业性就是这么憋出来的吧？我整天想着如何戳穿你。门不开，总有开的时候，你总得上洗手间，总得出来购物……但我竟然觉察不出你的任何声响了。难道你是迈着猫步出来的？难道你是猫？

日本疫情严重了。4 月，全面网课了。然后就起起伏伏。关在家里，想得最多的是你。但因为送礼事件，我们变得生分了。再在楼梯或者洗手间门口碰到，也只是点个头。你衣服穿得清凉了，你穿裙子了，你露出胳膊和腿了，你的身体里洋溢出女性魅力了，你好像变得开心了，你的步伐轻快了，还带着舞步。但你还是遮着脸。

夏天还戴着口罩，让我难受。

一天，我上洗手间时，你出来了。也许你是疏忽了，也许你太急了，也许是我在洗手间待得太久了，你以为我已经结束走了。你没有戴口罩，还穿着睡裤。我猛地冲出来，裤子还提着，我只想瞥一眼你真容。但你猝然扭头，像见了鬼一样。我倒成了鬼。我就是鬼，我跟着你。你跑回自己房间，没来得及关门，我就站在门口。你没有回头，背着我，最终松脱了关门的手，径直往里走。你一直背对着我。让我不可思议的是，你不是重蓄力量后再冲我而来，赶我出去。都这么危险了，长得好看不好看很要紧吗？你应该拉下脸来。但你却去抓口罩，戴上。稍微稳住后，你好像又觉得要抵抗，要赶我出去。但仍然没有正面对我，只是用背拱我。这样怎么赶得了我？我大胆从后面抱住。我不知道自己怎么会这么做，我之前并没有对你有非分想法。甚至，这时候我也没有性冲动，我只是想扒掉你的口罩。

你意识到了，死死把住口罩。我去抓口罩，你把住口罩。我去拉口罩挂带，你把住口罩挂带。我又去拉口罩，把口罩扒拉下来，你又把口罩拉上去。我再拉下，你再拉上。你都背着我了，为什么还要在乎口罩遮掩？我能感觉到你鼻孔的热气和嘴里的湿润，好像我在用我的手和你亲吻。不，你也在吻我。是你在吻我。我起了兴，去扒你的裤子。你的手仓皇调动，来护裤子。但在我莽力下，那手很无力，应对混乱，甚至显得不坚决，犹犹豫豫。我扒下了你的裤子。睡裤软塌塌落在榻榻米上。你要猫腰捡，但我在你身后顶着你的腰，让你弯不下来。

虽然我看不到正面，但我能够想象你被剥掉裤子的样子，只剩下可怜的裤衩。但我没想再去剥你的内裤，我还年轻，还没有到下流大叔的程度。其实对女性身体，我并不是非常感兴趣，我也不会去“霸王硬上弓”，那很可鄙。我也没有到了什么菜都吃的地步。我的性冲动很快消退了，我只是要看你的脸。我并不想要你，我只要你的真面目。我又要去扒你的口罩，你撇下捡裤子的企图，又去捂口罩。

必须声东击西，去扒她的衣服。已经没有性感觉，只纯粹是战略。想到还得再去扒你的衣服，在扒了裤子之后还得再扒衣服，就好像在一次闯关之后，又有一个关卡要闯。好在是夏天，你只穿单衣。但扒了衣服，我就得扒得了口罩，扒不下口罩，前功尽弃。但不管怎样先闯这一关再说。我扒下了你的衣服，准确说，是从头上拉出的。我起初没留意你穿的是套头睡衣，还找前面排扣，摸着你的胸，但我也没觉得是摸到你的胸。知道从头上拉后，我竟然没有意识到经过脸，口罩也会顺便被拉掉。到了你从拉掉的衣服里抽出口罩，要继续戴上，我才意识到。我当然不能让你戴上。在后面的我，最能把控的是挂带挂上你的耳朵。其实之前我很失策，我既然在后面，我怎么不去扯掉你耳轮上的挂带？这样一下子口罩就下来了。我有扯，但我只是在你脸颊上扯，不得法。这下，你别想再挂上。挂上我也可以扯，扯断，看你用什么挂。

你绝望了，就只拿手捂着口罩，捂住脸。那样子，只要保住脸，可以全身都给对方了。

“不要这样子嘛！”蓦然，你说。

声音从口罩里发出的。但并不是闷闷的，是暗哑。我甚至不能判断你说了什么，那语气是：给你，全给你，除了脸……

我索然，撒开手。

我这伤疤

我是杨，就是一直戴口罩的。

对方撒手，比不撒手还让我难堪。我一下子变得可怜兮兮。想象一下自己的样子，手仍然还捂着口罩，口罩挂带没有挂上，必须用手捂着。这样我就没有手去遮掩身体了。我可以腾出一只手去遮掩，不，应该去拎裤子，但我还是用两只手都捂着口罩。

我甚至觉得自己是个荡妇，一个除了脸什么都不要的荡妇。或者，一个表面正经实质淫荡的荡妇。之前的矜持都成了假正经。其实我挺鄙视假正经的，要荡就荡，就放开，都什么年代了。我已经受够了被禁锢之苦。

我曾经谈了一个日本男友，小松，是在最后一班山手线上认识的。不可思议吧，当时全车的人都醉了，我也醉了，我自己是去涩谷喝酒，喝得有点多，耽搁了时间，还好赶上最后一班电车回住处。他也醉眼惺忪，因此没看清长发披遮之下的我的脸吧。这是我生来第一次得到爱情。从涩谷到五反田就三站，他就看上我了。我下车，他也下车。他说要跟我回去，我怎么可能把他带回去？房东知道了，还不把我给吃了？但我并不拒绝跟他在一起，于是他就把我拉到了一家旅馆。

他开灯，我就关灯。于是我们在黑暗中过了一夜。第二天他还在睡，我就走了。但之前我们互给了电话，他第二天就打过来了，说昨晚感谢我。我也感动，也想跟他继续交往。但我很矛盾，要不要把我的真实样子告诉他？

我还是告诉了。这里当然也有反正不抱什么希望的心理。这爱，是我的就是我的，不是我的，趁早结束。当然我也不会觉得他不再理我，之前爱我是假的。爱理所当然是要有所附丽的，在女人，就是美丽。这我很清楚。但我没有直接把我的脸呈现给他看，而是用语言告诉他，哪怕是描述性的，也是躲在语言里，躲在语言的修辞里。这是否也说明我并不坚决？

他说不在乎。他也是用语言，语言是一种修辞。

当时我从各种文章和书籍中得到对日本人的印象，以为这就是日本人的重口味吧。再见面，他悄然注意着我长发后面，没说什么，然后把我搂在胸前。他看不到我的脸了。他的拥抱温柔，我觉得他是要我了。他确实是要我的，他腻我的身体。后来想起来，也许他是对我的身体欲罢不能了。但他始终没有吻我，只吻我身体，把我身体所有部位都吻遍了，就没有吻脸这个按说是最重要的部位。跟他分手后，我才回想起来，他从来没有正视过我的脸。

他的说法是，脸是给所有人的，我的身体是他专有的。

“怎么脸会是给所有人的呢？”我反驳。

“脸是公开的。”他说。

“我的脸就是给你的。”当时我说这话时，也是昏了头了。因为他的爱，我变得有点娇嗔。

“当然是给我的，”好在他说。他是个从来不反驳人的人，日本人都这样，但他意念坚定。“但也是给所有人的。”

“那么嘴呢？”我说。

嘴总是专门给你吻的吧？他于是没话说了，就吻了我的嘴。我们接吻，他是闭着眼睛的。当然本来我也应该闭着眼睛，但我却睁开了眼睛，我想审视他对我脸的态度。严格说，我在意他吻我时眼睛的位置，我怯懦的地方就在他视野里。他闭着眼睛，是否是故意的？他要回避看到我的丑陋。我审视他的眼皮，在跳动。就像大人审视小孩是否真的睡着，就看眼皮是否在跳。如果真的沉迷于吻中，眼皮是不会跳的。但他眼皮在跳。才发现他的舌头也不是热烈的。果然，他很快就结束了吻，转到我身体。他把我衣服撩起来，就裹住了脸。我把衣服扒掉，他就又把被单覆在我脸上。我说闷，他就拉过胸罩盖。但胸罩滑来滑去的，于是就用我的内裤。没等我问他，他就说这样性感。啊，日本人，变态！我想到常听说日本人变态，性趣味上，果然变态，现在在我面前呈现了。其实我是竭力让自己相信对方这是变态行为的，不然，我情何以堪。

“变态！”我啐他。

他说爱就是变态嘛！

“我不想要这样的爱！”我说。

“那你想要怎样的爱？”

他这话伤了我了。是啊，我这种人还想要怎样的爱？只能是不看脸的爱，只有遮遮掩掩之下才有爱。所以那个邻居冲进我的房间时，我欣喜。我多想迎向他，正面对着他，我们正面相爱。但我不敢，我还是去拿口罩。被他从背后抱着，我浑身好像通了电了，爱的电流，但他去撕我口罩。他也在乎这个，所有男人都一样，我知道，我知道，但听我说明，听我修辞……你别走！别把我撂下！

在这异国他乡，孤苦伶仃。当初知道斜对面房间住进来一个中国人，我还觉得不是好事。如果是日本人，或者是“老外”，会好得多。中国人吵。我也不是忌讳吵，是忌讳吵到我。明确说，是妨碍我的隐私。但见到那邻居，这些顾虑都打消了，我也不知为什么。也许因为他是我喜欢的类型，喜欢，或者干脆说是爱吧，会让人奋不顾身。我所喜欢或者说爱的，是鲜嫩，他还是屁孩，实用些说，这样的人是不会侵害我的。但爱不就是侵害吗？我又希望他来侵害。我知道我自己就像被裹在厚厚盔甲里，需要，我也渴望有人把盔甲扒掉，哪怕暴力地，不，恰要暴力地。我愿意被强暴，但不要脱掉我口罩，可以脱我衣服，不要脱口罩。脱我衣服吧，我已经封闭太久，我要自由。

他敲我门，我的心几乎要飞过去开门了。但是我身体没有动。这个穿着沉重盔甲的身体，像铅块一样沉在水底。但仍然挣扎着浮出水面，于是我听到了他的声音，这是确切的接收。他说他要问我问题，我知道是借口，但我让自己相信人家真是要问我问题的。人在国外，报考学校，学习，又遭疫情，肯定有很多事，需要我帮助。他说“一些问题”，不要说“一些”，就是没完没了地问，我也愿意。我多么愿意他侵扰啊！我也相信我能够帮助到。

如果是在楼道里，也好点吧？晦暗。晦暗是我安身地。房间太亮。在房间里，我怎么好再戴口罩？我衣服穿得再少，都不会是奇怪的事，夏天嘛，在自己家里嘛，忘了再披上一件嘛。至多是尴尬，至多是不合适，至多是放荡，放荡也没什么，只要不现出我的脸。哪怕被骂，被恨。他说送我礼物，我还是不开门，确实是太不近人情了。但人情的基础是什么？男人跟女人的“情”的基础，是什么？

他不像那些在我边上蹭的男人。他们都是老男人，或者像小松那样喝醉了的。日本年轻人不会这样，只有老男人对年轻女性有无论如何的喜爱，就是长得不怎么样，在他们眼里也是年轻女孩。尽管他们有时也会说：“若いだけ”，只是年轻而已，但仍然趋之若鹜。有的女孩矮小得不成人样，但他们会说：“かわいい”，可爱。我不矮小，我的身材也不坏，这使得他们对我有更多的关注。但我害怕他们关注，就因为这张脸。

好在日本人一般比较礼貌，不正面盯着人家。我呢，也做着日本人谨小慎微的样子，总是微微低着头，侧着脸，这样就能让头发覆盖住我不愿意被人看到的部位了。而且很自然，只消我稍微使力，头发就会挎上我的眼镜，就会被镜框角挂上，头发垂下来，就盖住更多面积了。但问题在于我该侧向哪边？侧向右边，让左边头发披下来，遮住左脸，我要遮的就是左脸。但这样不是反而把我的左脸送上前去吗？虽然有头发遮着，但头发之下的左脸就好像只盖着一个薄被单一样，颇为瑟瑟。倒是被侧到后面那一半显得安全，不仅离对方远些，而且在侧影里。但侧面并不是都在阴影里的，各种时候，各种地方，光线是不能强求的。学校老师啊，打工地方的社长、店长、前辈啊，反正人家一叫，你就得站住，还得迎上去。我这时候会紧急动员，判断光源。如果光在右边，最好，我就果断往左侧去。如果光线在左边，那么我只能向右侧，顶出来的部位用头发遮住。如果光线在正前，那么背后就是暗的，我也向左侧，丑处也能多少藏进阴影里。如果是逆光，那就太好了，但这样的时候可遇不可求。如果光源不确定，那就只能靠当时的机警了，或者说，机警也无用，无所遁形。

我曾经想加个帽子，戴个宽檐的女式帽子，让人觉得我是为了摩登。日本女人戴帽子的比中国多，但基本都是大妈。虽然我也管不了年龄了，只要能遮住丑。尽管老也是丑，但我现在在意的是我左脸上的丑。但是，戴帽子会不会成了过分加码？反而引起人家注意。

各种折腾让我心力交瘁。在国内倒没这么严重，是因为我的丑已经被大家知道了。来国外，就是想重新做人。还是别抱奢侈的希望了，就认了自己这个丑陋，索性，用头发遮。有一次斋藤老师感叹：

“横顔の美！”

用中文说，就是侧颜之美。还真有一种说辞。

我不知道为什么，至少在斋藤老师面前，我似乎并没有露出破绽。他是我的导师，他应是看过我学籍表上的照片的。只是拍那照片时，我刻意让左脸光线幽暗。难道因此他没有发现？当初面试时，我是遮着左脸的，再低着头，看得出来他很欣赏我的模样。所以他会说“横顔の美”。他很爱找我，让我到他家里去，这没什么。他偶尔还邀请我去酒吧。与其去亮堂的地方，我躲躲闪闪，不如去幽暗的地方，幽暗的酒吧全是美女。但出来后怎么办？尤其是我如果喝高了怎么办？但这时候他也已经喝高了。既然老师邀我去酒吧，既然他可以在学生面前喝高，那么我为什么不能喝高？但喝高了，我就会顾不着遮掩了。但他不是也喝高了吗？但要是他虽然喝高了，眼睛仍然清醒着呢？

其实斋藤老师并不好色，或者说，他的行为只是日本男人对女性的基本状态。他说的“横顔の美”，真是在美学意义上的。他是个注重学术的人，既然这样，他不可能因为发现我长相上的破绽而刁难我的学业吧？但我还是在意，是我自己在意。

其实我的左脸有多么拿不出手？不过是一道刀疤。我三岁时在爷爷家门前玩橡皮泥，忽然一道光闪过，扎在我左脸上。是一个刀片。我至今不知道怎么会有刀片飞来，它从哪里来？是谁的？至今没有查出。大人说：活着，谁能不挨刀？警察说：这就像走路，要随时注意下水道口有没有盖着窨井盖。要认识到随时随地都可能飞来横祸，必须特别小心，并将之自觉成生存常识。不知道那刀片怎么就没有刺我眼睛，小小的脸，眼睛近在咫尺。爷爷还为此去拜谢菩萨，觉得是菩萨显灵，让我避免成了瞎子。

刀插得很深，缝了三针。街坊人很闲，眼睛很贼，嘴巴很碎。“这女孩以后可怎么办哟！”他们说。他们嘴巴怎么不也缝缝？因为这事，母亲怪爷爷，父母反目，母亲带着我走了。我从此成了单亲的孩子。外婆用了各种偏方消除疤痕，用刚生下来的鸡蛋摩擦，为此她还专门去养鸡。母亲买来各种药，疤痕灵什么的。都没有用。我忘记了没有伤疤的我是什么样子，觉得这是我命里带来的，像胎记一样。未生人，先生命。但人怎么可能认命？随着我脸长大，伤疤越来越大。我从别人的眼睛里看得出来，我的伤疤很大，为了不看他们，我装近视，戴上眼镜，我用镜片跟这个世界隔离。

感谢科技，有了感光镜片，利用光色互变可逆反应原理，镜片在光线和紫外线照射下可迅速变暗，阻挡强光；到了暗处，恢复无色透明的状态，保证镜片的透光度。我把自己藏在暗处，他们在亮处。我侦察他们，他们看到我脸颊上的疤，总会情不自禁地跳眼瞅一下我眼睛。

渐渐地，我果然近视了，真是求仁得仁。

近视，也许还因为我老是读书。与这个世界隔离开来，唯一能跟世界产生联系的就是阅读。或者说，书能让我抗住这个世界。书上的世界是孤独的，或说是孤傲。我读了很多书，我因此爱上了文学，我后来也顺利地考上了文学专业。我也自己写，但没有想拿去发表，连网络上也不贴。我觉得这等于把自己的真面目端给人们看，我犯怵。

我曾经去整容，找了一家韩国美容店，说做手术的是韩国来的，韩国著名整容专家，给明星金喜善做过整容手术。那个手术医生，也说着好像是韩语，需要翻译。但手术失败了，伤口不但没有消失，还更扩大了。他就说是我伤口太深的缘故，可以分几次做。信了他，也无路可走只能信。搞了一年多，没有好转。

打官司也没法打。打官司，就是打自己的脸。

如果在别的部位，可以文个什么，但这种部位很难。甚至，文身给我的印象就是在遮掩丑陋。

从母亲那里得到启发，化妆。母亲爱化妆，据说她当年是中国最早化妆的那拨女性，因为脸上扑粉，被人叫“白脸”。我就从她那里偷了粉，扑在疤痕上。但盖不住。再厚的粉也盖不住，就再厚，同学们给我取个外号叫“刷墙”。我厌恶化妆，但我没办法，只能给人说我是个爱化妆的人。如果人们只是说我爱化妆，我谢天谢地了，但他们指的是我遮丑。

高中毕业后，我一个同学也不来往了。但到了大学，问题仍在。而且寄宿，大家挤在一个房间里，他们会在我卸妆之后看到我的脸。于是我想去校外租房。母亲跟系里说了情况，系里也体贴我，同意了。但不知怎么了，我的事还是传到了同学中。也许就是辅导员，或者哪个老师。人们总是在帮你之时，又捅了你一刀。或者说，因为捅你一刀而怜恤你。

刀疤把我整个人生改变了。我不希求帮助了。世界对我总怀着恶意，也许吧，只是我对这个世界怀着恶意，但总之世界里有恶意。接近人时，我总警惕地退缩回去一两步。我会主动进攻。我会去嘲笑那些跟我一样有长相缺陷的。如果比我更不幸，那就更好了。但我不愿意暴露自己就是有残缺的人，我更不会跟他们同病相怜。我渴望我形象完美，然后去理直气壮攻击践踏残缺者。我不美，也要以攻击践踏别人的残缺来掩饰我。

但这样非常累。我也不想。我只想逃离。

我决定大学毕业后去没有人认识我的地方。我想到国外去。从小阅读，国外给我的印象是，大家都在忙着自己的事，摩天大楼各自耸立，楼间见不到阳光的街上，人们匆忙赶路，没有人会去看别人。冷漠？嗯，我就喜欢冷漠。

网上知道，日本有个歌手叫森田童子，从来不给人看清楚脸。大蓬头，大眼镜。她还是著名歌手，都没办法解决容貌问题。我注意上了她。我喜欢上了她的歌，《僕たちの失敗》什么的，她的歌有一种抚慰人心的丧。她那样遮遮掩掩活着，日本还能容她，据说日本人很注意别人隐私，尊重私人空间。我因此选择去日本。当然也因为去日本留学，费用比欧美低廉得多。

我毕业时，得知森田童子去世的消息。其实她是4月走的，才由朋友发布消息。所以这么设计，是不愿人们向她告别吧？无可奈何地躺着，露着脸，被千双眼睛审、万双眼睛审，真是太可怕了。其实她老早就在想这问题，《例えば僕が死んだら》，比如我死了。我死时也不要人看，找个没人的地方悄悄死掉，死在日本。

申请，直考，我被庆应的大学院录取。

2019年3月，我到东京。意外发现，日本人不少戴口罩。或者是我注意力的原因，我的眼睛特别注意那些戴口罩的脸。这一个，那也一个，又一个……就觉得很多戴口罩的了。难道他们感冒了？在中国，感冒也不戴口罩的。即使是我也不愿意戴，虽然我要遮丑，但戴上口罩，闷死了。人都病了，呼吸难受，再蒙上。难道日本人就不怕闷？难道日本有这么多感冒的人？后来才知道，他们戴口罩是出于卫生观念。

我倒无所谓文明卫生，但可以用口罩遮盖我脸上的疤。

遮得住吗？还真刚好遮住了。好像口罩大小刚好切在黄金点上，如果再大，就夸张了，反而欲盖弥彰了。原来所谓黄金分割线，就是为恰到好处遮丑设计的。

也许是心里有鬼的缘故，戴上口罩走在街上，起初有做贼的感觉。但很快感觉自己在人群中隐藏得很好，就像间谍一样。渐渐地，就像长期没有被唤醒的潜伏者一样了，觉得自己也是正常的人，该干什么就干什么，可以昂首挺胸走在大街上。

街上戴口罩的人多了起来。看电视知道，到了花粉过敏期。据说日本人中，每十人就有一人花粉过敏。这真是一个好国家。花粉在空气中飘飞，我觉着就是花在天上飘，向我坠落。春花，春天，我在春天里，我拥抱着春天。跟周围人相比，我完全享受春天。这个国家，满天都是七彩祥云。而对他们，这春天固然好，但花粉威胁他们，并不吉祥。

当然我承认，戴着口罩我还是感觉憋闷。这是我比不上日本人的地方，他们习惯戴口罩，他们甚至到了室内，没有花粉威胁的地方，仍然戴着口罩。我毕竟没有戴口罩的习惯，所以我总想找个没有人的地方，脱下口罩，大口呼吸一阵。但有人来了，就又赶紧戴上。

我又彰显了我的缺陷。

到了夏天，街上戴口罩的人少了，几乎没有。觉着人们看我的眼光有点怪异了。好在日本人不会直视人。但我自己不能忍受。

我的衣裳越穿越少了，我甚至可以裸露任何地方，但就是不能裸露脸。我的脸，是被判无期徒刑的囚徒。

我不知自己是怎么熬过夏天的。天凉了，谢天谢地，又到了感冒多发期。我感冒了，必须戴口罩。

其实我是很容易感冒的人，我体质不好，但到了日本，也奇怪，竟然不感冒了。从中国带来的药至今没有派上用场。当然我可以装感冒，流鼻涕，咳嗽，这样就可以戴口罩了。但感冒总有好的时候，再说，你老感冒，人家会忌讳你。“还感冒啊！”斋藤老师问。也许是出于关心。

“快好了，快好了！”我说。于是下一次去见他，只能把口罩摘了。但不久，我又感冒了。“瞧我这体质！”我抱歉道。

“老是吃方便面，不行哦！”他教育道。上次他问我平时吃什么，我，也是埋下伏笔地说吃方便面，简单。

“是，我改正！”

改正？能改正我的容颜吗？但要是老戴着口罩去见老师，他会担心我传染给他的。巴望季节快快行走，再到春天。入冬。正月。学校放假，终于可以不见斋藤老师了，可以不见其他老师同学了，可以不出门了。但开学了怎么办？不怕，那时候就是春天了，又是花粉期。但过了花粉期，到了夏天，又该怎么办？

上天眷顾我，新型コロナウイルス来了。

从中文社交平台看到武汉封城了。全中国都实行隔离。一个词出现的频率非常高：口罩。提倡戴口罩，我发现我有了机会。我在平台上宣传戴口罩的作用，我以在日本的身份亲述经验，日本人有戴口罩的习惯，所以疫情不严重。当时日本确实不严重，只有远离本土的海上的那艘“钻石公主号”游轮感染疫情，但那是船上人们聚集的缘故。

如果人们戴上口罩就不会传染了。我强调。

这么灵？

1910年，东北暴发肺鼠疫，总指挥伍连德发现大家都不戴口罩造成交叉传染，就发明了一种简易口罩，用纱布制作，控制疫情了。“伍氏口罩”了解一下！

我还专门找了图片。

好像印度面纱啊！

毋宁说是Niqab，穆斯林女人的Niqab，尼卡布，把脸包住。

于是讨论起穆斯林的面罩。怪不得他们那地区没有疫情。有人说。

于是有人从网上找了一张机场人人穿防护服的照片。

迪拜？

上海。

有说是P的，恶搞。

说回“钻石公主号”，都隔离到各自舱室里了，怎么病毒还在传播？有人质疑。

那是因为中央空调的缘故，病毒在空气中传播，所以还得戴口罩！我说。

口罩有用？新型冠状病毒大小只有100nm左右，个头大概是PM2.5的二十五分之一。即使是医用口罩N95，也只能过滤

PM2.5 颗粒，新型冠状病毒还是能穿透口罩。

你这是哪里来的数据？我反问。

NIOSH，美国职业安全与健康研究所。

反正口罩有用！我硬说。

又有人提问：总不能一直戴着吧？

为了活命，戴个口罩又何妨？有人替我回答。

活命总得吃饭吧？吃饭也得脱口罩，难道可以戴着吃？

可以脱啊！

那不是也会传染？

就一会儿时间。

一会儿就不会传染？

尽量快一点。

再快也会传染，一脱口罩就传染了。

这简直是抬杠。不过这倒给了我启发，如果吃饭时只是扒开一个小口，口罩上拉，露出的只是嘴，用勺子把食物从口罩下送进嘴窟窿里，立刻盖上口罩，就在口罩里嚼。这真是好办法。我虽然读的是文科，但很有发明创造的意识。但我不敢说，怕说出来被大家笑话。我倒不怕大家笑我异想天开，我怕的是他们疑心我居心叵测：你怎么对这种事这么热衷？你怎么对口罩的事这么内行？

就是想戴口罩，也买不到口罩了。有人说。

我才知道国内口罩紧缺。日本这边还宽裕，我发现了商机。我说可以代购口罩。这可以说，为了赚钱嘛！这理由可以放在光天化日之下。

有人说，口罩以后会成为出门必带之物，像钥匙、手机。

是必穿之物，像衣服。我说。

是安全套。有人说得露骨。

比安全套还重要。又有人说。没有安全套可以不做，但没口罩，除非不出门。

不出门也不行，在家里也要做。

越说越离谱了。

讲真，口罩会变成一个器官吧？渐渐进化成人类生存的器官。有人说。

我私心想，如果那样就好了，我就完全不必担心我这脸了。人类脸上都蒙上一块口罩，就好像胸口蒙上文胸一样。文胸，名称多好听，口罩也可以称为“文面”吧？文者，纹也。纹者，文明也。口罩成了文明社会的必备之物。

2020年春天的东京，花粉过敏变得不再重要，人们早已戴上了口罩。但也有仍然不戴口罩的。在电车上，在地铁上，人们会小心避开他们，觉得他们不正常。我戴着口罩，是正常人。我成了正常人。我以正常人发言，告诉国内愚昧的人们，人必须接受文明规范，要戴口罩。

文胸有各种样式和颜色，口罩也应该有的。我选择样式好看的口罩，还有颜色，不只是白色，还有淡蓝色的，粉色的，苹果绿的，深绿的，还有黑的，红的，还有碎花的，条纹的，一天换一种。还自己配上萌图，猫咪、兔子、袋鼠、狐狸……才发觉生活原来可以如此美好。走在街上，收获了诸多欣赏的目光。“哪里买的？”问。

“DIY。”我答。

“真是手巧啊！”称赞。

“艺术品啊！”又称赞。

一天，我从代代木公园经过，看到几个人在跳舞。让我吃惊的是，她们是戴着口罩跳。戴口罩舞，可以称为“文面舞”吧。那一排头整齐转动，倒显得口罩的重要性，倒好像是为口罩而设计的舞蹈。唰的一下，唰的一下，恰是因为口罩，才产生了整齐感。她们跳的是《四小天鹅》。已经到初夏，衣裳轻薄，超短裙也是薄如蝉翼的。裸腿，轻步行进，又击脚跳。浑身最厚的大概就是口罩了，有点上重下轻，但那口罩并不累赘，因为它衬托出了它上面的眼睛。眼睛变得分外明亮，显得特别有魅力。我的眼睛也很美，我脱了眼镜。巧笑倩兮，美目盼兮，笑在口罩后面，倒给人一种含蓄的美，从而从眼睛里也感受到了笑意。笑会传染，挑动着围观的人们。大家也都戴着口罩，大家眼里也有了神情，大家的身体也情不自禁动了起来。除了口罩不动，身体都动了，大家被束缚得太久了。大家被口罩束缚得太久了，灵魂要从口罩里突围出去。不，没有人脱口罩，是灵魂在口罩里跳舞。这种舞，让口罩下的生活有了新的可能。我的脚也不自觉地动了起来，哪怕只是在动，哪怕并没有觉得自己有资格跳舞。只是跳动。我渐渐也感觉着自己加入了那四个舞者的行列。渐渐地，觉得自己也成了重要角色，成了第五只小天鹅。渐渐地，我觉得我超出了她们，我在独舞。我是白天鹅。我从来没有觉得自己是白天鹅，我一直是丑小鸭。我从来没有奢望能出类拔萃，能隐藏在人群里已经万幸了。我本来就是公主奥杰塔，我有我的王子，我是被恶魔施了魔法的，现在我要找回我的幸福。但我小心翼翼地，慢板，瞅他，我感觉身边有王子和我跳双人舞。王子不认识我，我还是必须察言观色。提防，双脚击地。引导他，轻盈如飞地跳跃。旋转，要把我身上的魔衣旋掉，我的脚尖长出了红菱艳。虽然我对芭蕾舞不了解，但我小时候看过电影《红菱艳》，当时还梦想自己成为里面的女主人公。但对我，一切都止于梦想，只是梦想。只能内模仿。现在我可以表现出来了，我觉得我并不是在梦中，我是真实活在世界上的。我身材好，我舞姿竟然也不错，长期的内模仿竟然真培育了我的艺术感觉。跟周围的人比，跟跳舞的人比，我并不差。之前唯一差的是我的脸。在必须用口罩遮住脸的世界，我获得了平等比试的权利。

在忽略审视脸的世界，我开始审视自己的长相。我其实长得很美的，我皮肤白皙，我脸小，高鼻子，唇线分明，牙齿整齐；我身材高挑，骨感。这些都是美人标准，当然其实是以西洋的审美为标准的，相比之下，环肥就不是美，燕瘦也过于弱不禁风。百多年来，中国人的审美已经普世化了。

我自拍，以前我都不敢有自拍念头的。曾经试过用 P 图的方法，但怎么 P 都觉得疤痕存在。现在我戴上了口罩，我有自信了。本小姐是戴口罩的美女。我脸形很美，罩着口罩的脸，有很美的曲线，瘦削，尖下巴。下巴下面露出的脖子也是美人的脖子，细细的，颀长。只是脖子显得有点空，我没有戴项链的习惯，自己成这样了，也就没有兴致去打扮自己了。甚至，打扮的念头都有点自戮的意味。现在，我想为自己美丽的脖子精心挑选一条项链。这么美的脖子，不戴项链真是可惜了。在挑选项链时，才发觉生活原来有如此多种可能性。

戴着喜爱的项链，我又自拍。镜头拉到脖子下，又觉得可以打扮一下自己的胸……

但我承认，这些都只能在虚拟的时候，落到现实中，我仍然畏缩，比如在邻居那个男孩面前。所以我还是得疏远他。越喜欢，就得越疏远。越疏远，就越渴望亲密。越渴望，越希望对方是一个不羁世俗审美的人，对方有着特立独行的审美观。但问题在于，我自己都没有特立独行的审美观，我希望自己成为世俗观念中的美女，哪怕不是美女，是世俗观念中的普通的人。

我希望对方不看我脸，而把我要了。甚至，先要了再说。我希望对方一时冲动，昏了头，喝醉了酒，像小松那样喝醉时把我要了。之后怎样，不管。但对方撇开了我。

发生了这一场，我再也无法面对他了。他再笨，也应该知道我脸有缺陷。我不能再在这里住了，我要搬走。但在闹疫情，租房不容易。换个地方又怎样？还是老问题。伤疤是永远的。

好在可以戴口罩。我希望这疫情持续下去，永远有疫情，人间永远需要戴口罩。我是个善良的人，我发誓，我并没有如此歹毒之心，至少对日本没有。在日本，我过得很不错，比在中国舒心多了。我不是坏人，但我是个不幸的人。

这时候，国内母亲病危了。

母亲是肾衰竭五期，长期透析。不知不觉间，她的病情已恶化。

我立刻赶回去。母亲已经被送进重症监护室，戴着氧气面罩。

她戴氧气罩艰难呼吸的样子，像极了新冠肺炎病人。但她不算在新冠肺炎之列。透过面罩，我能够辨认出是她。只是跟平时样子实在不一样。也许是因为没有化妆了的缘故。也许是，即使不化妆，她的面容也是清楚的，现在被罩上面罩，拖着粗粗的供氧导管，像狗一样。面罩是透明的，现出她被压得变形的脸，鼻子上还夹着鼻夹。面罩反光，映照着周围景象，天花板、日光灯、墙上标语、各种医疗机器，还有我凑近的脸。我戴着口罩，她的脸远没有戴着口罩的我的脸这样平整。氧气罩可不是口罩。我感觉她的脸在竭力逃避乱糟糟的环境，在竭力往下躲。也许是我自己所期待的，如果是我，我一定不要这样被对待，我一定不要罩上这种罩子。不仅不能遮掩我的疤，反而把我的脸弄得更乱七八糟。我不能接受母亲也有这样的脸。沉下去吧，染上新冠肺炎，到这份上是没有希望了。没有希望，就沉下去吧！我在心里默默祈祷着，觉得母亲的面影渐渐沉了下去。

蓦然，母亲抓住了我。

她的手，是还很丰腴的手，或者是浮肿？她想指示我什么，但她已经很难说出话了，于是只能靠手来动作。她只能用这只手，另一边的手，离得太远。再说她好像因为动用了这只手，把所有力气都用在这只手上，另一只手动不了了，另一只手像提前死亡了一样躺着。她松开抓住我的手，向上抬起，我留意她要指示什么。她的手停在半空中，像没有倚靠摇摇欲坠的旗杆。我把脸凑上去，她的手马上有了可以接近的目标，抢一样地抓住我的脸。明确说，是抓住我的口罩，再明确说，是用她最长的中指抠住我的口罩，我感觉都抠到我皮肉了。那手指往下扒。我没有料到她竟然要扒我的口罩。我并不是不能让她把我的口罩扒掉，周围没有别人。我的样子，她是最了如指掌的，她是我母亲。我并非不能面对她，我成年后，只有在她面前，我不会对我的脸遮遮掩掩。倒是她，目光总是躲避的，她觉得亏欠我。但她现在却如此理直气壮要扒出我的伤痕，简直穷凶极恶。我躲开，但她的中指已经牢牢抠住我的口罩，我再扯，只能自己把口罩扯掉。

我停住。她毕竟是病人，也没能力再扒我的口罩。但她的嘴在动。她要说话，摇着脑袋，好像要把面罩摔掉。我同意她的愿望，反正没治了，为什么临死前还要罩着这劳什子？她还未衰老，还没有被病摧残得形象不能看，应该说，她是长得不错的，她一生都美美的，死前也要美美的。我帮她把面罩拿掉，她猛然加大呼吸起来，我不知道她是需要氧气，还是感觉终于透过气来了。

“……该怎样就怎样……”，她说，“遮……没有用的……”

这是她留给我的最后的话。

处理完母亲的后事，我住回我家。社区知道我是日本回来的，说日本疫情又严重了，属于高危国家，要隔离我十四天。我说我有阴性检测证明。

没有用，还有假阴的。

那什么有用?

隔离，只有隔离。他们说。现在你这是居家隔离，还有要去宾馆隔离的。

我就这么被隔离在家里。要出去，一进电梯，就被他们发现。

保安等工作人员就来堵我。

“我要去运动！”我说。

“不行！”

“我戴着口罩！”

其实戴口罩运动本身就很搞。

“戴口罩也不行！”

“就这么关在家里？”

“请你文明遵守！”

这下我成了不文明了。其实我当初提倡戴口罩，只是因为可以遮丑，文明只是说辞。

“你不能限制我人身自由！”我说。

“说什么呢！命都没有了，还谈什么人身自由！”

“那是你们！”

也许是因为母亲去世，我变得不能忍受苟活。也许因为爱，其中有你激发出来的我的爱。或者说，主要是被你戳破了我的苟且生活。爱是不能苟且的。哪怕会死。眼下所发生的只不过是我固有情绪的发泄，我承认我没有道理。我去扒自己口罩。

“你这是在干什么？”

我向他们逼去。

他们退却。“你干什么？你，你这是在放毒！”

“我就放毒了！”我叫。

画皮

我是瘟神。我传播COVID-19病毒，这是全人类对这病毒的称谓。

我承认，隔离是对付我的最有效办法。虽然我这病毒大小只有大约100nm，完全可以穿过熔喷布，但它没有翅膀，不能自由飞翔，只能靠附着在飞沫或气溶胶上行动。飞沫和气溶胶个头大很多，可以被口罩的熔喷布挡住。人类的论断是科学的，但问题在于，科学所谈论的人的模型是完整典型的人，是上帝所创造的人，但实际上人总有缺陷。

即使人类明明知道什么是对的，但知道了，并不等于能够正确选择。比如这人，知道必须戴口罩，但却在跟管控者争执时要扒掉口罩。人类一疯狂，我就有了可乘之机。

你这个冥顽不化的母人——原谅我使用这个词，在我眼里，人类也不过是动物之一类，性别区分也是公与母——离开了中国大陆，回到日本。日本疫情比中国严重，你为什么要逆行？也许是因为能名正言顺戴口罩。

然后，你又去迪拜旅行了。

我是在东京飞往迪拜的飞机上见到你的。我已经在欧洲和美国游荡了大半年，想到中东走走。我是influenza，尽管人类童谣把我唱成in flew Enza：

I have a little bird（我有一只小鸟）
Its name was Enza.（它名字叫恩萨。）
I opened the window（我开了开窗户）
And in flew Enza.（飞进来了恩萨。）

Flu 被浪漫成了 flew。嗯，确实，我就是飞在人间的瘟神，我就是飞来飞去。为了让病毒远远传播，此次我借助了人类的飞行器，使 COVID-19 成了传播区域最广泛的病毒。因为乘坐飞机，我必须伪装自己。我披上人皮。我在人皮上绘画，我有米开朗琪罗的画技，我把自己画成了亚当模样。这使得我既古老又现代，既像神又像人。大概因此吸引了你。

其实早先时候，我就在机舱看到了你。你戴着口罩，见人就自觉退缩回去几步，步子踯躅。其实你不必要退缩，是“全日空”航班，日本人多，机舱有不少人戴口罩。但你不是不要戴口罩吗？你还是选择活命的。所以去旅行，不就是为了好好活吗？

我们在洗手间门口遇见，我开门出来时，看到你在等着进洗手间。见我，你那样子既像女孩，又像女人。你被吓，就像未更世的女孩子。但又未必是吓，而是惊喜，你喜欢我的样子。如果你不在乎我，为什么要侧过脸去躲避我？你应该觉得自己右脸好看，或者左脸拿不出手。女为悦己者容。但其实一切都罩在口罩里。你是喜欢上我了。但你又紧张，有着成年人才有的提防，甚至，觉得我会对你做出什么危险动作。后来我才从你嘴里知道，你曾经经历过类似的事。你为什么总在洗手间门口遇见异性？难不成那里是解放之口？一进洗手间，就解放了。但你难道就没有想到，洗手间门口是性别的窄门？

幽暗中，我评估你的年龄，又像是成熟女人。根本不是女孩，也不是少女,而是女人。你实际上挺从容的。虽然我看不到你的脸，但我能感觉到你的神情。我是谁？你的神情是沧桑的，甚至是漠然的，那时候我还没有用“赖皮”这个词。

我也因此推测，在你身上，有着某个历久弥新的伤口。

跟东京公寓的情形有别，面向不同，那时你面光，洗手间里有窗。这下是背光，洗手间里的灯，我一开门，它就灭了。我的身影把你压在幽暗里。相衬之下，我身上倒呈现出微亮。你进不去洗手间，当然是因为我挡在你前面。我没有移开，而且我感觉着你也没有让我移开的意思。这个母人被我迷住了吗？我应当装得挺好的，没有破绽。我有机会了。这时候,我蓦然发现我们正在伊拉克上空。我可以跟你来个“萨马拉城之约”。

你感觉到了我威胁的眼神，仓皇逃走。你没有上洗手间。

到了迪拜，才发现到处都是 Niqab，很多还罩着 Burka。倒是你，应该很适合。你就是因此才来这里的吧？但我找不到你了。阿拉伯人街区那么多旮旯角，你随便躲哪里，我都未必能找得到。我还有我更大的使命，继续飞，到了罗马。

一星期后，在西班牙广场，我竟然撞见了你。

你为什么不待在罩着 Niqab 的地方？你为什么要跑到这疫情蔓延的意大利？更重要的，意大利人并不戴口罩。没人戴口罩，你的形象显得很扎眼。

就是你的口罩剐到了我的眼睛的。口罩显示死亡恐惧，我就是死神，口罩就是在招死神。你仍然想逃，但你也知道逃不了了，不如装作没看见我。我拦到你正面。我不是用正面迎着你，而是阴险地背对着你，好像我是不经意地挡住了你的视线。好像我不知道自己就是你的视线，这使得你迟钝，甚至还审视了我一番。然后，我转过脸来。但我还没有转过来，你就转掉了。你好像不经意地向左侧转身。又是向左侧转过去，是不是你左边有问题？我于是直接去挡你左边。你又向右转。你的转动灵活，看来早是驾轻就熟。你的脖子像装着轴承。但我也不笨，抢在你之前，等在右边。你刹不住，我们正面相对了。

你又装作没认出我，我只是路人。你退缩回去的脚步暴露了你，反而把你的心搡了出来。

但我也没有表现出难看的吃相。我不急。我说我们认识，在飞往迪拜的飞机上。你也知道逃不掉了吧，就也装出记起来的样子。但也许你是真记起来了，我毕竟是这么帅气模样。

也许你真不知道我是瘟神，你只是不想跟生人来往。但我们也不是生人了。

“我叫 Enza。”我说，就用人类愿意敷衍我的称呼。

“我叫杨。”你也回应。

我脚尖磕着地上凸起来的小铺石，跟你聊了起来。你说周围冷冷清清，没有街头画家和演艺人，没有什么游客，店铺几乎都关了，店前桌椅空落落的，没有大家挤坐在一起的景象。“你喜欢跟人挤在一起？”我问。

“不。”

“那不就得了？其实也因为季节的缘故，淡季。”我说。我似乎是在遮掩我的罪行。有时候我想，如果我们一开始就相爱，我还会去放毒吗？“不过淡季来玩，很明智的。名胜古迹都在的。”

“也是。”你说。你说想去斗兽场。你问我乘地铁能到吗？“哦，也许我不该问您，您也不是当地人。”你又说。

“虽然我不是当地人，但是我熟。”我说。

我告诉你不必乘地铁。罗马很小，步行半小时就能到。“用手机导航一下。”我指你手里握着的手机。

“Google map！”你叫。

“对！”

你捧着手机去了。你的背影竟然坦荡荡。你的背影让我欣赏，让我有了人类的审美感。我放不下你，跟了上去。我是神，我脚步没有声音，除非我使劲在地上蹭出声音来。你走得很快，我一心要跟紧你，也顾不着去蹭地面了。倒是怕蹭出声响来，我不想让你发现我在跟着你。我远远跟着，直到前头吵了起来。

你还没有进斗兽场，还只是在找售票处，身后一个人一声咳嗽。起初你应该以为对方生病了，躲开了一下。你要自己表现得文明，这里是文明之地。那人的相貌就是文明的模型，金发、碧眼、白皮肤、高鼻梁、身材高大。跟我一样。也许你也把我当作文明人了？于是忽略了我是瘟神？或者，干脆没把我当瘟神？但那人顶上来，瞄着你。你应该能感觉到对方的恶意了，但你竭力表现出友好。但那人又冲你大咳一声，还冲你脚边吐了一口痰。你吃惊，你应该是吃惊对方怎么随便吐痰，不文明。这是文明的世界。但你没有做出任何反击，走开了。但那人紧跟上去。有一阵好像已经不见他了，不料你走了一段路，又看见他。他又朝你咳嗽。你才意识到不是对方自己病了，而是讽刺你是病人。

我不是病人！

那你为什么戴口罩？

老是这车轱辘的话。人类越来越没有创意。无论是东方人，还是西方人，都是一窝无趣的生物。

我戴口罩就说明病了吗？

那你把口罩摘了！

我为什么要摘掉？

你看大家都不戴。

大家都不戴，我就不能戴吗？我有我的自由。

你配自由？

为什么不配？

你自由，我们就没自由了！

什么意思？

Chinese virus！

我也是受害者！

那人不管，伸手过来要摘你的口罩。你躲闪，一个趔趄摔倒了。你处在无法逃脱的状态。眼看那人逼上来，你机灵道：

我摘掉，不是更传染给你吗？

但你已经被那家伙按在地上。你尖厉呼叫起来。你的叫声穿过口罩出来，好像被对方捂住嘴巴挣扎着迸发出来。但几乎是你自己捂自己,你自己把脸部倒扣在地上。我飞奔过去。那家伙看到我，撒下你逃走了。我把你搀扶起来。你的口罩上满是泥炭，让我想到那久远的时代被雄狮压在地上的角斗士的脸，还有满场的欢呼。

因为被泥炭蹭得花花的，口罩显得不像口罩了。你戴着口罩，倒显得好像没有戴着口罩一样协调，好像只是脸被划花了。我有了灵感。我拿手抚摩着你的口罩，实际上是继续涂抹泥炭，泥炭的色彩跟肤色接近。你没有察觉，你还以为我在心疼抚摩你的脸蛋吧。虽然你知道自己是母人，我是公的，但你太伤心了吧，脆弱了，还是接受了我的抚摩，没有推开我。蓦然觉得我摸着的口罩一侧湿漉漉的，才发现口罩布湿了，渗着水。寻找水源，来源于口罩内侧。再寻，是从眼睛方向流下来的。你的眼镜已经被湿气蒙得模糊，我完全看不到里面。但在眼镜下端，一截裸露的脸上，泉水一样汩汩淌着眼泪，渍进了口罩。

泪水倒给了我方便，我用它调和泥炭。我在口罩上补出你的脸庞。没有被稀释的泥炭颜色浓重，我用它描绘你的鼻子和人中。我不知道你是否看着我，但你肯定是看不到我手上动作的，只能感觉着被抚摩。你看不到我划破食指，取自己的血。我用血画出了你的嘴唇。

我的血比人类的血色深，抹在你嘴的部位，倒像伤口。我没有说出来。而且，嘴不就是一个口吗？在脸上划出的一个口，不就是伤口吗？我心安理得地画。

补完整了你的脸，你还不知道。我让你拿手机自拍一下。起初你警惕，抗拒，我知道，你对自己的脸没信心。哪怕戴上口罩，其实戴口罩本身就足够伤害人了。虽然你有时会去自拍，但绝大多数时候是回避的，绝大多数时候，你是清醒的，过度清醒。现在你又清醒了，警惕地对着我。我对你善意地笑，并且赞叹着你的美丽。你似乎也证实自己有多美，但你仍然犹疑着。我善解人意，装作记起要做一个什么事，走开了，留下你自己看。我肯定你看了后会爱上我的，没有比让母性美丽，更能使之心生爱意的了。

我一边慢慢走掉，一边修补好自己的皮，等待着你。

你果然追上来了。

你顶着我给你画的完美的脸，挽着我的胳膊。我们在街上游荡。第二天，我们继续在街上游荡。广播里每十分钟循环提醒大家要保持一米以上的距离。地面上多了临时新贴的间隔一米的黄色警示线。第三天，第四天……我们游荡着，直到街头空荡荡的。

“好像马里昂巴德。”你说。

“什么？”

“又一次——我在这里走着，又一次，走下这些走廊，走过这些大厅、这些回廊，在这个——属于另一个世纪的建筑中，这个巨大的、奢华的、奇怪的、阴森的旅馆中——在这里无尽头的走廊一条接一条——冷清的没有人迹的走廊到处布满了暗淡的、冷漠无情的装饰：镂花木板、浮雕花饰、石膏花纹、大理石、青铜色的镜面、灰暗的图片、高大的廊柱，厚重的帷幕——雕花的门框，一排排的门道，回廊——横贯的走廊，这些走廊又通向空荡荡的客厅，布满了另一个世纪的各种装饰品的房间、沉寂无声的大厅……”

你好像在朗诵什么台词。是用我给你画的嘴？当然我知道，我画的只是画，画的嘴不可能说话。

我不知道你说的是什么，但只觉得很美。一旦懂得美，我是否就已经变异了？

“说得真美！”我感叹。

“你画得才美！”你说，“画皮。”

“什么？”

你说起中国一个画皮的故事：魔鬼画了美丽的皮，披在自己身上，让一个书生爱上了她。你这是在暗示什么吗？说明你爱上了我？我不能肯定。人类总用语言让自己的思维有理可循，但其实未必。人类根本不是理性动物。但情况又未必是，实际上人类的言行又满是理性策略。这逻辑很悖谬，但以逻辑寻思人类，本身不就是缘木求鱼？人类世界本来就是一团乱线团。但不用逻辑这线，又怎么跟人类打交道？而且我跟人类战斗每每获胜。但究竟是人类在我的皮囊里，还是我在人类的皮囊里？我收紧了一下自己的皮，自己觉得伪装得很紧。我觉得自己邪恶，但人类也许比我更邪恶。我觉得自己邪恶，但人类还描述邪恶。我听着这人类创作出来的故事，如芒在背。

“这个故事，”我逃脱道，“我们可以从艺术上理解它。”

“艺术创造生活。”你说。

封城了。只能待旅馆里。你说这样也能欣赏罗马。什么罗马呢？就是右邻与再右房间的那两个家伙，他们探出窗户，跟对方打网球。打来打去，如果球没接好丢下去怎么办？但他们技术确实不错，球没有丢下去。但实是无聊，那单调的声音。有人吹起了萨克斯，那声音发起时，并没有引起我的注意，也没注意引起你的注意。周围安静，当然本来就很静，但那是夹杂着日常生活的噪声的，现在安静，是给那乐音腾出了空间。我们都听到了。是左对面五楼吧？阳台上一个人戴白礼帽、穿白西装的男人，手执萨克斯，声音就是从他嘴里发出的吗？但不能确定。那声音应该是从更远的地方飘过来的，哪里呢？竟然连我都不知道。我没有察觉到自己智商在迅速下降，只是普通人的水平。人们纷纷打开阳台的门，没有阳台的打开了窗。又有声音加入进来，有长笛的，有吉他的，有手风琴，有唱，伴奏的是电音嗨趴，一下子声势浩大了。更多人唱起了歌，有人在阳台上用长杆碰杯喝酒，有人在窗户前披上了国旗，其实只是红色白色绿色三条浴巾拼起来的，于是电音伴奏中就响起了国歌声。这里的房子是环形的，自带立体声，此起彼伏。顺便说一句，据我所知，很快的这种楼上唱国歌的方式被中国武汉采用了，被禁闭在家里的武汉人雄壮地唱起了中国国歌，挥舞红旗，还喊“中国加油！”“武汉加油！”楼下面世界空如死城，楼上的阳台上，俨然是横空出世的让世界万人空巷的舞台。

忽然地，一个声音响了起来，像吱吱的银丝。循声望去，我看不见歌手，大概是在对面楼背后的某个楼上。我不能判断对方是男是女。

“阉伶！”你说。

蓦然意识到，这是意大利。曾经，那不勒斯王国派出星探，寻找有潜力的男孩，进行阉割，加以培养，让他们成为有奇妙嗓音的阉伶，扬名立万。他们嗓音比女性还甜美，有着女孩的清脆，异常动听。18 世纪英国人查尔斯·帕尼这样描述 1734 年法里内利在伦敦的演唱："他把前面的曲调处理得非常精细，乐音一点一点地逐渐增强，慢慢升到高音，而后以同样方式缓缓减弱，下滑至低音，令人惊奇不已。"

但不知怎么了，我总觉得对面楼后面的这个歌手，只是不成功的，只能在教堂里演唱弥撒换取微薄收入的阉伶。

你的看法则跟我不同。你说，弥撒本身就是弱者之音，阉伶正因为利用残缺，才有了特殊价值。你的样子很知识。这使得你很适合罩着眼镜乃至口罩。母知识人不需要以容貌见人，只用知识。我奇怪我怎么会产生这样的想法？但知识就是呆板与冰冷的？知识人就没有欲望？你眼镜后面就没有一双好色的眼睛？你口罩后面就没有两片热烈的嘴唇？你把自己封锁住，难道就能甘心？我看到那口罩在剧烈地一喷一吸，你在呼吸，你是一个大活人。这是一个血肉之躯。

你说起 17 世纪阉伶阻止了战争。迷恋阉伶歌手的瑞典克里斯蒂娜女王，为了从波兰国王那里借歌手为其表演还停止了与波兰的战争。但这对我是没有说服力的，重要的还是在于强者，克里斯蒂娜女王。即使以弱示人的阉伶，难道就真甘于弱吗？听那妖惑的声音。那是因为他们无奈，但他们用的方法仍然是要吓住对手的，他们渴望的是图腾给对手的震慑，他们只能用作妖来逃避灾难。艺术改变生活？但他们，包括你，还是被我困在房间里。我的智力只剩下可怜的自以为是。

我以为你主张弱与残缺的价值，是因为你自己弱与残缺。我以为你自以为是，觉得自己古灵精怪就可以战胜我。我是什么？我是瘟神。我可是神,你不过是我囊中之物。整个人类都是我囊中之物。但你却只看到我的皮。你爱上了我画的美丽的皮。你根本不知道我是怎样的。当然我也没有去暴露自己。何必呢？一切都是假的。你不也是假的吗？还竭力包裹着自己的容颜。我也没去揭你的口罩，相反，去欣赏你被我画出的口罩上的脸。都是假，什么都是扯皮。在假的世界里，我们鬼混。但你，也并没有那么傻吧？你所以爱上我，是因为，和瘟神恋爱，就不怕瘟疫了。

“假嗓子，”你说，“假的总是最好的。”

你忽然号啕大哭起来。刚才还在跟我一套套地谈论阉伶，假的是最好的，怎么就哭起来了？

然后又大笑了起来，笑得简直比我还恶魔。你怎么了？

“说吧，在飞机上时，你为什么威胁我？”

你猛然冷静问。倒使我不知怎么回答你。“那不是威胁，而是惊讶。”我说。

“你去萨马拉城找过我？”

“没……”

“嗯，改在罗马了。”你说得很淡，以至于让我觉得你不再指责我，你已经原谅我了，你已经因为我对你改变了主意，也爱上了我。“好吧，我放弃了，随你处置吧！”

“我为什么要处置你？”

“你不是已经处置全世界了吗？”

原来你知道我是瘟神。

“我没有想处置你，我也没有去萨马拉城找过你。”

“现在我来找你了。”

“我知道，因为瘟疫，你就可以戴口罩了。但其实，你没必要纠结口罩这种东西，你的口罩已经化成你的身体。你看，这鼻子，这嘴，我都给你画得跟真的一模一样。”

“那还是假的。”

“是真的！”我硬说。同时给它吹气，扇动着它。那嘴唇竟然鲜红起来了。本来是跟我一样的暗红颜色，死的颜色，但现在，它奔向生的颜色而去。它是我画的，但这下它竟然超出了我的能力，活了起来。我又惊又喜。我看到那嘴唇的内里布满了血管，血管里鲜血争流。唇体盈满了，嘴唇满血复活了。它变得丰厚，把褶子都撑没了。但它仍然有褶皱，那是在丰满起来的间歇出现的。但很快又消失了，至少剩下了很少的褶皱，于是这褶皱倒成了它生命蓬勃的衬托。但我仍然以为它不过如此，它仍然是画出的，它的动，只是口罩在动。随着你的呼吸或喷气，口罩总会动起来。你是流口水了吧？泥炭颜色被口水所洇染，也会鲜艳起来的。但那嘴唇竟然豁出了口子。无论口罩怎么动，都不可能豁出口子来的。难道是那口罩破了？可能是。你说话太多了，口罩一再被抻收抻收，揉皱，再被拉抻，就是再坚韧的布料最终都会破的。你的声音从口罩的破洞发出来，不可思议的是，就像从你口罩上画的嘴里出来一样。真实的洞跟所画的嘴唇并没有边界，自然衔接过渡。这使得画的嘴更加活生生起来，好像就是它在发出声音，“哇啦哇啦”。我真难以想象我能画出声音来。我只能画出形象，什么样的形象我都可以画出来，但画出声音来是怎样的一种奇迹？这不是我画的，是你固有的声音。你在说话，尽管我听不懂说的是什么，“哇啦哇啦”。你可真会说话。你的嘴被封闭得太久了，不是因为嘴唇自己的原因，而是因为脸颊上有疤，但为了遮住它们，嘴也被封了。嘴是完好的，甚至这嘴是有魅力的，却也被封死在口罩里。真是冤死了。它都几乎放弃了自己的欲望了。现在，好容易可以通过一个口子说话了，而且不露痕迹得跟没有口罩一样。外嘴以顺溜的姿势，倏然转进内嘴，到黏膜，通往喉咙，喉咙后面是气门。嘴唇在气门作用下，忽而牵拉，因而皱瘪；忽而放松，因而肥厚，就像热气球。“哇啦哇啦”。但我实在不知道你在讲什么，你就像端着机关枪乱射，也许你说的全是空话废话，“哇啦哇啦”“哇啦哇啦”……我承认我有点慌乱。作为魔鬼，我本来不应该被人类搅乱的，但我确实乱了方寸。也许是这种景象，打破了我的创作状态，把平面变成了诡异的3D。或者是，我迷恋上了这种情景。我本以为只有人类才被艺术所迷惑，其实我也被迷惑了。我以为人类耍聪明，企图用艺术抵御我，现在我倒落进了你的局里。我甚至没有意识到那黑洞洞的嘴里有牙齿，之前你说话时确实没有显示出牙齿来，或是我忽略了？那嘴巴还在“哇啦哇啦”，以至于它吻我时，我毫无防备。

但即使有防备，我又在防备什么呢？我爱上了你。以至于我不愿意显出我的本相。我为什么一再推辞，不肯在你这里过夜？只能待白天，就因为这个。你喝水，我也可以喝水。点餐，我点的是Pasta。我选 Pasta，是看中那面是空心的，压到体内，量少一点。

我只有外皮，内囊只是附着在皮下的薄层。还可以利用面的空心，把进去的食物填充在空心里，充分利用空间。我成功了。但留宿却不行。睡觉时我要脱下人皮。即使我不脱下人皮，男女同处一室，过夜，我作为性别男，面对性别女，如果坐怀不乱，就值得可疑了。我能瞒天过海填进食物，我也不能让阳具勃起。我的血，只有在皮下那么一点点。我就是可以挤出血，但也没法射出精液来。

又想，被发现了也无所谓。你不也披着皮吗？当然我整个都是假的，但对不完整的真来说，全假更具有完整性吧？这是我作为魔鬼的思维方式。其实人类不也在争论“伪君子”好还是“真小人”好吗？大多数人宁要“真小人”。如果让这里意大利人来选择呢？让中国人、美国人、英国人、法国人、荷兰人、瑞典人、德国人、立陶宛人、希腊人、俄罗斯人、伊拉克人、印度人、日本人、文莱人、马来西亚人、阿根廷人、埃塞俄比亚人……来选择，是要遮遮掩掩的文明，还是剥下画皮的野蛮？

唉，不管怎样，做爱是野蛮的。至少，吻是野蛮的，就是逮住对方啃。从嘴洞开始啃。但贴上来的嘴是有温度的，我被哄暖了，迷糊了。房间电视屏幕里，记者在采访那个叫 Giorgio Agamben 的本土意大利人，哲学家。人类的哲学家是一个怎样神奇的存在？至少这个家伙，额头已经秃了，我还可以弄个亚当的刘海挡一挡。这家伙，额头皮光灿灿地在夸夸其谈：

> 我们现在已经开始怀疑其他人，以及我们亲近的人。用口罩作为一个例子，你将会如何去面对一个看不见脸的人。我

们要更加关注到底发生了什么，而不是那些高喊团结的暧昧话语。在我看来，一切都表明了一个事实，我们现在的社会的根基已经不再是爱了，取而代之的是距离，是分离，是怀疑，甚至还是仇恨。

爱啊，多么美好的愿景。那个被画皮诱惑的中国书生，也是经历着爱的销魂吧？对了，你曾经对我说过一句中国古话："宁在花下死，做鬼也风流。"当时我没想到什么，只觉得自己是鬼，是在指我。但鬼也被爱诱惑了。我被你抱着脑袋，吻。我看不到你，我看不到自己被你啃着的样子，只感觉着爱，爱啊，爱的微疼。好吧，啃吧，爱啊……

但我没料到你竟然开始撕。先是用舌头把我的皮挑起来，这时我想到，这是因为你爱我太强烈。我还替你担心：难道你就不怕会染上病毒？但你毫不在乎。说明你是真爱的，为爱奋不顾身。越爱对方，就越要探进对方体内，深深探进去。我只担心皮里面空空如也，被你发现，让你失望，乃至抛弃我。我的躯体不够丰厚，但不能说明我的爱不够丰满。我的爱是丰盈的，我愿意忍受被撑的疼。我愿意给你！填满我吧！让我为你疼。但我蓦然发觉你的牙齿在啃我的皮。不是探进去，而是在拉扯。但我仍然觉得这是爱，不过是粗鲁一点。但开撕了，才发觉我的皮不知什么时候已经被撕开了一个豁口。刺啦一下，又撕大了。我剧痛，挣脱，但这样又让皮裂得更大。

所幸有鼻子牵着。高高的鼻梁就像高山，皮需要翻过这个高山才能继续被撕开。鼻尖是一个难以逾越的山峰，成了障碍。你加大力度，你的牙齿穷凶极恶，我才发现你有那么大的门牙。门牙戳出口罩，口罩上那画的嘴已经成了实体的嘴了。那是我画的，怎么听从你的意志了呢？被蹭，发现口罩也不再是织物的了，而是柔韧的皮。你的眼镜不知什么时候也抛掉了，整张脸呈现出来。其实那脸并不如我所探测的那么丑，就是有疤。这疤也并不恐怖，那牙齿更恐怖。门牙独立暴出，独立纵队一样行动，撕我的皮。

我的皮虽然被撕裂，但只是沿着鼻底与人中部分裂开，所以撕力无法作用于鼻底，也就无法掀过鼻尖。当然仍然可以顺势向脸颊横着撕去，但很快又遇到了障碍，就是耳朵。我原来是有耳朵的，画皮贴紧我的耳朵，裹得颇为严实，很难被剥离。耳有耳轮，这样就是撕一轮，还会有另一轮。撕下一轮，还会剩下其他轮。一轮还没撕完，就中途断掉了，前后之间不会产生连扯，撕掉一轮就断了，她得重新找开口。她应该也意识到了，于是再深地啃进皮里，撕。耳轮一轮轮，撕得兜兜转转、山重水复、柳暗花明。皮被撕碎了，不成块了，我可以想见我的杰作成了什么样了，我的亚当。我用我全部的魔力收住皮，却不敌你，真是失败，真没想到。也许就因为，你是不惜一切地撕，撕得破破烂烂也在所不惜，而我，还在乎美。

但你不是爱我的皮吗？为什么要让它碎？我可以把皮脱下送给你，这样，你就不必靠口罩而且还遮得捉襟见肘了，你可以全身披皮。如果你嫌弃这皮已经被撕破了，我可以重新画。如果你要符合自己女儿身的，我就画个夏娃。

哼，夏娃！你冷笑。

那你要什么？

全不要！

你总得讲道理嘛！

我这么说，自己也觉得搞。我一个魔鬼也讲道理？其实只是我用了人类的语言，人类的语言总是讲道理。

道理只是道理。你应。

不讲道理，这世界不就乱套了？

哎哎，我又搞笑了。我这么辛辛苦苦飞东飞西，不就是要让这世界乱套？但是，仅仅为了保自己，仅仅为了权宜，我也应该搬出“道理”这种东西。

道理不过是强者的建构。你说。

很知识分子。难道你跟他们一个逻辑？电视。电视上在播美国新闻，特朗普支持者进攻国会山，他们指责选举大规模舞弊。他们法庭上败诉了，于是说法律是既得利益者建构的，已经腐败，不能在法律里打转转，要打破法律……啊，等等，等等！我时间上出了问题。这时候还没有美国大选，怎么会有这种新闻？啊，对我来说时间是弯曲的。时间不是一条线，是陀螺。一切开始预示着结局，一切结局潜伏着开始。时间弯曲是因为空间扭动，空间一直在扭动，你在这边，他在那边。你本来是多么信仰那边啊！倏然你到了那边，那边却成了这边，美国成了中国。哈，美丽国！Enza，我原来是多么信仰美啊！一直自惭形秽。凭什么我就要追逐美呢？凭什么丑就要遮遮掩掩？好啦，我自由了！大家都丑陋，就都别来这一套啦！你也不要画什么皮啦！卸下皮，咱们来大干一场吧！

我倒迟疑了。你有没有想到，干了之后呢？

再干！

再干之后呢？

再干！干到地老天荒。

那就没个完了。

哪有个完哪！

自由

本姑娘跟随 Enza 去了那个遥远的美丽国。

Fort/da

我是你的导师，斋藤明。我不知道你怎么会变成这个样了？

我能想到的，首先是你曾经被邻居侵犯。你曾对我说过那事。你本来是不太流露情感的女孩，居然哭了。而且是倾诉，至少我是觉得你把你的痛苦倾倒很多。作为留学生，你从来没有在我这里表现困难。作为中国人，你没有对我讲过中国生活不易。也许你们这一代也并没有那么不易了？中国富裕了。倒是我，还停留在以前对中国的认知，以及，知识分子理想主义。这反会损害人家的自尊。

你自尊，就像你总是遮遮掩掩自己的相貌。我感觉到了。想必你脸上有什么缺陷。但也正常，万物都有残缺。于是我们日本人就索性建构出对残缺的欣赏：残月，枯水，寂灭的樱花，さび（寂），平安朝有产阶级装わび（侘），あわれ（啊）！もののあわれ（物哀）！还有以阴翳为美。中国则不一样，那么你的表现就说明你真有什么必须遮掩的。那么，你那个邻居男孩不仅是侵犯你的身体，还侵犯了你的隐私。性是隐私，性也是美的。但在你，性可能就不是美。侵犯，就是让你出丑。简直令人发指，单是从戳穿了我美的幻想这点上，我就愤怒了。我想杀了那个男孩。但法治社会，杀人后果是异常严重的。我又是知识分子，理性让我认定杀人是罪恶。但理性与法律允许且需要我揭露罪恶，我于是去找你的房东。根据之前把你送回时的记忆，我找到了你的住处。房东腰弯得非常厉害，她的脑袋简直是倒着的，看我，只能背对着我，从胯下看。胯下的她戴着口罩。我也一副文明的样子，戴着口罩。判断出我是日本人，又听我说是你的老师，老人家竭力立起身来，但也只能从腋下斜瞅着我。我鞠躬，她也要鞠躬，这使得她站不稳了。我搀住了她。

“杨さん好像出去了。”她说。

“这样啊！”我装作不知道。其实我就是找你不在的时间来的。

“要不您上去看看？”

我装模作样上去转了一下。我看到了你房间的位置，边上洗手间。我想象你就是在某个位置被那个男孩撞上了。我想象你回逃的路径，他追进你房间。现在房间门关着，我能想象当时房间里发生的情景。风吹过，就像现在还在里面发生一样。我甚至要去敲你的门，但又担心，如果你在呢？那么我的计划就不能实行了。

下来，做出遗憾的样子。甚至显得不知该怎么办了。

“要不给杨さん打个手机？”老房东建议。

“打了，不通。”我说得很笼统。

“这样啊！”老房东说，“要不，等一会儿？也许就会回来的。”

我知道你没这么快回来，因为你被我安排去横滨国立大，找相良教授了。我对房东表示感激，就在廊沿坐下。

“好房子啊！”我感叹。

“战后的安置房，有什么好的。”老人家说。

我当然知道，战后，被炸成废墟的东京为了解决住宿问题，仓促建了许多这样的房子，没什么好的。

“可是，毕竟是家啊！”我仍然说。

老房东好像没有听到，兀自说：“感觉，那时代又来了。”

“什么？”

“瘟疫。”她示意了一下自己戴的口罩。

我记起，1945年到1948年，日本发生过疫情。有超过65万人染上了霍乱、赤痢、伤寒、副伤寒、天花、斑疹热、猩红热、白喉、流行性脑膜炎、脊髓灰质炎或脑炎。

“所以……还是待在家里的好。”我说。

“这倒是。”老人家说。

“可是……如果家里进了手脚不干净的人就不好办了！”

我用的是隐晦的说法。对方是会译解成“どろぼう”的，小偷。我不好直接指那中国男住户干了侵犯中国女住户的事，就暗示房东，那男的是小偷。我知道日本人对小偷是非常忌讳的，特别是房东，把小偷放在自己家里，那是多么可怕的事。但也许是老人家陷在自己的语境里，她的反应是："是啊，哪里干净得起来啊！"

"倒也不是……"我干脆直接说，"どろぼう。"

"是啊，"她竟仍然说，"どろぼう，どろ……"她在自己口罩上抹了一下。

"どろぼう"，汉字写作"泥棒"，拿着棍棒，脸上抹泥。现在是蒙着口罩，倒挺形象的。她笑了，我也笑了。

"可是……如果是ぬすびと……"我干脆说得露骨。ぬすびと，盗人。

房东终于警觉了。

"不过杨さん是品质很好的，我的学生，我了解的。"我又说。

日本人不说别人坏话。那么除了杨さん，就剩两个住户了，一个日本人，一个就是那个中国男孩。相比日本人，日本人对外国人是更会怀疑的。老人家的思路一般来说会被我引导的。于是我起身，说不能再等了，还有其他事，要告辞。房东有点急了，追问我是否知道了什么？我侧侧脑袋，表示为难，不置可否。

后来从你嘴里探得，那男的果然被赶走了。

但我并没有安心下来。我这样做，无形中也暴露了我对你的相貌缺陷有着明明白白的认知。我苦心孤诣地构陷，也正说明我在苦心孤诣地掩盖。

然后是，你告诉我，你母亲病危，要回国。

然后就断了联系。据说你曾经回来过日本，但也没有告知我。你母亲还在世吗？估计是已经不在了，不然你是无法抽身去美国的。我是从一个关于美国的视频里，偶尔看到你的。你还去过哪些地方？曾经收到一张你从罗马寄来的明信片，什么也没有写，哪怕问个好、道个平安的话，全没有。我也没法回复。料你已经离开，想很快就会回到日本了吧，不料却在美国出现了。我一直联系不上你，网络联系不上，在国外不能上网？我给你打过电话，也没有接。你大概是想脱离我吧？如果能联系上，你去美国，我是会阻止的。你之前为什么去疫情严重的意大利？你怎么又去美国了？我知道你一直对那国家有好感，你曾坦承，要不是费用上的原因，你会选择去美国留学。你说这话时，一定以为日本人对美国也是崇拜的，它是人类文明的灯塔。也许普通人是，但我，对那个国家，あの国，未必。

你曾经问："老师为什么用'あの国'，而不是美国？"

我没有解释。对那个国家，我的感觉是复杂的。战后那个国家让日本搞民主主义，使日本成为现代文明国家，作为知识人，被现代知识培养起来的知识人，我不能否认这一点。但我应该正视，在我的内心里，多少犯嘀咕。我出生时，我的父兄辈在反《日美安保条约》，我青年时代，《广场协议》签订，日本至今还在吃苦果。所以对那个国家，不只是我，我们，都或多或少有点讨厌。当然我们也认识到日本本身的问题。大江健三郎氏用"双重暧昧性"来表达，是这样的吧！但我仍然说服自己，相信那国家，这是信念的基石。但2020年，这基石松了，甚至，崩坏。他们不像是我以前看到的美国人的模样。当然之前我去的都是大城市，即使在街头看到各种风格的美国人，也许是我自己的问题，我总是以这国家开放性与多样性加以理解。即使我看到的是黑人，黑人不也是美国人吗？

但在这个抗议集会中，我看到的是白人。但这些白人又让我感觉陌生，好像他们是部落民。他们的举动也像部落起义，甚或，南美的狂欢节。

老实说，我也被狂欢所燃烧。心要突破理性的牢笼，哪怕是飞蛾扑火。

原来我对美国的理解是多么的片面。乃至，对现代社会只是雾里看花。我承认是我理解偏差了。他们还会冲击国会。我以为这种事不可能发生在这个国家的，甚至不可能发生在一切现代文明国家。就连日本，国会上打架也已经很少见了。就连极端右翼开着大喇叭街头喧闹，也普遍令人厌恶。但这种情形，就是在美国发生了。

而且，我看到了你。我所以奇怪你怎么会变成这样，指的就是你在视频里的样子。你的脸一闪而过。起初以为不是你，但怀疑是你。再一回想，确定是你。于是倒回去，回看。到你出现，暂停，定格。真的是你。觉得陌生，最主要的其实不是你出现在美国。你喜欢美国，你认可美国价值观，现在，说是选举舞弊败坏了美国价值观，你去现场声援，也在逻辑之中。让我惊讶的是你激烈的样子。印象中你一直是温和礼貌的。但也许那只是小心谨慎，小心翼翼，也许还是遮遮掩掩。你其实面目模糊，因此也性格模糊。但因为模糊，我倒想当然地建构了你的样子，以至于你真实面目出现，倒让我觉得不是你了。

你没有戴口罩。你为什么不戴口罩？但其实我见到的你，大多数是没有戴口罩的。只是在你回国前，你戴口罩来向我辞行。但也没感觉特别，大家都戴口罩。倒好像那口罩是透明的，并不影响我认出你。但我承认，戴上口罩的你，行动有点不太一样了。以前你长发甩甩，“犹抱琵琶半遮面”，这下不再那么频繁去弄头发了。但频繁去弄口罩了，拉一下，抠一下。我以为这是你不习惯戴着口罩的缘故，这样，反而觉得你本是不戴口罩的。

抗议集会视频中，你裸着脸。我觉得这不是你。或者是你，但告诉自己这不是你。因为这个你的脸是歪的。我让自己相信这不是你。但我又不可遏制地盯着定格画面看。但我仍然在祈祷这不是你，即使是你，也是因为在剧烈动作下，你的神情扭曲了，甚至就是画面本身把你的形象扭曲了。好像让我认不出你的，只是扭曲，而不是那脸上有道疤。

继而我开始埋怨你：你为什么不戴口罩？作为中国人，又在日本生活过的，你应该比西方人注重口罩防护。之前抗议黑人弗洛伊德被杀，不少人虽然喊着“I can't breathe”“我不能呼吸”，但仍然戴着口罩。但视频中这些人却很少戴的。他们中还有很多人认为根本不存在COVID-19病毒，他们反智，你也是吗？难道你也不相信COVID-19病毒的存在？

但回过头来，又什么是“智”呢？

日本疫情也严重了。我所以老想你，也是因为苦闷吧。学校停课，虽然平时也不是都去学校，但现在有着无处可去的感觉。虽然政府只是提倡多待家里，我还可以每天带着小孙子去家附近公园，但毕竟像监狱放风。作为知识分子，对这种政府意志，哪怕政府只是倡导，我都有着本能的抵触。我很赞成Agamben对政府主导疫期“例外”的警惕。我是自由主义者。当然作为男性，这种对自由的追求，骨子里难说没有男权自由的因素。甚至直接说，荷尔蒙的因素。所以晚上我都要到街上转悠。男人本性上喜欢夜晚，夜晚的空气极其自由，是一种被遮掩之下的自由，可以为所欲为。其实所谓做学问所谓工作，也都是建立在这种自由、明白说就是放荡的基础之上的。看日本那些会社员，白天里谨小慎微彬彬有礼，晚上成了酒鬼。据说日本是仅次于俄罗斯的酒鬼最多的国家，盛产绅士的英国夜晚也盛产流氓。我自然转到我作为会员的“待梦”，就是曾经带你去过的那个バー，酒吧。却大门紧闭。我都怀疑我是走错地方了，那密不透风拉着铁拉门的店面，毫无光彩，毫不热情，好像不认识我一样。我给妈妈打电话：

“怎么，钱不挣了？”

“疫情，自肃了。”妈妈さん说。

“我不在乎。”我说。

“是这边，担心传染给斋藤先生啊！对不起呢！”

真无趣。酒虫没耐心跟她啰唆。去其他店里喝了两杯。想象着边上坐着你，你的侧脸，“横顔の美”。虽然我从来没看清你的脸，但没看清才是审美，阴翳之美。但你并不在。

你在哪里？

我还去你的住处，想从房东那里了解你的情况。但房东染病住院了。老人家终于不必驼着背撅着屁股站立了。中国来的那男孩当然也不会在。但我又希望他还在，如果他在，我还可以问问他你的情况。但如果他能提供，岂不说明你们还有交往？我愿意吗？

到了 4 月，情形更糟了。所谓糟糕，一是疫情严重，于我，则是日本政府也来个“例外”，搞“紧急事态”，娱乐场所关闭或缩短营业时间。日本人是全世界最自觉的，太自觉。只能在家里待着。穿着睡衣，看着老太婆、儿子儿媳、孙子。若有所想，又什么都不想。书根本看不下去。上床睡觉。好在和老伴早就分床睡了，所以还能清爽地又翻起书来看几页，然后见周公去。又自由了，梦见解禁了，梦见联系上了你，梦见你回到学校来了，还跟我讲中国疫情期间的种种事情，然后，我以一个知识分子的理性进行评判。但到第二天醒来，还在“紧急事态”中。电视上天天在说废话，烦死人了。终日浑浑噩噩，一天又一天。

好容易熬过一个月，终于“紧急事态”取消了。“待梦”开了，其他バー、スナック、キャバレー、居酒屋都开了，卡拉 OK、电影院、餐馆也开了。久违地街上又热闹起来了，拥挤，人们上街，吃饭、喝酒、购物。还有接着的 5 月“黄金周”。我虽然有每年出外旅行的习惯，但对“黄金周”没兴趣，不会在这种时候去人挤人。但今年感觉不一样了，好像迫不及待要出门的孩子。终于解放了。不，是恢复了正常的生活。人就是要过这样的生活。好在我以我的理性，忍住了，只去日光走走。等彻底安定之后吧。但到 7 月底又不行了。据说单日新增确诊病例大几百人，累计确诊突破 3 万，死亡近千。于是又进入紧急事态。才放松这么几天，就又不行了，何时是个完哪！真令人绝望。

看着睡衣，都能嗅出腐败的气味。这就是裹我的寿衣。不管了，什么也不管了。这个全人类最自觉的族类，也不自觉了。2021 年初，又要“紧急事态”。我受不了了，我要从这种生活里突围。我去中国找你。

不管，先走，一边继续联系你。或者说，一边联系你，一边买机票。航班紧张，但正因此我更渴望离开。我的身体渴望从睡衣里逃脱出来，登上飞机，从自身本体放逐。

到北京，必须隔离。进了隔离宾馆。我仍然联系不上你。你在北京吗？那么久以前看到你在美国，你应该回来了吧？如果你回的是日本，应该会接收到我的信息吧？但即使在中国，即使在美国，你也应该接收到我的信息的。你是在跟我玩 fort/da 吗？弗洛伊德描述过一种幼童爱玩的游戏，把自己藏起来，让大人找不着。但他又生怕大人不去找他了，他被抛弃，一边享受着躲藏的刺激，一边希望大人最终把他找到，最终会耐不住性子自己跑出来，大团圆了。这就是 fort/da（去 / 来）游戏。

我想象你是在跟我玩 fort/da 游戏，是否也享受着苦涩的刺激，然后期待着我们失而复得的满足？

等待吧！熬吧！你当初就是这么过的吧？完全不能出门。食物由工作人员定时送来。虽然他们都穿着防护服，但还是防止跟我面对面接触，敲门提醒，让我出门拿。我出去时，他们已经迅速离开了。有时候能看见他们包裹得紧密的背影，像神秘的使者。垃圾也是用垃圾袋封好，放到门口，由他们拿走。我能听到他们拿垃圾的声音。进而我也能听到他们送餐的脚步声和放置食物的声音了。消毒者，是我能够看到的唯一的活人。但没有声音，他们不说话，用手势比画。但也有活人的声音，但我看不到人。门外有人在质疑伙食，还有隔离期间住宿的费用太贵，凭什么要把我们关在这里交这么多住宿费？凭什么我们就要住这里，而不能住别的便宜的地方？凭什么要住这么多天，让我们无谓产生这么多费用？邻房间，不知拿了什么在窗户上拨。就是唯一能打开的那个通风窗。孩子的声音，应该是孩子在拨吧。他们在窗户上闹，在他们自己窗户上闹，我不能说他们，但也在闹我。如果在日本，如果是我家孩子这么闹，我一定会制止他们的。但这不是日本，是中国。倒不是说中国的孩子顽皮，大人疏于管教，小孩嘛，本来就关不住。大人尚且关不住，何况本来活泼好动的孩子？他们也不能理解这是非常时期。想想我们在和平状态中太久了，好日子过太久了，坏日子一来，就不适应，张皇失措。

电视上电脑上人影幢幢，但他们是虚拟的，他们动他们的说他们的，跟我没有互动。我想跟谁互动一下，就想起在中国的一个学者朋友。我们曾经一起参加一个在大阪的学术会议，谈得来。更重要的是他懂日语。我试着给他打电话，他接了，很惊讶我这时期到中国来干什么。我不能说真实的原因，只说来中国旅游。

还旅游啊！对方不可思议。

成了习惯了。我说。

在隔离？对方问。

一步也不能出去啊！

还出去？他口气里带着对不更世事小孩那样的轻蔑。

在日本是可以出去走走的。

隔离期间？

隔离……也不太管的。我说。

所以成了现在这样子了。对方说。看来日本也是有问题的。

有问题，这是我们讨论问题时经常用的词句。中国有问题，西方那样也有问题，日本，也有问题。而且作为日本人，我觉得日本更有问题。

是啊。我说。

日本可是优等生哦。对方说。

他的话意是中国此次才是优等生，甚或是老师。这种说法我早有听闻。他以前不这么说的。以前，要是遇到类似中国好还是外国好的问题，说的是世界是复杂的，问题具有复杂性。我有点诧异。

可是人是自由的……我说。

你还可以再往前追问。对方说。自由的人是什么？灵魂？可是我们毕竟被身体所拘禁。臭皮囊？有点佛学的味道了。哦，佛系。这个词产生得挺让人不解，佛讲身体吗？但是，臭皮囊毕竟在，而且是唯一可以实证的存在。尽管从柏拉图到笛卡儿，身体被视为比灵魂要低等级的存在，但希林说得好，在高度风险化的现代社会，身体是人类最后一块可以进行自我掌握的避风港。以前以为日本人比我们懂身体的道理……

我不是日本人。我一如既往地以批判自己文化的姿态，道，我是知识分子。

嗯，知识分子。对方揶揄道。

您难道不也是知识分子吗？

什么是知识分子？对方反问。

什么是知识分子？老实说，真问起来，我也很犹疑。只能扯：

当然这问题可以探讨，intelligentsia，intellectual，可以谈谈波波里金，可以谈谈“德雷福斯”事件，可以谈谈汉娜·阿伦特，谈谈本雅明，谈谈……虽然谈不出共识，但可以有“共感”，比如理性、中立、客观。

“理中客”？对方冒出一个词。

什么？

理性、中立、客观。

还可以这么简称啊。

有“理中客”吗？对方反问。

但这是普世价值嘛。

有“普世价值”这种东西吗？

这次跟他交谈，感觉他心态变化了。可以理解，禁闭了这么久。就是我，难道不也是？以往所确信的东西松动了。他变得爱搅水。原来我们也是爱搅的，但目的是辩出真理来。但他这倒更像是“梅尼普体”，拿着棍棒，哪边露头敲哪边，但他自己则把对立的两极集于一体。巴赫金说梅尼普讽刺来源于狂欢节。嗯，我内心不也有狂欢的冲动吗？

甚至还带着幸灾乐祸：文明世界变这样了，那么，我也没什么了。甚至，我也不差。其实我也有这种心理，弱民族，大和归根结底还是先天不足的民族。

根本上是出于自尊心。无论如何我想反击他。你以前可不会持这种观点的。我说。

观点不重要，观点源自立场，人最根本的立场就是身体，身体的立场就是活着……

身体活着的立场就是肉体活着。我索性替对方说了。

肉体还可分为外皮与内囊，皮囊，装在皮里面的肉，肉里的内脏……

我感觉到自己身体里隐隐不舒服。这种感觉在被告知需要做核酸检测时，就条件反射地产生了。但难说不是实际的不舒服，想想，伸到咽喉去，伸进鼻孔里去，甚至，伸到肛门里去。这些平时被隐藏得很好的被侵入，有了存在感，始知我们的生命的存在是多么的残酷。以及，取出的排泄物让我们无可逃避地看到自己生命是多么肮脏。

……直至骨骼。对方继续说。

我又感觉到骨疼。还骷髅呢！我玩笑道。

不错,真理的本质是骷髅。对方说。如果要当“理中客”的话，人的本质是骷髅。当初我差点被送进火葬场焚尸炉，出来后就是骷髅，不，只是骨灰了。

我才知道对方曾经染上病毒。幸运的是，他康复了。病后才知道什么都不重要，只有身体才重要。外在身体不重要，内在身体才重要。外皮不重要，内囊才重要。不，成了骨灰，一切都不重要了。他说。在骨灰里，只有骨的物质。你可以想象骨灰的立场，会让你反思的。从骨灰开始反思，反思回骨骼，再反思回器官，病中器官痛苦，让我都想不起我的躯体还有肌肉了，只有这器官，只有呼吸。康复后，回到肉体。再回到皮肤，外表，形象，才知道形而上是怎样的东西。形而上，就是一张皮，画上人类最想画上的样子。

但如果没有了生命，只是作为一具尸体，那不过是，用你们日本人的说法……

死に化粧。我脱口而出。

不过，你们日本人视死如归的。他说。在我听来，简直是揶揄。真的如此吗？不过是一种说辞。尤其是，日本这样一个“二流民族”（这种话，你不敢说，作为日本人我可以说），需要特殊价值的建构。如果不怕死，我为什么要跑到中国来？当然我给自己理由，是来寻找你的。但难说其中没有北京疫情比东京轻的缘故。我为什么不去美国？说是不喜欢美国，但难说没有美国疫情严重的考量。打脸。再说我真的不喜欢美国吗？我说我对美国的感觉是暧昧的，但真只是暧昧这么简单吗？美国的自由，给日本制定宪法，还有经济关联，难道不是使日本新生了吗？难道我就不要新生吗？“啪啪”打脸。我在日本受不了控制，难道就不是生命本身生的诉求吗？“啪啪”打脸。我要从“紧急状态”里突围，但中国不也实行紧急状态吗？我受不了控制，但我也享受着控制下才有的生。“啪啪”，这脸打得太肿了。但我还得继续待下去。但我又不认为这是在求生。我用我生着的生命，不认同我这就是生着。我用我生的生命等待着你。

等待怎样的你？我内心障碍性地留存着你在视频里的样子。其实所谓残酷美残缺美，也不过是说辞。我希望美好的你出现，来修复视频里你丑陋的形象。哪怕只是遮掩下的美好也好啊。所谓“横顔の美”，不过是侧过去看不到丑陋罢了。所谓“阴翳”，不过是不去照亮的策略罢了。如果没有疫情该有多好啊！哪怕是世界已经败坏，但被美好的景象伪装着。哪怕是躯体已经腐败，但只要还能保住包裹的皮，就包裹住吧。为什么要想到骨灰呢？到了成了骨灰的份上，还能想了吗？既然还没有成骨灰，还没死，还有感觉，那就苟且偷生吧。其实，人类不都在苟且偷生吗？说是人类掌握了科学，但在灾难面前也是无能为力的。日本能够对付得了地震，也对付不了新型コロナウイルス。人类能够对付得了以往瘟疫，也对付不了这次瘟疫。疫苗？疫苗不就是与病毒同谋？再说，日本真对付得了地震吗？也不过是随它震，与地震媾合。人类对待瘟疫的办法不也是与瘟疫媾合吗？

隔离的日子浑浑噩噩，白天昏昏沉沉睡着，晚上就睡不着。又到白天，就又睡了。我做了个梦，梦见自己跟瘟神媾合。这并不确切，实际上是我看见你在跟瘟神媾合，我想拯救你。瘟神伸进你的嘴里。也许是你伸进瘟神的嘴里，但我让自己相信是瘟神伸进你嘴里。你戴着口罩，口罩被瘟神戳破了。你被侵犯了。我马上有了答案，原来你是因此才暴露裸脸的，所以视频里的你才那么愤怒。你被践踏，我的使命感让我要把你救过来。我根本没有去想，怎么就不是你在侵犯瘟神？怎么就不可能是你进入了瘟神？这不符合理性，我思维早被规范。对方是魔鬼，你是人类。对方是瘟神，你是一个弱女子。但怎么弱就值得同情？这符合道义，符合“政治正确”，我的悲天悯人品质像巨人一样站立起来了。或者说，像阴谋家找到了时机。虽然我并非没有私心，但我告诉自己这并非出于私心。虽然我还是洞察到自己有私心，但我毕竟在客观上行使了公道。我去拥抱你，但你从我的怀中脱走了。我都没能看清你被侵犯后破碎的形骸。我更没有去想，如果让我看，我有勇气看吗？我犹豫着。直到你远远站到我的对面，我才模模糊糊想到，你的面容简直是不可收拾了。简直恐怖。然后我就吓醒了。

也奇怪，当天我就收到你的邮件。这么久了，没有你的回音。你告诉我，你已经回到中国了。

我喜出望外。但我又很恐惧,害怕你成了梦中我看到的那样子。就像谷崎润一郎笔下的少将滋干，既渴望见到久违的母亲，又担心见到的是容貌老丑的母亲。其实中国人倒有智慧，我知道中国古代蒲松龄的小说《画皮》。即使是鬼，披上画皮也会变成美女，何况你本来就是美女，就只是脸上有一道疤。如今科技发达，可以用硅胶材料，在日本，硅胶都可以制造出整个人偶来，中国也应该可以吧？我想去看看。但我出不去，一出房间门，就被拦住了。拦我的人好像突然冒出来一样。哦，这是疫情期间，我在隔离中。

隔离中的我只能在脑子里活动。我想你应该是知道这种技术的，但你为什么不利用这技术？中国做不了，日本可以做。你还可以去整容，当然你应该知道去整容的，应该是整容起不了作用。至于披上一张假脸，身份验证会有问题的，所以你才会用披头发的方式来遮掩，所以你可以光明正大戴上口罩时，明显开朗活泼多了。可是你遇到了瘟神，你被瘟神残害，你戴不住口罩了。你还活着，还能回来，说明你还没有被残害至死。只是裸露的脸让人害怕。你难道就不知道弄张硅胶人脸？也许你不知道，也许你不在乎了。

但我在乎。

终于给我溜出去了。我在大街上寻找硅胶制品店。我看到一家商店里陈列着一截大腿,乍看,吓我一跳。写着“义腿”。“义腿”,

这意思我懂。还有套断臂的一截硅胶手臂。有“义腿”,就会有“义脸”吧？我问店里的人。面具？店里人说，他虎背熊腰，光头。

不是面具。我说。作为日本人，对面具太熟悉了，面具只有一种表情，当然，面具能够以无法捉摸的暧昧表情来应对任何表情。但你是中国人，不要搞那一套。你要灿烂地笑。我要的是吸在你皮肤上的硅胶面套，跟你的脸紧密黏合，能够随着你的表情。

你不是中国人？对方问，大概从我口音判断的。他嗓门也大。

日本人。我说。

哦，日——本人！对方说。

我感觉到对方态度明显冷淡了。虽然如此，我是太迫切了，我仍然问他有没有硅胶制造的……

中国什么没有？对方大声说，“你们什么东西不是MADE IN CHINA的？疫情也是中国控制得最好的！”

这我知道……我企图息事宁人，我只想弄到硅胶人脸。

对方满意了。你说，你说需要什么？

我想开口，猛然意识到不能再用日语“シリカゲル”，刚才我说硅胶，说的是“シリカゲル”，也许也是刺激对方的因素之一。其实这是英语音译，silica gel，我可以说英语，但对方听得懂英语吗？他会说“MADE IN CHINA”。但即使他会说“MADE IN CHINA”，就懂其他吗？如果听不懂，或者即使听得懂但他不愿意听，他讨厌外国话，怎么办？何况还有silicone，是silica gel，还是silicone，我也不是分得很清楚，这不在我专业范围内。我一直是挺抵触高科技的，更不可能去深究，要不是为了你。更紧迫的问题是，我根本不懂得用中文说硅胶。我灵机一动，指着店里陈列的硅胶腿套。对方明白了。就是硅胶嘛！他说,外国话怎么这么复杂。

他拿出硅胶腿套。我摆手，指着自己的脸。“脸上的。”

“套在脸上？”他笑了起来，“那脸成了什么了？”

我还是指着自己的脸，沿脸的形状比画着。

他好像明白了一点，但带着嘲讽。“不透气，会憋死的！”

我表示可以在鼻孔地方挖窟窿。

“那么眼睛怎么办？”

我表示也可以挖洞。

“那也太假了！”他说。

这其实也是我的顾虑。这不是艺术，不要仪式感，是实用。我绞尽脑汁解决这问题，如何让假显得逼真。其实西方艺术观念就是这思路。其实艺术就是假模假式制造真。如果迁就真，那艺术无可作为,也就无法抵达美。真总是丑陋的。但艺术遮盖丑时又模拟真，让人感觉出本来如此，也就是说，本来就并不丑。必须留一些原来的瑕疵，显得并无生造。那脸皮可不必盖上你的眼睛，你眼睛没有缺陷。当然你有近视，但仍然可以不戴眼镜。为了美，牺牲实用是值得的。当然这也是作伪，近视却不承认近视。但毕竟只是遮掩近视，跟遮掩你脸颊上的疤比起来，避重就轻。简直可以承认这是在伪装，愿意承认，愿意忏悔。于是，问题被转移了，真正的缺陷被忽视了。

于是，可以心安理得地假造你下半部的脸了。但又要显得漫不经心，我不是货真价实的造假家。一些该遮掩的地方，貌似忘了遮了，就像盖被子忘了盖脚。这些貌似出纰漏的地方，其实是不重要的，但又很显眼，这种漏洞在生活中普遍存在。疫情，普遍现象是什么？戴口罩。可以设想这脸上仍然戴着口罩。但这口罩不是捂在鼻口位置，鼻口位置是硅胶脸盖着。口罩是拉在下巴上的。这情形是经常有的。这样，也许人们会去猜想这人下巴是否有问题？他们最好这么去猜，就转移焦点了。当然，必要时还可以把口罩拉上来，亮出真下巴给人们看：看，没有问题。实在是精妙的设计，我都佩服自己了。那店里人好像也被我征服了，嘟哝了一句：日本人设计，脑洞还真大！

他说造价要非常昂贵。

多少钱都无所谓。这对我是异常重要的事，它不仅关系到你的面貌，更关系到我对这世界的观感，我的价值的维护。尽管我知道流水落花春去也，我 fort，我也 da。我从店里出来，我不知道我是否在往回走，我走在一条很宽广的大路上，我不认得路。有路牌写是长安街。我见到天安门，这我认得。我走过天安门，我在往哪里走？印象中我住的宾馆根本不在中心地段。而且，我也没有想要回那里去。为什么要再把自己送回去隔离？但不隔离，我又能去哪里？而且我的东西还在隔离宾馆里。你会去宾馆找我。我想着你，继续走，走在不知是否回隔离宾馆的路上。反正走着，再走着。一边走，一边畅想着跟你见面。那时候硅胶脸已经做好了，我拿着它，披在你脸上。这样你就漂亮了，这世界就重归美好了。但有个技术性疏忽，怎么让它在你脸上挂住？如果是整张脸皮，可以从头顶披下，就可以固定住了。但这是从脸中部开始的。可以利用鼻梁挂住，好在你鼻梁高。但毕竟是东方人，尖鼻能尖到什么程度？还是挂不住。皮在往下滑脱。我只能指望自己的手，把它提住，不让它脱落下来。但我总不能一直提着，这样就欲盖弥彰了。我还得放手。但一放手，脸皮就又往下脱，就像没有裤腰带的裤子穿不住，要光出下身来。还是打鼻子主意，哪怕在鼻尖上钉个图钉。哪怕你会痛，但是为了你好，一切为了好。有了解决办法，心就安了，可以安然睡去了。浑浑噩噩觉得我在梦中，一手捏着图钉，一手牵着皮。怎么这么快就做好了？是体恤我，这对我非常重要，对这个世界非常重要。那个五大三粗的店里男人也知情知理。其实谁也不可能单独逃离这个世界。我们一起努力。哪怕只是糊着这个世界也好啊！哪怕只是拉扯。fort/da。可以永远扯下去。我们应该有信心。我有信心。我打开门。

门口，一具骷髅。

我这是在梦里吗？是现在在梦里，还是刚才就在梦里？还是更早的出门前就在梦里？还是来中国前就在梦里？还是 COVID-19 暴发时就在梦里？

“斋藤老师。”是你的声音。

“是你吗？杨……”

骷髅的头颅点着。

不管怎样，先盖上。我抢上去，你没有后退。我把脸皮盖上。我忙乱寻找凸出的鼻尖，要钉上图钉。但骷髅没有鼻尖。

拯救我的血热

犬养

“犬养……さん！”我念着他胸牌上的姓名。他穿着工作服。

“是！”对方回答响亮，还提了提屁股，欠了欠身子。从他肩头，我判断他已经六十左右了。

念过他名字，我才意识到自己失礼。这个名字！尽管我已经用了“さん”，也就是“先生”。他是客人，我本不该去念客人名字。不知怎么回事，我经常不自觉地把看到的文字念出来。“你怎么自言自语？”常有人这么说我。“学日语……就要念出声来……”我只能这么支吾。

犬养，也许对他、对日本人来说只是一个姓氏，但在我这个中国人嘴里，感觉完全不一样。好在他坦然应承，好在场地光线晦暗，他看不到我的神情。营业中的卡芭莱，自始至终光线没有明亮过，以至于掉在地上的硬币，常常要等到闭店打扫卫生时才能找到。

什么也看不清，于是什么都很适宜，很美，包括陪酒的小姐，也包括我吧。

“你叫？”对方也问我，眼睛在微微反光的眼镜片后面若有若无。

“……”我不知怎么回答。就好像我冒失地喊他的姓一样，他也这么冒失。但他是客人，问小姐的名字天经地义。只是在这里工作的人都不会暴露自己的名字，用的都是化名。但也许人家并不是在问我的真名？甚至，只是问我的代号。他不是老客人，在我印象中他以前没来过，至少没有“指名”过我。“指名”过我的应该知道我是94号。他应该是“本番”。“本番”是第一次来的客人，不知道该“指名”谁来作陪，由店里安排一个。但也不对啊，店里给安排时，会告诉他小姐的号码。

难道这个人是故意来捣乱的？也有这样的客人。但看这个客人，一副彬彬有礼的样子。这样，我就得好好回答了：“94号。”

“是啊，94号。”他说。

不知他是在表达已经知道了，还是才知道。

“是！”我说。

“是这样啊！”他又说。

“友纪。”我说。这是我在店里的化名。

“是这样啊！友纪さん，友纪ちゃん！”他疼爱地称我“ちゃん”。“中国人？”他忽然问。

他怎么知道的？“嗯。”我回答。

“中国哪里？”

“北京……”我脱口而出。其实我是福建的。

“啊，北京！”他好像真的相信了。他就问起北京的名胜古迹。但对北京，我远不如对东京了解得多。毕竟在东京待了三年了，北京，我去都没去过。我只能哼哼哈哈。他成了主讲，我只在一旁煞有介事地“对对对！”他好像真被我迷惑了，欣慰道：

“果然是首都来的人啊！对自己的文化深有了解。不像那些福建来的……”

我感觉被刨了祖坟，手里的酒水打洒了。

“林さん。”他说。我知道这林就是他说的那个福建人，“不是はやし哦！”はやし是日本姓“林”的读音，日本人也有姓“林”的。“中国人跟中国人不一样啊！”他又感慨。

不管怎么说，他是相信我是北京人了。我拿小手巾拂拭着桌面上的酒水，笑自己刚才慌张了。日本人可真是，你说什么他就信什么，容易对付。

犬养先生再来店里“指名”我时，我略微有点诧异。我清楚自己第一次并没有把他伺候很好，从走前的态度就可以知道他并没有被我迷住。咱中国人学不会日本女人那样招待客人。“太硬！”店长总这么批评我。但没办法，做不来就是做不来。所以很难有回头客。这个犬养是例外。

这次他显得焦躁，一会儿叫热，一会儿叫凉了，外衣扒了搭在座椅的靠背上，马上又扯下来要穿。我就殷勤地帮他穿上。他仍然穿着工作服。我就闲扯起他的服装来，才知道那是筑地市场的工作服。他在那里经营个水产批发店。我帮他扣扣子时，他一把抓住我的手，问：

“友纪ちゃん，如果你们中国人被开除了，又没有了滞留签证，下面的路该怎么走啊？”

我禁不住哑然失笑：日本人真是傻得可爱，原来他为这种问题而坐立不安的。这对中国人来说根本就不成问题。但我也不想对日本人说实话，就随口敷衍：

“哦？您的会社开除人了？”

“这不能怪我啊！”犬养愁苦地皱着眉头，申辩道，“是他自己搞得太过分了！就是我店里那个林，我跟你提到过的。”

我点头。他上次来时提过。

“真是不可理解的人啊！去年 11 月底，我们一个会社员在冰库里被突然塌下的货箱砸伤了，住进了医院。他是会社的顶梁柱，店里半数以上的货是经他手签发的，而且也送货。送货的，除他外还有两个中国人，一个是コゥさん，一个就是那林了。”

我脑子在琢磨着“コゥ”是哪个中国字。

“当时是年底，市场最为忙碌的时候。往年这时送货都送不过来，现在少了一个，怎么来得及？我自己当然可以顶上去做发货的事，但我毕竟没有送过货，市场那么大的地方，光是寄存部就有百来个，还不包括那些零散停放的车辆，必须挨个对车牌号配送。市场外围还有一片关联卖摊，还得往返于大都、东水、近海等几个集货商社。说实在话，不是件容易的事。只得希望两个中国人鼎力相助，帮我渡过难关了。我向他们表示了我的恳求，コゥ当场点头。但那个林却没有回答，只是讪讪地笑着。他平时总是笑嘻嘻。コゥ的日本语不错，我以为林是因为自己日语不好才不吱声，但不至于不帮忙的。会社出现了困难，大家理应同舟共济，共渡难关。但是我想错了。

“第二天下班后，他们两个人来找我。看那样子，是林拉コゥ来的，コゥ的神情好像很为难。他日语比林好，但他没有说话，由林说。林打着手势，搬弄手指，总算让我明白了他的意思。他说干得太累了。我就诚恳地向他们致谢，辛苦你们啦！没想到林说：这样等于两个人干三个人的活，工资太低，他们没法再干下去，要走人。他说两个人都要走，我瞅コゥ，コゥ低着头。他大概也是这种心理，他们是通气了的。当时我委实满肚子不高兴。友纪你应该也知道，我们日本雇员从来是不跟老板喊加薪的，又在这种时候，他们，说不好听点，简直就像来趁火打劫的。他们知道我要是不答应，他们一走，店里就没人送货了。这样，订货再多也是空的，什么生意也做不成。我又转念一想，也许是国度不同吧，再说他们说的情形确实是的，太忙太累，要求也不能说全不合理，于是就答应每小时加一百元。林又提出要从当天加起，我也同意了。当时是 11 月底，具体日期我记不清了，只记得过几天就发工资了。

“‘要好好干哟！’我对他们说。

“‘是！’他们答。那个林还做出军人敬礼的姿势。

“这样，时间跨进了 12 月，更忙了，市场简直就跟疯了一样。但我发现那个林并没有更加勤快起来。起初我想会不会是会计忘了我的嘱咐，答应给他们加的工资没有兑现？但看コゥ勤快干活的样子，应该他是拿到了。再问会计，确实是按我的嘱咐发了。又不好斥责，就在一天收工，趁林在淡水龙头下洗手时，我笑着问：

"'林さん，加的工资领到手了吗？'

"他用日语说了一句什么，我没听清。我叫一旁的コゥ翻译，原来是说工资虽然加了，但还抵不上扣去的税金。在日本，只要你有收入，谁都要纳个人收入所得税的，这你一定知道的。"

我点头。"我这里还重税呢！"我说。

"是嘛！相比之下，我们那行业纳的税还不算多。我怎么敢为他去偷税漏税？我对他说这道理，他听不懂。我又让コゥ说给他听。コゥ说了，他也没听懂。也许吧，这太难了。我就简单说：在日本，这样，不行。我也用动作，两臂一交叉：不行！"

犬养也在我面前两臂交叉。这是日本人常用的动作，我当然懂。我点头。

"你看懂了吧？听不懂，但看得懂，动作是人类通用的。"

这也不一定，我心想。比如用小指指女人，用大拇指指男人，我们中国人就很难想出所以然来。当然也可以理解，大男子嘛，所以是大拇指。但让拇指从食指和中指中间露出个头来呢？我刚到这店时，客人经常冲我做这手势。跟你没讲两句话，就这个动作。我不懂，他们就哈哈大笑。我猜一定不是好的意思。当然，后来明白那是指女性器官，也觉得确实挺形象的。

这个犬养是正经人，他是迫切要跟我说话，倾诉。我的工作就是陪客人喝酒，还有说话，让他们买酒，买下酒菜，赚他们的钱。所以我还是表示赞同。

"是吧！"他继续说，食指戳我，确认。我再点头。"但是没办法啊！他就是听不懂。你永远教不会一个装傻的人。我明白自己是碰到了赖皮的了。我已经加给你了,你却还嫌不够,还想不纳税?我遇到打劫的了。虽说在心里实在厌恶这个林，但我毕竟不能把他赶走，只得容忍。我答应会社垫付他的税金。先渡过这个年的难关吧！我答应他条件，对コゥ当然也一视同仁。说起来好笑，我刚跟コゥ承诺，那个林就听懂我的话了，怎么这下就听懂了呢？至少也要做出矜持一些嘛！他向我鞠躬，道谢。也罢，反正他能好好干活就行，我也无心去探究他。我松了一口气，危机总算过了。”

我再给他斟酒。然后夹起冰块，放杯子里。杯子里的酒很快吞噬着冰块。我加上水，用划竿划着。他等着，显得有点迫不及待。我加快划两下，把杯子递他手上。“对不起！”我说。

他急急喝了一口，竟打了一个嗝。打过嗝后，他叹了一口气，“我可以继续说吗？”

“请！”我说。

“但我还是太乐观了，这一关并没有如我所愿平安过去。林，大概只勤快了一天，就又懒洋洋的了。一车货拉出去，甚至要一两个钟头才回来。问他，都是推说路堵了。大忙时期，市场确实常会堵，但也不至于每次都堵吧？到了快中午了，整个市场都要闲下来了，叫他去送个货，还是要一个钟头。

“这时候市场劳动组合又闹起了工潮。有人去挑拨那个受伤会社员，要我多付赔偿。劳动组合三天两头冲到店里来，缠得我难以顾及送货的事，全仰仗林和コゥ了。没办法，我只得买了糕点、咖啡什么的，去跟林谈：刚才某某客户因为货送迟了，车开走了，回去才知道货没在车上，误了营业，大发雷霆；某某老客户因为一再等不及所要的订货，干脆转到别店去买了。然后，我笑着问他:‘林さん，你说要是一个个客户都不来我们店，生意没了，你们的工资哪里来呢？你不是只得回中国去了吗？现在会社给你们加了薪，又给你们垫了税，更需要生意好了才支付得起啊，是不是？’

“他呢，吃着糕点，喝着咖啡，笑嘻嘻的。好像是听进去了，是接受了,过后确实也勤快了一阵,又是老样子了。他怎么这样呢？这世界上怎么有这样的人呢？怎么讲都没有用。我非常苦恼，想来想去，大概他觉得我是在危言耸听吧？他觉得现在店里还能正常经营。但是我们日本人想的不一样，我们有危机意识，就像这个天气，忽然就阴天了，就下雨了。也许是岛国的缘故，一有苗头就有紧迫感，免得造成不可收拾的后果。中国是大陆，广大，所以他的心也大，根本不信我的话。当然，也因为他不是经营者，还不是会社员，只是临时工，店倒了，他可以换一家干。所以他不在乎。但我的店在乎，不能被他搞倒了。那么，我不如现在就辞退他。但现在辞退他，谁来干活？我曾经想问コゥ有没有朋友介绍来，但转念一想，他要是跟林说了怎么办？我不是自暴其短了？这下会被他死死抓住短处了。于是我只能去刺激コゥ的自尊心，问他：

“‘コゥさん，你们中国人里，不顾集体、不讲尊严、一味赖皮的人多不多？’友纪你不要多心，我指的是林，不是所有中国人，是林那地方的。友纪你是北京人。コゥ也是北京人。

“北京人？”我如梦初醒。

“怎么？你认识？”

我打消自己的念头。“怎么可能？”我说。

“是啊！”他继续说，“这个コゥ一听就面子挂不住了。他自告奋勇要去劝告林。我满心以为用中国人说服中国人是再好不过的了，至少思路对啊！却不料コゥ也被他气咻咻顶了回来，叫嚷：这种人是中国人的败类，不可救药！还恨恨地说他跟林语言不通。

“‘你们不是都是讲中国话吗？’我奇怪。

“‘不是！’コゥ说。

“‘怎么不是？’

“‘他说的是“鸟语”！’他说。

“我弄了好一阵才弄明白コゥ说的‘鸟语’是指什么。是福建话。”

我感觉被戳着脊梁。好在对方没有察觉，继续说：

“コゥ搞不定，我更搞不定了。无可奈何。好歹这林总会干一点活吧！我只得趁上厕所的时候，去场地办事时，去搜罗他，看他在哪里偷懒。或是嘱咐店里会社员抽空去市场各个角落侦察。就是见到了正在偷懒的他，我们也没有训斥他，只是客客气气地叫他赶快回店去，店里还堆着未送出的货呢！我们对他始终是隐忍的。也想着，他偷懒暴露了，一次暴露，两次暴露，三次暴露，总会收敛吧？但是他，却好像有意跟我们较劲，有意卡会社，就是不领情。还是赖皮吧，跟牛一样赶一下犁一下田，过后又照懒不误。这样，到了今天上午。”

他停下来。“友纪你听得懂吗？”

我愣。“听得懂啊！”我说。

“日语没问题？”他寻求确认。

“没问题哟！完全没问题！我的日语好得很。”

确实，我的日语很好。当初这个店收我，主要就是因为我日语好。我这么说时，心里毋宁说在宣告我作为福建人并不差，甚至还很好。

“我真是幸运啊！”他欣慰道，上身鞠了一下。

我微笑，微躬身子，回谢。眼睛睨着他，心里骄傲。

“那我可以继续下面的内容了！”他说。

有什么值得这么慎重的？我想。在这里工作久了，我已经不把客人的话当一回事了。反正，客人也不过是把我们这些人当垃圾桶。

“今天上午，”他语气凝重，“今天上午。”

“嗯！”我回应。

“今天上午快要闭店时，‘纲八’横滨店突然打来电话，要一箱银鱼。コゥ送货出去了，刚好看见林回来，就叫他送去。他先在水龙头下洗手。干活期间，手都是脏，洗什么嘛！洗了一会儿，他抖着手上的水珠。然后，又找纸巾擦。你要用纸巾擦，就没必要花工夫抖水珠嘛！还抖了那么久。我从会计台递给他纸巾，是希望他赶紧擦好了去送货。‘纲八’可是我们最重要的客户，大客户，连锁店布满东京及关东地区，这市场里，有多少店都在拉拢这样的大客户，不用大力气是保不住的！好在人家‘纲八’一直照顾着我们生意，我们只能竭尽全力把服务做得周到，更周到，好上再加好。我叫林送去的时候，就担心过他会出什么纰漏，所以我恳求他一定要做得好，都近乎哀求了。他扛着那箱银鱼去了。大约十几分钟后，我正要离开店铺，猛然见‘纲八’的司机拽着林气急败坏地向这边来。林被抓着领口，一边挣扎，一边骂着‘八格牙路’，把路边邻店的泡沫箱啊，板啊，都踢掉了。我慌忙迎上去，‘纲八’说，林将那箱银鱼乱丢乱砸，砸坏了车上其他货。林也拼凑着日语单词争辩。还有什么可争辩的啊？不管怎么说，人家是客人，日本是世界上服务第一流的国家，这友纪你一定是知道的，得罪了客人可是了不得的事啊！友纪你不要多心，不要想起我现在也是客人……”

“您就是客人嘛！”我做出嗲声，说。

“不不！”他说，“虽是这样……不过，道理确实是这样的：我在你这里是客人，可到了市场，我就要奉别人为客人。人人都是这样，友纪ちゃん你不也是这样吗？你在这里待我为客，工资作为报偿，然后你去消费，在你消费的场所，你就是客人，是上帝。社会就是在这样的规则中相安无事，人类就是在这样规则中互惠互利与发展。他怎么连这起码的道理都不懂呢？我喝令他住嘴，可他却越吵越凶，在司机放开他时反扑过去打司机的脸，司机的鼻孔当场流出血来了。我实在没法再留用他了。友纪你能理解我吗？”

我点头。

他好像稍显宽慰了。“但辞了他后，”他说，“今天一整个下午心情很不好。想想也觉得有些过了，林他已经没了在留资格了，到哪里再找工作呢？只能回去。我曾在报纸上看过福建人伪装越南难民来日本的事件，那可是只有山的穷地方啊！”

“谁说的？”我不由得反驳。

他诧异，“友纪你知道？”

我才发觉自己失态。好在光线很暗。“不是不是不是……”我摇着头，“那里的事，我怎么可能懂呢！”

“是呢！”他说，“我也不懂，报纸上说的。不管怎样，他这样回去，实在叫人不忍哪！”

他像个忏悔者。但他更像寻求庇护的孩子，羸弱无力地依偎着我。都多大的人了，多老的人了！客人都这样，有时假装着无力，目的是吃我们的豆腐。先是牵你的手，好像彼此是好朋友，然后是靠，然后是依偎，然后是往怀里钻，然后是在外面蹭，然后是摸，然后是伸进去……我们也随他们了，反正来店里的男人都为了这个。不为这，他们为什么来？我们又哪来收入？所谓规则，说白了就是这。但这个犬养却只停留在牵手阶段，至多只是抚弄我的手。我随他抚弄我的左手，一面欠起身，用右手拿过那杯兑水白兰地，喂在他唇边。他仰起头来，温顺地喝下去。然后，他头又落下去，靠着我的胸，好像无意地。得，来了！我估摸着。

突然我胸口一麻，插在我乳沟里的寻呼机响了起来。他脑袋一惊，猛然跳起。这是店里在呼我去总台，我向他道歉并且说明，他伸手从我胸口掏出寻呼机，握在手里。他那样子简直像顽童。我就像耐心的妈妈对付孩子一样，要把他手里的寻呼机缴获过来。他不肯给。

“我不想你走！”他说。

我向隔屏外张望了一下。“谁愿意丢下您啊！”我说。把手里的酒杯照旧凑向他的嘴，慢慢倾斜下去，喂他，俨然一点也没有要走的意思。寻呼机在他手里又响了起来，他的手明显被震了，像遭了电击了一样，撒手。“是不是？这不能玩的！”我像教训孩子一样道。他老实地听着。“是谁在呼啊！”我又做出厌烦的神情，“讨厌死了！没办法，我去应付一下吧，就回来！”

我一起身，犬养就顺势卧倒在座椅上。我向他作别时，他只将左手臂伸出座椅背，摇了几摇。我蓦地有点怜悯他了，这个傻瓜，自己被中国人害了，还可怜中国人。有的同胞，我知道有多坏。

林

店长拿着客人登记表迎着我。“94号，来了个跟你一样的客人。”

“一样？”我没听明白。

“中国人。”店长说。

竟然。

“本番。”店长说，“实在是安排不过来，这客人不得不安排在15号桌，犬养先生座位隔屏的那边。确实有点难办。拜托啦！”

像所有的卡巴莱一样，这里用近半人高的隔屏隔出一个个小包间，隔屏上端还插了一排塑料花。这样，坐着的客人与陪酒小姐就处在私密空间。但我总觉得这隔屏太低了。虽然邻座未必就熟，但也很尴尬。尽管灯光晦暗，但总是觉得会被看见动作。何况客人又喜欢说下流话，到这里的日本人跟日常所见的大不相同，简直判若两人，很少保持平日里的拘谨。虽然舞台上要么有乐队演奏，要么有节目表演，还是感觉心虚。我绕了一大圈，避开犬养位子，来到 15 号桌。我是猫着身钻进 15 号桌的，到座位立刻坐下，把自己藏在隔屏下。

到达 15 号桌前，我已经瞥见那个翘起几根头发的后脑勺，一看就知道是中国人。我常不明白中国男人为什么总搞不定后脑勺？几根头发，总是像公鸡的尾巴一样翘着。那人也像好斗的公鸡，神态傲慢，只顾自己歪歪地叼着烟，理也不理我。我打招呼，他也不理。我发现他脖子上有条金项链，很粗，像暴力团的人一样。它在幽暗光线下闪光。看得出，这个男人在竭力摆出他是这种店的老客模样，但我说出客人必须先买消费券时，他竟然没弄明白。我当然说的是日语，一开始就对他说中文，我怕他觉得我是把他打入另册：你就是中国人。再说，我也最好不要暴露自己是中国人，尤其是在同胞面前暴露，中国男人会用怎样的眼光看我这种职业？

但他硬是听不懂。

“契克朵……”他生硬地重复着我的声音。他没有听出来，“契克朵”就是票券的发音。我点了点夹着空登记表的卡板，提示他。他总算领悟到了。但我接着说到具体规定，他又听不懂了。我只得跟他说中文。

“原来是中国人啊！”他叫起来。

我下意识瞥周围，让他小声点。

“中国哪里？”

“香港……”

对日本人，我可以说是北京来的，但对同胞，我说内地以外的。

倒不是觉得把自己说成香港人显得高级，而是知道内地人，特别是男人，对内地人到这种场合来挣钱，会感觉特别受伤。

“叫什么？”

查户口哪！我想。中国人就是大大咧咧。“友纪。”我说。

“这是日本人名字，不是真名。”

“陈，”我只说姓。其实我不姓陈，是我临时杜撰的，大概是刚听了犬养先生说他店里那个中国人姓林，在老家，陈林都是常见姓。“就叫我小陈好了……”

“姓陈啊！”对方叫起来，把烟从嘴里拿下来。“我姓林。太巧了！你陈我林，‘陈林半天下，王郑满街摆。’我们福建的俗语，小姐你听过没？”

“我又不是福建人。”我说。

“哦对。”他说。

我赶紧趁热打铁，让他交钱。

“不就是几张钞票吗？”他慷慨起来，从衣袋里抓出一把面值千元的纸钞，撒在桌面上，一张张掰开。不知是不是腾不出手，他又把烟衔嘴上。他显摆地推两张到我面前，叼烟的嘴道：

“够不够？还要？再一张……”

他一再这样，简直是絮叨。就你这两片钱？我照单全收，他拿一张我收一张，收着，把钱拉平，拉得平平的，叠起来，拿着，就是不说够了。我看他能拿出多少。他又去掏其他衣袋。他全身掏空了，我道了声谢，起身去买券。

店长没想到我能从客人身上弄出这么多钱，不住地称赞我。我也没想到。想想，这客人虽然讨厌，还真是不坏。

我回到座位时，侍者已经把酒具摆上了，威士忌、杯子、水和冰块摆得整整齐齐的。我为他调酒，他饶有兴致地看着，毋宁说他是在看着我的手。他又看我的脸，又去看我手臂。他的眼睛在我身上毛手毛脚跳跃着，我也随他。但他竟抽了一下我肩膀，道：

“做得不错嘛！”

这话也许本是平常话，但他是中国人，说我这种职业，我觉得刺耳。特别是接下来一句：

“日本人一定对你很满意吧？他们给你多少钱？”

“什么？”

“月薪。”

原来他指的是这个。

“你也是月薪吧？”

“怎么可能？”我说。

“那是时薪？”他又说。

我摇头。虽然不问人家收入只是日本人的习惯，中国人普遍没有这个忌讳，但我总觉得他在探寻我卖身的价格。

“那是什么？”

他是客人，我也不能不回答。“给个底薪……”

“那更好！挣得更多！”他说，“一个月至少能挣大几十万吧？”

“抢银行哪？”我说。

他笑了，把自己衣袋掏翻出来，说：“还不是抢银行？”

我也笑了。“银行就只这么点钱？”

他的手指了指隔屏外，“还有呢！”

我一惊，难道他也知道我同时接待着别的客人？他的手好像就指向隔屏那边的犬养位子。不过想想，他怎么至于相信我就接待他一个？不会这么幼稚吧？“他们的钱，凭什么给我啊？”我说。

“你是女的，有办法。”他说。

他这又是什么意思？“你以为这是什么店哪！”

“总比我干的那活赚钱。”他说。

“你干的是什么活？”我趁机转移话题。

“筑地，市场。”

我记起犬养也说他在市场开店。“那工资高啊！”我随口说。

“高个鬼！”

“总比我高。”

“你多少？”话题又转回来了。“很少啦！”我敷衍道。

“那你怎么不罢工？”他叫。

我愣。我还真没想到这问题。

“我们筑地现在罢工闹翻天了。以前日本人日子好过，看着挺太平，人也老实。现在不好过了，一个个就暴露出来了。原来也跟我们中国人一样，造反！造反有理！”

还造反，还造反有理！他可真会扯。他兴致勃勃，意犹未尽。我蓦地发现，就这么听他说话，度时间，也不错，就装作有兴趣地听着。

“说起来你不信！那情形真就跟电影电视里的‘文化大革命’一样，红旗、红袖箍、标语、游行，挥舞拳头喊口号，还批斗人呢！

我那老板就被批斗，他老老实实站着，低头认罪。我们呢，就趁机捞一把，大偷懒。这我们熟。躲在外面的货堆里，闭目养神，你没走近，还真的发现不了里面有人。跑到市场的食堂去，休息，跟同在那里玩的中国人闲扯，打闹。还有跑到空下来的竞卖场，那里谁也没有，好逍遥。让他们日本人狗咬狗去！”

他显得得意扬扬。我笑笑。不知是不是因为我的表情，他一下子改变了神情。虽然仍然是得意，但多了稳重。“你别以为我只是爱玩，小孩才那样！我是把在日本的时间充分利用。你应该也知道，我们在这里都是有期限的。语言学校最多两年，实际挣钱时间就这么两年。然后得报大学才能继续签证。我能报什么大学？门都没有。就是你能进，大学是吃素的？那学费，简直就是吸血鬼！那也得报个专门学校什么的，混个签证。但也得交学费。虽然可以不去学校，全天打工，但也有期限。期限到了怎么办？当然，可以‘打黑’。”

他举起手臂，做出打旗子的样子，打黑旗。我当然知道，我们都知道，我们都面临着这种命运，迟早。但我不能对他说，我仍然微笑着，甚至显得似听非听的。

“‘打黑’……”他寂寞地自语着。他好像想停下来向我普及“打黑”这个词，但又害怕自己犯傻帽。中国人谁比谁傻啊？谁都防着谁。他于是决定继续说下去。“这时候再‘打黑’，不如当初就‘打黑’。纳了那么多学费，到头来还不是一样？但‘打黑’了，你就随时会被遣送回去。早上起来还好好的，被子都没叠，东西还在房间里，就被警察抓了。证件！没有。就送十条了。十条，你知道吗？”

十条是东京入国管理局，签证都要去那里，我固然应是知道的，但那里还有一个功能，遣送非法滞留的外国人。但我不能表现出知道那里有这个功能。我微微挑了一下眉头。

“就知道你不知道！”他道，“老实说，我是半条腿踏进去了。”

“怎么说？”

“差点要去自首了啊！”他说，“但要被抓回去，这辈子就来不了日本了。咱们不是落地签证的，连伊朗人都不如。我倒不是非要来日本，但这里挣钱快啊！”

他显出理直气壮的样子。挣钱，是最站得住的理由。

“所以我得好好想想。得从最初就好好计划，有签证时，就得好好利用有在留资格的时间。把时间拉长？不可能。那么就是保持精力，最好不要睡觉，都拿来打工。但怎么可能呢？人不睡觉会死。所以就利用上班时间睡觉。到了市场，打卡，然后拉一车货出去，快快送完，藏到货堆里，冬天时干脆就在客户汽车边上，车要开暖气，引擎就开着，开着，就会有尾气，尾气可以取暖。你别笑我狼狈，一切都为了挣钱，挣钱，挣钱！”

他挥舞着手，这是日本人催促晚辈“快点快点”时经常使用的动作。他这么做，显得很成熟。是啊，再没有比知道挣钱更成熟的了。

“哪有笑？”我说。

“那就好。”他说，继续，“你别以为我只是睡觉，我还有正事要做。正事，就是利用这种时候打听别的店的工钱，至少可以向同样在偷懒的中国人问，他们店给多少工资？货比三家，价也比三家嘛！当然都是中国人，他们不一定会告诉我。告诉我，我去跟他们争，他们能争得过我？但总是中国人，我们可以交流别的信息嘛。比如日元跟人民币汇率什么的，瞅准了，换，这样钱就多起来了。还有，向伊朗人买假电话卡，花一千元可以买十张卡，我的钱就又增长了。这假电话卡的事你估计也不知道吧？”

我还真的不知道。

“总之，什么事都在市场内解决了。人活在世，杂七杂八的事多了，每天都有，至少每天要吃喝拉撒，全在市场内做，早上赶到市场打卡，然后做自己的事，就连刷牙洗脸都在那里做，起床匆忙衣服没穿好，也在市场闲闲地整，反正时间有的是，反正这时间照样算我工作时间，反正用的是老板的时间，吃完饭，拿根牙签慢慢剔，也是算老板的时间。到了夏天，还可跑到码头边，找个淡水龙头，洗个澡。市场里还有理发店，还可以利用上班时间去理发。但这不妙，有一次理了回来，店里日本人叫：林你理发了啊？我才发觉不妙，以后再没有做这个。但别的不会被发现，至少有个理由：我是去送货哦，送货，送货！是工作！硬说。这样，我就能把余下的时间拿来打其他工了。一个工接着一个工打，我们那里有人别的地方打通宵工，到早上再接着打市场工。有的那边打到早上六点，这边却答应老板五点半开始。他人还在路上呢，怎么来得及？就算迟到呗！迟到一般不会扣钱，就是扣，对比一下，还是赚的。还有就是早退。市场一般会早结束，说到中午十二点，实际上那时候已没有客人了，这时候就可以开溜。”

“打卡呢？”我问。

“叫别的中国人帮打一下呗！都是中国人，这种事不帮？再说，那时候到了尾声，老板忙着钻会计间看账去了，管得不严。这难得了我们中国人？还有，可以一天打两天卡的……”

“还能这样？”老实说，我也为每天要准时打卡的事犯愁。

“不知道吧？”他得意道，“我教你。就是卡放进去时，重点往下压，这样，字就会打在上面这一行，就是前一天的位置，前一天不就补上了？或者，稍微提一下，就会打在后一天的位置。但这需要技巧，又要让卡碰到启动点，又要立刻上提，难操作，我就会！”

“那日期怎么办？”我问。

“有日期吗？”他反问。

我想了想，还真是，不能确定卡上有打日期。我怎么就没注意呢？敢情是看到日本人都这么老老实实地打，我也觉得只能老老实实地打，准时上班下班。

但我又要疑问：“但是，打了后一天，时间还没到，就有一行字了，老板发现了怎么办？”

“卡那么一排插在那里，谁去看？老板也没吃这么饱。再说，就这么一天，有这么刚好被发现了？当然你要是胆小，就没办法了。胆小什么事也做不成。胆小能干成事？不冒险有钱赚？说白了，我们来这里不就是冒险？胆小的还在国内挣那么一点点钱呢！我当初来，很多人劝我不要来，就在国内吃安稳饭不也挺好？但我不干。来这里，很多人都在餐馆洗碗，在工厂干流水线，工资又低，人又累。你知道我是怎么摸到筑地市场的吗？就是同住的一个大哥，他在那里工作。我就央求他带我去。那天天还黑漆漆的，我就跟他出门，走到电车站，上电车，到新桥下车，出站，再走路。走好长的路，大清早，人还没完全醒，饭也没吃，人都软软的。他把我带到一个日本会社旁，说他要去他店上班了，让我自己去找。后来想来，我才明白他是忌讳我跟他去他的店，怕他的店被我知道了，我把他的工作顶掉了，毕竟我比他年轻，又比他脑子好。这里其实还没有进市场，但我周围已经有来来往往的车，卡车，踏勒，就是我们市场用的小型送货车。马达声轰隆隆的。还有没有声音的，用的是电瓶，吱地就到你跟前，险些撞上，还不如有声音的。再看市场里，灯火通明，那店不是一般的多，我这样，一进去就会被淹没。好在大哥走前，我央他给我写一行字，日语，‘这里要不要阿鲁拜朵？’”

“阿鲁拜朵”就是临时工。我想，他真的脑子挺好。

“我那时完全不懂日语，就靠这行字了。但大哥告诉我，这时候市场正忙乱，老板都不会理睬你。最好的时间段是上午九点，这时候忙过一茬了。我想对，就等着。我进那神社，那神社那么小，石碑上写着‘波除神社’。这么小，还能除波？既没有大金身佛像，连塑像都没有，幡幕缝里黑洞洞的，只挂着几个纸片。还真有人信，进来拍拍手，合掌，鞠躬，祈祷，然后走，继续干他们的活。供品也没有，跪也没有，就希望这样就能发财啊？倒是边上有个硕大的狮头，但没人去拜它。没得转，我就在一个石墩上坐，太困，不知不觉睡着了。忽然被一串咣咣当当的铃声惊醒，睁眼看，悬垂下来的红白缠绕的粗缆绳在摇晃，上面挂着铃，铃在动。顺着缆绳向下看，一个人在摇晃绳索。别人都是拍拍手就走了，就他去摇铃。我有点烦他。再看看他那一本正经撅起屁股的样子，简直可笑。那是我第一次见到他。我第一天没有找到工作，第二天又去，因为没记住路，还是早早跟着同住的大哥去了，又只能在那个波除神社里补眠。又见那人来摇铃。第二天我还是没找到工作，第三天还是一样。第四天，我认路了，就自己走，想稍迟一点去。但在家里就是睡不着，我实在想要市场的工作，工资高。不是，更重要的是，我发现自己犯了一个错误。当时我真傻，原来的工作不如意，以为自己可以在筑地市场干工资高的工作了，所以老板一骂我，就跟他顶起来。我被赶走了。我当时真是没经验，即使要走，也要赖着，原来那边先请着假，等找到新工作了再走。这样就不会没有工作了。这下，找不到工作，我怎么办？所以大哥没走多久，我也出门了。到筑地，照样在那神社等。不知是天冷还是怎么，我鼻子有点发酸，难道我就跟这工作无缘？难道我就没有发财的命？这时候又看见那日本人进来，摇铃。我忽然觉得这摇铃有用，会把神灵从天上唤下来。虽然之前我听说，日本的神灵是日本的神灵，中国的神灵是中国的神灵，日本神灵只保佑日本人，中国神灵才保佑中国人，但这里哪有中国神庙？只有这个日本神社，说不定，它也能保佑我。这时候我忽然相信这小小神社是有用的了。其实就是宁可信其有，不可信其无，万一有用呢？蛮撞一下，说不定能撞上运呢？我起身过去。老实说，我到现在，在筑地市场干那么多年了，天天见，还没有弄明白那神社里究竟供的是什么神？我就，吃饭凭邻座，他怎么做，我也怎么做。拍掌，合十，拜。在拜的时候，我偷偷瞥他。他戴着眼镜，镜片后的眼睛闭着，嘴里念念有词。我不知道他念些什么，听得懂也不知道，反正，念经吧，念着样子就行。我也嘴巴一张一闭地念呗，但不知为什么，我一开口，就觉得身体里的气泄掉了，像空袋子一样软了下去。这就是神灵在起作用吧？但不管怎么说，我真遇到神灵了，那就是那个人。我蹲着，听见头顶上他在轻声问什么，我当然听不懂。我忽然想到我应该表现出什么，实实在在地能打动他的什么。于是我就做出肚子疼的样子，手捂着肚子。那日本人真被我骗了，来搀我，出了神社。

“他带我到边上一个地方，我一看，汉字写着‘东卸病院’，就是东京卸卖市场医院。他是要把我送医院啊！这可不行！我赶紧摆手，我不知道该怎么圆原来的谎言，猛一激灵，指胃，并且竭力表现得无力。对，是胃的原因，不是肚子，是饿的。他明白了，向我做个扒饭的手势。我点头。他又把我带去边上一个面摊，买了快熟面，泡了。说实在的我肚子确实也饿，一闻到那香味就难以遏制，反正吃他的，我就吃了起来。吃了几口我才想起来，我能不能利用他找工作？看他那身衣服，比较干净，应该不是干粗活的，说不定还是老板。我抬眼看他，他在面的热气后面，同情地看着我。见我停下来看他，他做出请继续吃的手势。这应该是个和善的人，我如果提出要求，他会帮我的。但我不会说日语。我记起放在衣袋里的纸条，我掏出来，递给他。好像是怕被他拒绝一样，我面都不敢再吃了，总觉得，自己在求工之外少领人家的情，这样人家才会重视你的要求。你别笑我……”

他又说我笑他。“没有笑啦！”我严正反驳他。为了表示已进入他的语境，我补充说道：“佛拜多了不灵。”

“对对，就是这话！”他说，“那我就继续说。那人看了纸条，又在眼镜片后瞄我。你不知道我这人历来走社会混江湖，谁都防，就是不防戴眼镜的‘四只眼’，这些呆子好糊弄着呢！何况我又是跟他一块拜神的，我们是信一个教的，我们都是虔诚的人，好人。我现在又装得那么无助。果然，我看人不会错，他带我去他的店了。他果然是老板，他把我交给一个比我年龄还轻的日本人，我跟着那日本人干活，我就，我做出像吃错药的老鼠一样，不，像老虎，满身是力气，恨不得把命都搭上去大干一番的样子。直到今晚我仍然没有后悔，就因为自己当时那么表现，才打动日本人，我才留了下来。那个指挥我的日本人是个很好的人，就是跟所有日本人一样有些傻，在会社里，他是一块锤砧。他头脑笨，比方叠货箱吧，一定要叠得工工整整，一箱横摆，一箱竖摆，下一层横摆，上一层就竖摆，说是这样才能牢固不会倒。就是货只送一百米远，随便叠在车上送过去不就得了？他也要费时费力这样一横一竖地叠。我明知他傻，也把他当神拜，他就老在老板，就是那个带我来的人跟前夸我，老板于是就伸手摸我的背，像摸儿子一样。下班时，老板还把大家吃剩的一堆面包、饮料，用塑料袋装着送给我。他以为这是好东西啊？他以为我是乞丐啊？不过他这么做，我知道他是喜欢我，认可我，我就做出万分感激的样子，撅屁股，鞠躬，咱也会做这个的。他又拿出一张纸片和一支笔，成了！我在心里叫。果然，他在纸上写‘明日五时半’。问：

“‘OK？’

“他应该想我听不懂日语，会听英语。日本人往往傻傻地以为听不懂日语的就会听英语。其实我英语比日语更差。但这句听懂了，‘OK’，这哪里需要懂英语？我就回：

“‘OK！’

“他就又说了一句英语，我就听不懂了。他就又用中文说：

“‘再见！’

“这是什么意思？再见？也就是说不要我来了？这‘再见’就是这个意思嘛！我立住，不走。我赖也要赖着他把‘再见’这话收回去。他好像明白了，又说：

“‘明天见！’

“这还差不多。我简直心花怒放，比原来他没有说‘再见’前还要高兴。是啊，‘再见’不就是再来见吗？日本人比我还懂中文。好事多磨，好事多磨！我奔回家，去将纸片掷给同住的人，大家都羡慕死我了，追我，揍我，恨不得杀了我。只是一时还没法问一小时给多少工钱。我就又央大哥再给我写张纸条，大哥说，这样不好，日本人讨厌跟他提钱。不提钱，我干什么啊？我白干啊？但想想，要是日本人不喜欢了，不要我了，我不是竹篮打水一场空了？只能忍着，等月底发工资的时候看。我承认我也有胆怯的时候，我实话实说，我是说话坦率的人，是怎样就是怎样，装什么嘛！”

面前这个人虽然粗野，但我承认我开始认同他了。我为他调了酒，推到他面前，把自己面前的酒举起来，要跟他碰杯。

“干杯！”他说。

我正要打趣他洋酒不能干杯的，他已经把酒一口喝干了。

他傻得有些可爱。

“好容易到了月底，”他继续说，“翻牌底的时候到了，你说他给我多少钱？”

他又问我这问题。“我哪知道？”我说。

“那你，你就说你多少钱？”

“不多……”这下我没有像最初那样有着对抗的情绪。

“不多是多少？”

“我们是按营业额分的，你多花钱，我才能多拿。”

他就又去掏衣袋，我知道他已经没有钱了。他全身大概只剩下脖子上的金链条值钱了。果然，他去脱金链条。他把金链条放在我面前，说：

“抵押总可以吧？”

他也太可爱了。我故意把它收在手里，说：“不如直接送我，还要拿老板抽血？”

“没问题！”他说，“送你了！”

“别傻啦！”我还给他。

“那你还没有告诉我你挣多少钱。”他又绕回这个话题了。

我装作伸手去抓回那金项链的样子。“等我把它卖了多少钱，再告诉你。它卖多少钱，我就挣多少钱！”

他笑了。“好了，不难为你了！我告诉你，我是一千！”

我表现出惊讶和佩服的样子。

“多吧？我简直要发疯啦！只是在交通费上遇到小惊险。你应该知道怎么多报交通费吧？谎报一个离上班地方很远的住址，但不要贪图路远，那样反而让日本人起疑，在日本坐班车，要记住同一条路线坐得再远车票也不会贵到什么程度，窍门在于要找一个必须转车的，比如电车转地铁，地铁转电车再转巴士，同是坐电车也要国营电车转私营的，只要一转车，就可以加出许多交通费来。我就说住在户越银座，每天必须坐私电池上线，到五反田站，再从五反田站转JR山手线，到新桥站，然后再坐大巴。我们中国人在这里没有不骗日本人的，日本人好骗得很呢！果然是，但到拿钱时，老板竟然提出要我出示月票。我慌了，懊悔自己太大胆，太贪心了，要是报少一点应该没事了。我只能装着听不懂。老板也有办法，他就叫他店里其他日本人拿出他的月票给我看，这下我该怎么赖？我只能去找大哥。倒不是我没有办法，我有办法，我可以说怕工做不长久，这一个月没敢买月票，只是天天买票，但这么复杂的意思我怎么用日本话说得了？我让大哥这么说，大哥就这么说。日本人相信了，说下个月要买。这一方面说明他想长时间要我，但另一方面，我下月要真买了月票，我还赚什么交通费？后来我发现自己真是傻，我真是一时聪明一时傻。月票买了给他日本人过个目，立刻拿去退掉，不超过三天包退的。而且到第三个月，老板也不再叫看月票了，我也就连退票的手续费都免了。”

“真有办法。”我不禁说出声来。

“是吧？我是教了你聪明，我傻了。”他说。

“你傻了吗？”我说。

“再傻也傻不过日本人。”他说，“那‘四只眼’的老板说话总带着笑，他喜欢说一些可怜我的话，我就在心里笑着，让他可怜，心想他越是可怜老子，越是有好处拿。他问我中国家里的情况，爹妈兄弟姐妹，我就瞎说。‘好可怜啊，来，吃点东西吧！’他就分给我东西吃。我总认为这跟他天天都进神社拜神有关，他要行善积德嘛。这很好，我们各取所需。说实在的，那一阵我在那店里过得相当滋润，以前活了快三十年，从来没有这么舒心过呢！”

我禁不住点了头。林的话音戛然而止。我才如梦初醒，自己竟然表现出了赞同。我这工作，当然要表现出对客人的话赞同，而且要频频表示，这几乎已经成了我的职业习惯。但心里应该不当一回事的。但现在，我自己知道，我真的是血热了起来。

“瞧我都说什么疯话了！”他忽然说，羞愧而懊恼，“你别笑我傻！”

“谁笑你了！”他一直说我笑他，这下我真的生气了。

“你没笑我，我也知道自己傻！”

“你怎么傻了？”我不认同。而且因为怕他陷入自卑境地，又说：“你这么机智……”

“真的吗？”他睁大眼睛。

被他这么一认真，我还真骑虎难下了。但想想，我难道不是真的觉得他机智吗？我点头。并且为了消除他的疑虑，我说道：“其实，你的想法我也有。日本人，看这么厉害的民族，但在我们中国人面前总是傻傻的，老被我们钻空子。他们根本不懂中国。我跟你说件事吧，我刚到东京时住在一个阿巴朵里……”

“我现在还住在破阿巴朵。”他插嘴。阿巴朵，就是旧式公寓。“你说，你继续说！”他示意我。

“那房东老太太就经常跷起拇指夸我是‘中国的镜子’。当然是表扬我。每当我想起这话，心里总要可怜那老人家，她晓得什么是中国呢？她怎么知道自己看到的不是一面哈哈镜？一面能把歪像矫正成正像的哈哈镜？像你说的那位老板，恐怕也是将你看成一面‘中国的镜子’了吧？这么和善又天天都祈求神灵的人。”

“和善？”他却说，反对我。他简直跟我较劲。和日本人谈话，他们绝对不会这样跟对方较劲，哪怕是十分不赞同对方。我有点不高兴：要不要聊嘛！

“你也是中国人，”他说，“你叫日本人做过担保人吗？”

“当然有。”

“他们都肯作保？”

“只要他们不认为你是坏人，一般都会是肯的啊！”

“难道我在哪里让我老板看出我是坏人了？绝对不可能。你看我以前，又听话又肯干，开头一个礼拜跟着日本人送货，很快就自己摸索会了，能独立干了。我能顶一个日本人用了，从老板到会社员，谁不是喜欢得不得了？我给他们好印象做得比谁都赢十倍百倍。你听我讲一件事就可以知道老板怎样信赖我了。我进店大概三个月后，老板有一天忽然递一张纸片给我，上头写几个字；‘仕事，友达，绍介？’我愣了。不要以为是因为我不懂日语，不懂，那汉字我连认识带猜好歹也知道意思。‘仕事’不就是工作嘛，‘友达’，朋友嘛，我日语不太懂中国字还认不全猜不了吗？他问我有没有可介绍来打工的朋友。我所以发了呆，是因为不相信会有这么好的事。这不仅说明他喜欢我，我还可以向被介绍的人收介绍费。都这么干的。我找到一个北京仔。”

“北京仔？”

“对，北京仔。我们都这么叫他们。你也是吧？哦，你是香港的。

香港好像也是叫什么‘仔’的。”

我愣愣点头。

“那北京仔长得细皮嫩肉，豆芽菜一样，比南方人还嫩。当然我们福建人也不嫩。但女人除外，女人嘛……喂，你在听吗？”

幽暗中，他把脸侧横着凑近我，瞅我。“你干什么嘛！”我推开他。

按说，客人比他过分的有的是，我是在工作，是不能对客人发火的。但他也没有把自己当客人，我们已经熟了。“我以为你睡着了。”他嘻嘻笑。

赖皮！我想。蓦地，我恍惚谁曾说过一个人也是这么嘻嘻笑地赖皮。但我想不起来。“上班，怎么可能睡着？”我啐他，把脑子里乱七八糟的念头驱赶走。“你说吧，不说，我就不听了！”

“好，好。”他说，“继续。刚才说哪里了？哦，他那身子骨，我还直担心老板看不中呢！毕竟，我们是干粗活的。不料老板只问了一句：‘是林的朋友吗？是，我们就信得过。’多么大的面子！对了，老板还说了另一句：‘林さん，大先辈，跟他好好学！’让我在北京仔那里也长脸。那一天刚好是我们店祭海神的日子，我就拿出‘大先辈’的气派，支使他搬案桌，抬水果箱，把丢满弃物的码头冲洗得干干净净。那天收工后，我们跟日本人会社员一道被召集到码头列队，面向大海。我们前面的案桌上摆着大鲷鱼和柑橘水果，三个戴着古怪帽子穿着道士一样服装的男人，挥舞松枝，嘴里念念有词，人们穿着很厚鞋底的鞋子走来走去，全体人跟在老板后面虔诚作拜，我也照做，还教北京仔做。完了，分水果，这时老板走过来，问我是不是还天天都去神社叩拜？北京仔给翻译。我当然说是啦！能天天拜神的人肯定是好人啦！翻译时，北京仔对我说：没想到你还有这个追求。我心想老子要不会这一套，这工作就弄不来。没这工作，哪有你小子的今天？老板又眯起眼睛又问了一句什么，北京仔翻译说，老板在问，不是说中国不让信教吗？你猜老子怎么回答他？我说谁说不让信教？信教的都是良民，是蚂蚁都不敢踩的善人，哪个国家不喜欢好人善人？我为什么要这么说？这好像跟我前面承认中国穷的做法不一致。但在我，都是对我有好处的。说自已穷，是为了让他同情我。说自己信教，是让他相信我。反正有好处通通捞来，这就是我们中国人的哲学，什么信仰，什么尊严，都是尿壶。老板听了北京仔翻译，呵呵大笑起来，直点头：‘林さん的确是好人哪！’他更加信任我了。一车值两百多万元的鲍鱼，叫我拉出去，也不怕我逃掉，要在中国谁敢这样相信人？

“但我实在弄不清楚到底为什么他偏偏不给我当保人，实在出乎我意料。小姐你不要以为我脑袋有病，我要什么保人材料签什么证？是，我承认我是黑了，你知道的……”

“我怎么知道？”我说。

“我刚才没说？”

我大笑。“暴露了吧？”

“暴露就暴露！黑就黑！老子就是黑了。我才不稀罕什么保证人呢！但我另外有用。事情是同住的大哥勾起的，有一天我下班回家，一推门，看见他坐在榻榻米上，两脚围起的空地上摆着几张纸。我凑过去要拿起一张看，手被他拨开了，说：‘别动，这保人材料，别看它只几张纸，是钱呢！’”

“是，都是能卖钱的。”我说，“你不知道？”

“怎么会不知道？但他说多少钱？你猜，三万！三万？扯吧！我不信涨到这份上。后来一打听，还真的是。我就动了心思。很多人材料是向老板讨的，我就求大哥给我用日语写一个字条。我不敢叫北京仔代翻译，怕他知道了，他去找老板要。我拿去给老板，老板的神情我至今还记得清清楚楚：他呵呵笑着，脸上的肉好像都被冻死了，但眼睛却灵活得像装了轴承一样，但又始终不敢转到我这边来。那天他就这样在喉咙里哼哈着，托个事由，溜了。那以后他变得怕我了，拼死力地躲着我，好像我是阎王。我身边中国人，很多都从老板那里拿到保人材料，只消把中国带出来的乌龙茶檀香扇之类的礼物送过去，他们说，日本人贪小便宜，见你送东西，没有不笑嘻嘻接受的。我不相信我的老板这个虔诚拜神的人也是这么势利的人，但我还是决定试试。我送了两盒人参蜂王浆。老板见了礼物，又像见了瘟神一样转身跑。这证明了我对他的判断没有错，人家是修德都修不过来的人，哪里敢接受贿赂？可是他也应该懂得救人一急等于修十年德的道理啊！我表现得那么逼真，应该会让他觉得我是到了穷途末路的地步了，他怎么就动不了同情心？”

我胸口震动起来。我把呼机掏出来，捏在手里。我做出有些烦的样子，把它搁在桌上，好像没有接收到呼叫一样地把林的杯子拿过来，往杯里夹了两块冰，又去添水。直到呼机再次震动，我才无可奈何地站起来。

“我去一下！”我说。

一分钟后，我带着同样的一脸烦恼，出现在隔屏那一边。用手掌当扇子，扇着脖子，说：

“您叫得可真是及时呢，要不叫我回来，我恐怕要被那家伙缠死了呢！”

这种话不能不说，但必须把嗓门压得极低。不只是会暴露我的声音，是这种内容，要被隔屏那边听到了怎么得了？何况，到那边时我还可能说同样的话，用同样的策略。好在作为中国人，我尽量不说缠绵的话。要是在那边说过的缠绵的话，再拿到这边说，我自己都不能允许自己。

“友纪还有‘指名’？”犬养问。

“不不！”我否认，“是‘场内’。”

“场内”就是“场内指名”，是有“指名”的小姐叫姐妹们过去凑凑热闹，帮忙陪客人。

“真烦啊！”我又说。

“不要这么说嘛！”犬养却道，“毕竟是工作啊！不然就变得不可理解了，就跟我店里那个林一样了。友纪，我刚才想来想去，总算想明白了，林他为什么要这样对待我？懒不是主要原因，他原先是一点也不懒的。一定是那件事的缘故。”

“那件事？”我故作感兴趣。其实我对他的话没有兴趣。

“我一定要说给你听听！”他抓住我的手，“我问过你，要是他没有滞留签证了，该怎么办？确实难办。所以签证对他很重要。大概是在两年前吧，有一天他突然提出要我给他材料做担保人……”

“担保人？”我叫起来。赶紧缩住，但自己总觉得已经暴露了。不只是一般的自己暴露给了隔屏那边的客人，暴露了其实也无妨，但我特别害怕隔屏那边的人知道我在这边。

“对，保证人。”犬养说，“你们外国人签证时都要日本人做保证人是不是？”

我点头。

“当时我没有答应他。报纸上经常报道外国人犯罪事件，我实在担心自己的材料被拿去干别的什么。还要印鉴证明，日本人的印鉴是可以取钱的。倒不是我怕他这么干，只是实在不放心。”

我表示理解。

“大约是在这事过后半年，那天上午刚刚十点半，林又来找我，用他那非常笨的日语说：

“‘我，签证，今天，先回去！’

“当时正在一旁卸货的コゥ扑哧笑了一声，用日语说：你不是已持有永久签证了吗？

“他这么说？”我脱口问道。

“谁？”

“那个，コゥ……”

“嗯。友纪你也听出这话里的玄机了吧？我才去向コゥ了解，原来中国人在这里都需要签证，不签证就没有滞留资格。コゥ还拿出了‘外国人登录证明书’给我看，还特地指给我看期限。从上次林要我当保证人到现在，已经半年了，他应该过了签证期限了。コゥ也是知道的吧？所以才说‘持有永久签证’的话，也就是林已经不需要签证了，他非法滞留了。我当然忌讳这样的人，但我又多少有点过意不去。他本来是学生，可以有美好未来，因为我不给他当保证人，他才落到了这种境地。过后又想，凡事都有两面性，好的、坏的，快乐、痛苦，生、死都是同一个实在东西的两个面，同一个整体的两个极端。我欣赏我们日本人铃木大拙的超越对立面世界的说法。铃木大拙，你知道吗？”

我哪里知道？但我做出知道的样子，点头。这种应付法我驾轻就熟。他好像相信了，继续说那个铃木大拙：

“真是日本的智慧啊！一个有道德的人一生所致力的不应该是追求善消灭恶，而是应该在善与恶之间保持动态的平衡。也许你们中国人不这样看。我最初见到林是在我们市场的波除神社里，当时我正在叩拜，这是我每天必须做的。我们日本人也注重神力，但并不是为了自己可以不做事，而恰恰是为了努力去做事。拜神，是为了让自己有信心去应对世间种种事情。我第一次看见林时，觉得你们中国人也是这样从神那里获取力量。但他忽然倒下去了，身体毕竟是身体，体力不支。他是遇到了难处来求神的，他把神当作拯救者，从这点上说，他比我需要神力，也应该更虔诚。所以我收留了他。但尽管如此，我仍然保持着理性：他为我干活，我给他报酬，付出与给予之间取得了平衡。要是我给予他多了，就是对他的宠溺，就会使他有非分的想法，去干不自量力的事情，反而会毁了他。满足他保证人的要求，是否也是一种宠溺呢？所以我并没有什么过错，至少在拒绝他时我这么想。当然现在想来，这不过是我在为自己辩护而已。但当时我也想过弥补。说是弥补，其实是双赢。第二天闭店后，我请他去场外元禄寿司店吃寿司。他很明显是带着不安去的，难道是昨天コゥ冲他说的话他听懂了？他应该是感觉到了吧。面前摆着的各种寿司已经转了两轮了，他仍然没有去选。为了打破沉默，我为他每样拣一个放在他面前的盘子上，并向他逐一介绍这是金枪鱼刺身，那是墨斗鱼，那是海胆，哪些原材料我们店也有卖。我问他喜欢不喜欢吃日本料理？他回答喜欢。我就顺水推舟说：‘那，林さん，就长期留在日本好了！’

“他的肩膀一颤。

“‘希望你再为会社服务几年。’我继续说，‘五年，十年，永久也行啊！’

“他应该是听懂了‘永久’这词了。中国话也是这个吧？”

“是。”我说。

“这就对啦！他猛地转过脸看我。他的眼神是吃惊的，不信的。

“‘多关照了！’我又说。

“您是说，让他永久在您那里干？”我好像刚意识过来，问。我没想到他会这么做，不是说日本人遵纪守法吗？至少是胆小怕事。

“友纪你是不是也很惊讶？我老婆就反对我这么做。不错，林明摆着是非法滞留者了，但非法滞留是好事还是坏事，是实在不能断定的。虽说政府三令五申不让雇佣非法滞留的外国人，但是经营第一的原则就连政府也无法否定的嘛！我是诚心诚意要留他长期工作的，我还怕他没明白，就叫寿司店伙计拿纸笔来，写了汉字。他连答‘嗨嗨’，额头差点碰到面前的芥末上去。他是那么感激。几天后，我又发给他两套胸前绣着会社名的工作服，跟我们会社的社员穿戴毫无两样。说也奇怪，平时没什么样子的他，一穿上我们会社服，顿时帅气了。大家纷纷叫：‘好帅啊！’林羞涩地笑着，脸上像开了花。我捶了捶他肩，说：

“‘加油吧！’

“他‘嗨’了一声，跟我们日本人完全区别不出来。我又跟他用日语，外加手势，讲了一番日本人视会社如生命同舟共济的传统，说往后会社就是你的家了。我想，他既然已经是非法滞留者了，日本就没有他的立锥之地，一定很在乎这种归属感。我还想替他租个住处，但他推辞了，说可以跟朋友一起住。我想也有道理。但无论如何，我这工作是他生存的经济来源，我又给他吃了定心丸，他一定会死心塌地抓紧会社这根缆绳，把自己的命运跟会社联系在一起。却不料并没有除去旧怨。看来他是被伤害得多么深啊。我想，我是不是应该去找找他，跟他好好谈谈？”

“现在？”我问。

“现在？”他一怔。我只是随口说的，他却肯定道：“对，应该现在！”

我怎么可能让他走？他刚来一会儿，我才从他身上抠出一点钱呢！“就不要去啦！”我说，“他没事的。”

“怎么可能没事？他已经没有会社这个家了……”

我心想，这真是什么脑子！但我又不能告诉他在日本的中国人生存的真相。我只能说：“真的不要紧啦！”

他不放过自己，仍然自责着。他竟然抽泣起来了。在这种地方，客人喝了酒哭起来，一把鼻涕，一把眼泪，甚至捶胸顿足，这种情形多了。我们这些陪酒的从来不当一回事，只是动动嘴安慰，动动手抚摩，不可能动心的。就像我们营业部长教诲我们的：“服务上的热心人，生意上的冷血动物。”但不知为什么，我这下慌了，感觉血在身体里窜。

“没关系啦！”我说，“何况，何况，”我在搜索着最能安慰他的理由，“何况你也不知道他住哪里！”

“户越银座！”

“户越银座？”我几乎站起来。我下意识往隔屏那一边瞥了一瞥，插在隔屏上端的花和枝叶把我的视线搅得乱糟糟的。这当儿，入场口出现一群客人，乱流一样地涌进场内，四处泻散。穿黑礼服的从业员无法引导他们，被夹在中间，不停用鞠躬，恳请按自己指引的方向走。呆若木鸡夹着托盘站在出菜口的白衣侍者也慌忙动作起来，个个端着托盘，盘上叠满了杯瓶、小菜碟、湿手巾，在乱哄哄的新到客人身后闪进闪退，躲闪着，避免被他们撞到。但还是有个倒霉蛋的托盘被客人的胳膊顶到，一个歪倒，杯盘乒乒乓乓乱响起来。我觉得是自己的脑瓜子被顶到，摔得落花流水。

“怎么啦？友纪。”我听到犬养停止自己的哭声，关切地问。我这才发现自己不知什么时候已经撑起腰来了。

“我……有点头疼，去去就来……”

我钻进卫生间。虽说所有女招待在发现她分别接待的客人间有着联系时，都会产生慌张，但在我，似乎还有某种更深层的东西在威慑着。这东西简直就像不抢眼地挂在腰间微略晃荡的定时炸弹。我在厕所里待不到 3 分钟，呼机就响了起来。我推开厕所的门，一股清新空气扑面而来。我讪笑自己：世界这么大，东京这么大，中国人这么多，刚好想到户越银座骗日本人老板的不会只一个吧？哪里有这么巧的事！

林

我来到总台，原来是林叫我回座。店长笑吟吟地冲着我：“不知道是 94 号你的手腕高呢，还是我的安排好，猜猜是什么好事？”他卖着关子。

“好事？不是回座吗？”

“回座是回座，可却是‘指名’的回座哟！”

“真的？”

“你的客人自己跑到这里，买了两万元！”

“怎么可能？他已经没有钱了。”

“抵押。”店长说，“金链条，抵押了两万元。”

那金链条何止值两万元？我想。他简直疯了。但无论如何升为“指名”了。这本来是每个人求之不得的大好事，但我却变得害怕。

我不敢承受，这不是对我的恩惠，而是对我的纠缠。这金链条连同它被贱卖了的代价，缠着我，我不能脱身。我实在没有勇气去见他。

“怎么回事？”店长怪罪道，“这不是求之不得的大好事吗？还站着干什么？客人在等着呢！”

我磕磕碰碰到了入场口，就像被逼到悬崖边上一样。场内不知什么时候已经开始了第一场的节目表演，圆形舞台上，几个染着金灿灿头发的女歌手在歇斯底里唱着，一声音符紧咬着一声音符，而由鼓点带领的伴奏声，把追咬的紧迫感衬托得无比鲜明。我兜了一个圈，避开犬养座位，进入林的那一边。在进入座位前，我神经质地嗅了嗅自己的胳膊，嗅嗅是否有犬养的味道。我还用薄纱的袖卷把臂上的皮肤狠狠摩擦了几下。我好像是从黑暗的洞穴里爬出来，不敢睁眼看天光。我感到自己原先的那一点小聪明不足以把自己伪装起来。

按理我应该变成跟他亲热地坐在同一排。也好在这个理，我跟他并列着，就也不会被他审视了。我向他道了谢，感谢他指我的名。我只是这样，没有去提金链条的事，装作不知情。好在他也大大咧咧，挥挥手，不当一回事。我为他调酒，也为自己调，然后一起喝，一起喝酒就不尴尬了。他喝着，转头寻我的脸看。这时舞台上的歌手已经改换唱一首调子舒缓的歌曲，有几个客人牵着女人站起来，走向舞池，翩翩起舞。店里不失时机地把灯光调暗。

“跳舞吧？”我问。

我这么问，是想报答他。人家花这么多钱，总不能叫人家这么坐着吧？但更重要的是我看到犬养离开了座位，他一边打着电话，一边往外面走。这样，我和林牵手进舞池，万无一失不会被他看到。

“我不会跳。”他说。

“教客人跳舞也是我们的工作嘛！”我说，把他拽起来。

舞池不挤。我没想到这个五大三粗的男人真的会跳。这让我感觉轻松。顶上高悬的大转球的折射光像银河一样倾泻下来，光点或在打蜡的地上疾驰，或在壁板或座背上跳跃，或从迷醉男女身上抹过去，我觉得自己是处在空旷而无所倚靠的星空中。

“小姐，能为我壮行吗？”我蓦地听到他的声音，在我耳边。

我吓一跳，脚尖踢到他脚上。他又说：

“不瞒你说，我今晚半夜要去筑地市场教训那胆敢赶我走的老板！”

“你要找他？”我说，“何必呢……”

对方不回答。

“他就这么遭你恨吗？”

他撇下我自己走回座位。

“说实在，我那老板也没有什么太对不住我的。”坐下，一会儿他说。

“是嘛！”我模棱两可。

“倒是那个同是中国人的北京仔，该揍！”

北京仔！我心被敲了一下。

“为什么呢？”我问。

“我说过他是亏我介绍才有这份工的。市场那么大，那么多客户，东西南北，甲乙丙丁，光是这些货物寄存处的牌子就要弄得他晕头转向，一开始，他哪里敢猖狂？但几个月后狐狸尾巴就露出来了。他嘴碎碎的，仗着会说几句日本话，哇啦哇啦跟日本人说三道四。我虽说日语不好，可‘听话听声锣鼓听音’还不会？最猖狂的一次，真气得老子想扑过去把他那狗嘴撕了。那一次，因为我晚上要换工，你知道，我们都要打几份工，晚上我本来是洗碗。同样是洗碗，有乐町这个洗碗工一小时多给五十元，谁跟钱有仇？约我早上十点去见工，可我九点多哪里能从筑地市场脱身？还在上班呢！只能请假早走一会儿。但要是直说去见工，理由不充分，我就骗老板说是去签证。自从我向老板要保人材料没成，我一方面怪老板，但另一方面自己也很心虚。当初我曾对他说，要是你不给我担保，我在日本就待不下去了，他要当真，就应该会认为我没有滞留身份了。那时候取缔外国人非法劳工风声很紧，说不定哪天他胆怯了，就会把我赶走了。日本人都是胆小的。到头来我真是偷鸡不着反而蚀把米了。所以我认定这次要说去签证，一箭双雕。我虽然日语不好，但几个单词还是挤得出来的。我就说：

“‘我，比扎（签证），今天，先回去。’

“不料这时一旁的北京仔却扑哧一声笑起来，狗嘴一开，说了句日本话，把老板的注意力引了过去。看那神情，我知道他狗嘴吐不出象牙。再琢磨，他是在说我有‘永久签证’，这词我还是猜得明白的。我有什么永久签证？除非自己给自己签，那就是说我已经没有签证了。他是知道我已经打黑的，我心里有点发毛，催促老板答应。过后我心里老不踏实，我总怀疑在我走后，或是再往后什么时候，他北京仔背着我又会说什么。我越想越觉得可能，怎么办？

起初我想去弄个假签证骗骗老板，但要花本钱，为了这么一个工去花那么多钱办证，还没赚就先亏了呢！再说，那个北京仔也会跟日本人说这是假的。我索性将计就计，干脆告诉老板我已经黑了，就是因为老板你不给我当保人，我才黑的。我本来有大梦想的，现在不可能了。这样让他有负疚感。老板你不是拜神吗？可见你还是心肠软的，可见你还是傻的。让他良心发现。于是我就在店里又是日语又是手势又是写字，向日本人会社员们大诉苦起来，说是老板毁了我的好前程了，让他们去传给老板听。风声放出去几天后，老板来找我了。我承认，我的心像撞钟一样不安，毕竟这是大冒险。出乎我意料的是，老板并没有开口辞退我，还请我去吃日本料理，竟然在桌上说，要我长期在店里干下去，弄得我不肯相信自己胡猜日语的本领了。但他还写了字的，汉字我还是看得懂的，字里写得很明白。要说人也是无可救药的东西，当初我那么恨他不给我保人材料，在他说要留我长期工作那一刻，我竟感激得要哭。真的，觉得他是大恩人、大善人，所有一切都是自己不对……"

"你老板请你吃的是什么？"我不知道自己为什么偏要去问这个。

"旋转寿司，日本人这东西还真是好吃！"

"在哪里？"我明明害怕，但却更要问，好像患着强迫症。

"就我们市场外，元禄寿司啊！很有名的，门口写着很多带鱼偏旁的字……"

"那你老板叫……"谢天谢地，我终于强行刹住自己的话。"小声点，都是人呢！"我说。

“好。”林温顺地说，“我小声。说起我老板，当初他请我吃寿司喝日本清酒，要我长期干，我确实很感激他。我说过。几天后他又给我两套会社工作服，跟日本人一模一样，这不是等于把我当会社员了吗？我承认我很得意。只发给我，没有发给北京仔，所以他很妒忌。收工，我攀着梯子上阁楼要换下会社衣服时，他就阴阳怪气说：‘还脱下来干吗？穿回去得了！’你说这是什么鸟话？我差点要扑过去撕他的嘴。但我转念一想，也难怪也难怪，要换成我，设身处地想想，我也会不痛快的。我没签证，还这样被器重，你有签证，你签证抵不过草纸，你该哭自己为签证白投进去多少钱了。这样我就又可怜起他来了。我用胜利者又对胜利满不在乎地对他说：

“‘给你穿？’

“‘我才不穿呢！谁屁颠屁颠要当日本人！’他说。

“他说到这上头，我觉得耻辱了。我说：‘北京仔，你他妈的就是眼红！你他妈的才想当日本人。我稀罕这两件破衣服？这叫号服，往后远远地就能瞧见你，你偷懒都看得见。你他妈的以为老子求他日本人？我非要在这破店干？老子倒想得很开，此处不留爷，自有留爷处。老子福建人从来在外头是一条龙，不是一只虫。就是此处留爷了，老子也不是非得要在一棵树上吊死。’说得北京仔无话可说。你会不会将我这话当作‘吃了鸭蛋说太平’？但我说的是剖心肝话。从小到大，我什么时候把自己命运押在别人身上？也押不了，谁是靠得住的？正像我们家乡常说的：‘挨墙墙倒，靠壁壁崩’。这话他北京仔自然是没法理解的。他小子从小在北京，吃着皇粮，受各种保障。刚来市场时，他还对我说，他家人总来信问他在日本工作定下来没有，现在总算定下来了！被我啐了一脸。什么定下来啦？树挪死，人挪活，谁在一棵树上吊死？老子要保自己的身体，老子要挖别人的墙脚。老子才没听他老板放屁，把会社当作自己的家。不错，我很关心店里情况，那是盯上了它人员紧张，特别是，一个日本人受伤住院了。之前我介绍北京仔进来，收了介绍费，这下我又可以介绍人进来了。但老板并没有要招人的意思。老子介绍工作的机会没有了，那么，老子要你给老子加工钱，能捞一元，是一元。店里这个格局清清楚楚摆着，我们要一齐走，老板他就是临时爬着去请救兵也抵不了急，他哪里敢说半个'不'字？当然我要把北京仔联合上。北京仔起初还不敢，怕把老板给惹毛了，干脆把我们炒鱿鱼了。我急了：

"'真是！中国人能合着做得成事，狗屎也能吃！你不就是为了一个工吗？这么一个棺材工，哪里没处捡？被老板炒了鱿鱼，老子拿一个赔你，而且担保工钱不比这低。要是骗你，老子走出去马上给汽车撞死，被雷公劈死！'

"北京仔笑：'你诅咒给新干线撞死都没用。瞧你那挤两句日语跟便秘一样，在日本还能通天了？'

"我答：'你他妈的别以为日本是什么社会。告诉你，还是不三不四赚大钱的社会。你说老子便秘，你小子跟老子一道去，只需你定定在一旁待着。老子就用便秘的日本话，让老板相信他不加工钱我们一齐走人。北京仔，你他妈的干不干？过了这个村就没这个店。你这一丁点冒险劲头都没有，还出来闯什么鸡巴世界！'

“于是第二天收市，我将北京仔牵着，去找老板。当时只觉得心里一个发横，头脑一片黑，这黑的感觉一直随着我把话说完。别看我日语不行，但能调动一切手段，脚指头都能搬上来。我听见自己说，这样一天天干得太累了，等于两个人干三个人的活，工钱太低了。我还听自己谎称，有朋友介绍工钱高又不这么累的活，正等着我们呢！我突出‘我们’，瞥眼一旁的北京仔。这鸟人可真让人泄气，在我开口说时，他竟慌里慌张故意去整理身边早已摆好的板车，好像他是在一旁干活而不是我的同盟军。在我说‘我们’时，他又将头左张望右张望，那模样，像是一个看热闹的。好在老板的样子也让我吃惊，他不像是被人家敲竹杠，反倒像是在聆听什么合理化建议，不住地点头，‘这样啊！’‘是这样啊！’末了，他扶扶眼镜，用食指叩着自己的太阳穴，说：

“‘我考虑着了，你们好好干吧！’

“那北京仔，哪里是不要钱的人？他才是想钱想疯了，但又怕被炒鱿鱼，一听老板这么说，竟像捡了头金母鸡一样，兴奋起来，手忙脚乱地又要去干活。店铺已经关了，还有什么鸟事可干？他竟然将店里要留下来的空泡沫箱高高摞起，抱了要扔垃圾堆，还用中国话对我说：‘快动手干，动手干！这关键时刻，做做脸！’

“结果呢？反倒被老板呵斥回去。人家泡沫箱是有用的。在换衣服的时候，这小子又巴结地对我说：‘这回我是真服了你了，小日本，好像什么穴位被你点到了一样。’我浑身的轻蔑从嘴角溢出去：

“‘穴你妈穴！好汉怕赖汉，老子无产阶级大无畏，四海为家，

一个地方待不下去了，大不了拍拍屁股再挪一个。’

“工钱自然老板必须加给我们，一小时加一百元。北京仔被加了工钱，就拼出命来拉车送货，我才不像他那慌张狗一样。加了工钱，我的收入在市场中国人里面算数一数二高的了，但我们店的税却比人家高，每个月要白白给盘剥去两万多，我还是不甘心。何况我想，老板能这么干脆说加就加，可见他是多么怕我，我就再榨他一下。在这个世界上混世，就像拧手巾一样，能拧尽管拧，直拧到实在不能再拧出半滴水来为止。我对北京仔说：‘你小子想不想再加一回工钱？’

“北京仔说：‘想。谁跟钱有仇？可想又有啥用？刚加半个月，还会再给你加？’

“我说：‘北京仔，老子要是有法子叫老板再加一回，你小子肯将加的钱给我吗？只要一半就成。’

“北京仔这才认真起来，贪贪问：‘你们福建人又想出什么窍门了？加成了，我保证请你吃一顿韩国烧肉。’

“我说：‘你他妈的上回那个表现，叫老子唱独角戏，老子加成了也没你的份！’

“北京仔贱贱说：‘人家上次是担心嘛！这次我们唱双簧，你扮黑脸，我扮红脸，大刀向鬼子们的头上砍去！’

“他北京仔就会耍贫嘴。也算了，不跟他一般见识，都是中国人，同胞。这发生在 11 月底，转眼到了 12 月，市场忙得要把那弧形建筑棚顶炸崩了。日本人也是怪，一年到头什么时候没得吃喝？偏偏要堆到年底大吃大喝，搞得我们屁滚尿流。只有老板高兴，棺材店老板自然喜欢人死多多的，可怜的是我们这些打工的。我当然还是偷懒，老板他还以为给我加了工钱就多么了不得了，话里话外叫老子快干，老子才没这么容易被收买。我就让北京仔给我翻译，说钱是加了，但税被扣太多了，等于没加什么。北京仔他妈的这回又缩了乌龟头。过后他还辩说是在演红脸。在老板的一再要求下，北京仔才翻译了我的话。老板听罢，脸上一点表情也没有，好像完全没听明白，走掉了。我发现，老板变得很怕见到我们了。他发货，我们送货，我们都在店前的场地上，这下，他竟然把发货点移到店铺后面去，宁可自己或叫别的日本人把写好货主名字的货搬到店前来，再给我们送。遇到大批量的货，他就趁我们不在的时候，赶快溜到店前场地，写好又缩到后面去。你说可笑不可笑？一社之长，一店之长呢！他害怕，就说明老子成功一半了。我很得意，有一种逮住老鼠的猫的感觉。我就乘胜追击。闭店前他必须清点余货，然后让我们送回冰库，这下他逃不了跟我们在一起，我又开口说：

"'社长，税金，不要！'

"这下我说的是日本话。这么简单的话，用单词拼凑，我还是可以的。甚至，以前我为自己的日语差而懊丧，这次发现，正因为差，让我的话生硬，生硬就是有力，没有任何回旋余地。老板被我的话钉在那里了，走不开，又待不住。终于，他面色尴尬地搔着一头白发说：

"'啊，这可不好办哪！'

"我坚定地仍说：'税金，我们，不要！大家，全没有！'

"老板说：'大家全没有税金？这不可能吧？所得税是国家规

定征收的，コゥさん，你给翻译翻译！’

“我忘了说明了，那北京仔姓コゥ。”

“コゥ！”我叫起来。

“你怎么了？”他奇怪问。

“没有没有……”我推脱，脑子里万千个念头在奔腾。

“那我继续说。”他说，“老板还叫コゥ……”

“コゥ！”我又叫。

“你到底怎么了？”

我摆手，为了消除他疑心，我用手势示意他继续讲下去。

“刚才讲到老板叫コゥ翻译。老板显然不把他当作我的同盟军，这让我不舒服。我冲口说：‘是！大家，全没有！中国，老板有税金，干活的没有！コゥさん，是不是？’

“我故意这样问，北京仔好像刚明白自己应该站的立场，总算勇敢了些，说：‘是，是，就是像林さん说的这样。’

“老板的脸涨得猪肝一样淤红。但又马上缓和了下去，他扶扶眼镜架，搔搔头发，说：‘是这样啊！中国跟日本毕竟不一样啊！’又戳戳自己脑门，‘考虑着了。’果然第二天下班前，他说可以拿会社的钱为我们垫付税金。他说的时候还显得十分乐意的样子，还拍着我的肩膀开玩笑：

“‘可是，你们必须请我吃一餐中华料理哟！’

“我也油条回他：‘好啊！’

“老板哈哈笑了起来，说：‘林这么慷慨，我不吃也心满意足了！只要你们努力干，会社兴旺了，将来工资还会不断加上去的。林，

加油吧！コゥ。’

“我心里清楚这话是盯着我说的，末尾的‘コゥ’只不过是随便续上去的。也就是说，老板认为只有我在跟他讨价还价。他妈的北京仔，老子打天下你坐天下，你好合算啊！这也就算了，没想到后来他竟反过来咬老子了。”

“咬？”

“就是咬！”他自我确认着，肯定道，“税金减了后，我更加发现日本人被我卡着脖子了。这样，我就更不好好干活了。这本来是我跟老板之间的事，跟他北京仔有什么屁关系？但有一天他却找上我，跟我大讲起政治大唱起高调子来，什么咱们中国人也是有格调的，有头有脸。我知道他指什么，呛他一下，他就说：就是你自己不要脸皮，也要顾及全中国人的脸皮。我一听就火了。好一个要脸皮的中国人啊！跑到国外来要脸皮了。你要脸皮，老子可是从没脸皮，也不知道脸皮比饺子皮多值几个钱。从来没人给过老子脸皮，你北京仔给了吗？你小子不是还向老板告发老子拿‘永久签证’吗？这个账还没有给你算呢！你怎么不想到是在撕自己同胞的脸皮呢？老子当初就是打定不要脸皮，才跑出来做猪仔的，只要能挣钱，只要有了钱，老子就有脸，铸个大金脸给你们瞧瞧。我是福建人，福建人就是这个脸！”

“别说什么福建人不福建人的……”我说。

“就是嘛！”他说，“你觉得福建人拿不出手？”

“没……”

“其实，我们福建人也是有良心的。在内心里，我也知道自己做得过分了。瞧老板，‘四只眼’，本来样子就弱不禁风，看他日子一天比一天难过，见谁都像老鼠见了猫，不是躲避，就是做可怜相，现在对我们中国人也这样。我有时也会想起当初在波除神社见到他拜神的情形。我已经很久没有见到他在神社了。有一天，我因为头天晚上有事，早上改坐地铁从筑地车站走去市场，又经过那神社，不禁向内张望，不想恰恰瞥见老板的背影。他的头埋得低得不能再低，两个瘦肩胛显得特别尖耸，让我想到了骸骨。我可怜起他来了，我想起当初他把我从这里扶去医院，又扶我吃快熟面，最后又留我做工的事，他待我确实是好的。他是一个多么好的人啊！我本应该跟他好好相处，现在却成这样。虽这样想，但到了店里，在那挂满电灯泡的店里跟他打照面时，我又恢复了心态。我承认我不是好人，我在店里很霸道。我偷懒，谁都不能讲，我要怎么做就怎么做。日本人也是怪，平日里不管怎么凶巴巴，在我这里都软了，不敢惹我。只有客人不，他们是‘上帝’，顾客就是上帝嘛！但你是老板的‘上帝’，又不是我的‘上帝’，你能指使得了我？今天早上闭店前，我正要洗手回家，老板又搬来了一箱冷冻白鱼，叫我去送。他样子可怜巴巴，腮帮上的肉都哆嗦了。我也心软了，而且北京仔这时又不在店里，我就接受了下来。我扛着货箱走时，老板还在后头叫：‘林さん，实在对不起啊，拜托啦！’或许是因为他那甜得跟猫屎一样的声音怂恿了我，我的整个心胸都被骄傲的气充满，要炸开来了。肩上扛的货也变得轻飘飘。这是我们店最大货主‘纲八’的追加货……”

“‘纲八’？”我学他发音，叫了一声。

"嗯。"

"'纲八'？"我矫正他的音。

"你知道？"

"不不……我怎么可能知道？"

"对，你又不在市场干，哪里知道'纲七纲八'。"

哈，纲七纲八！好像在说着顺口溜，不是在说一个实在的东西。我可以躲在这戏谑的顺口溜里。

"只要在市场干的人都知道这个'纲八'。"我听他在继续说，"据说在关东地区哪里都有连锁店。我来到那辆熟悉的深蓝色的汽车后面，将白鱼丢进车斗去。突然驾驶室'哇'的一声跳出一个人来，这家伙，老子早就看不顺眼，仗着是'纲八'的司机，凶凶的。他一把揪住我'哇啦哇啦'说一气，意思我当然明白，说车里的货被我砸坏了。老子哪里能被他说？二话不说就跟他对打起来。那家伙毕竟是日本人，从小吃好料的，力气大，揪住老子的领子就是不放松，还要往店里搡，要向老板告状。我怕个鸟！我自己走，你不搡我也自己走。你有嘴，老子就没嘴？你日本人会说日语，我说不过你，但我还有拳头呢！我用拳头说话，在老板面前我都敢用拳头说话。却不料，老板手指头往外压，向着人家，像人家的一只哈巴犬。他竟然把我开除了！真是犬娘养的！"

这个福建人按方言习惯把"狗"叫"犬"。

"犬养的！"他说。

犬养、林、我

我脑海里残存的侥幸破灭了。不是侥幸，是幸运；不是破灭，是确证。我意识到隔屏的两边的联系，而且我正处在这联系的交接点上。我无法让自己撤掉哪一边，我无所适从。但同时，我又好像面对着一个被摔碎的玻璃球，竭尽全力要将弧形的碎块弥合，但却怎么也粘不到一块。碎片散落在地，我只能让自己的脚小心翼翼不要被它们割伤。也许我的小心在脸上表现出来了，或者还显得恐惧，我有恐惧吗？但他是看到了，他的眼睛在晦暗中闪闪发亮。他目光很快黯淡下去，口气也转成了忏悔：

“我承认我也不是什么好东西。换成我是老板，我会把我给开除的。甚至，杀掉。小姐你是不是也想把我杀了？我承认我实在很坏，坏蛋，大坏蛋！强盗！开除我远不够治我的罪。我跟你说，在我动手打‘纲八’司机时，我老板来劝架，我的一拳头还落在他的头上了。他被我打到，还回头朝我笑。他朝‘纲八’司机笑笑地，也朝我笑笑地，他是笑着劝架，最后竟然也是笑笑地凶我，说开除我的。想想现在店里没人送货，只有一个北京仔送，哪里来得及？北京仔要干死了。市场那活，你不知道多么重，真的会把人干死。那年我就看见一个人拉着车，突然倒地，当场死了。”

“真的？”

“骗你是犬！”

我心怦怦跳。

“要不是我搞得太不像话了，老板这么个好人哪里会赶我走？是我太过分了！”

“这其实不能怪我啊，是他自己搞得太过分了！”我想起犬养说过。我蓦然又有了粘复破碎玻璃球的希望。这两边，林和犬养，其实都是有自省意识的人，都是可以联手的人。只是缺乏沟通。有一句话说人类的许多冲突都是因为缺乏沟通。其实他们都是好人，犬养是好人，这个林也是好人。当然我也是好人。我感觉我们的血脉汇聚在一起了。我脱口道：

“要是现在那老板不开除你了，你还打他吗？”

林根本不当一回事，随口道：“除非小姐你是神仙。”

“说不定我就是神仙呢！”我说，“说不定这世界真的小得很呢！”

这时候，侍者来到桌前，换烟灰缸。我佯装忽然想起什么，把桌边的菜券抽出来翻看。“哎呀，瞧你，光顾了说话，这券还剩这么多。点点什么？”

“有这么美的酒和这么温柔漂亮的小姐，还要什么？”

我拧了拧他的脸颊，这动作在我有点放得太开了。我站起来：“我替你点。”追上那侍者，说：“请给一个水果拼盘。”又双掌合十，做个哀求姿势：“再叫总台呼我一下，劳驾！”

近乎欢快地。我不知道自己为什么这么欢快。我将做一件有意义的事。我秘而不宣。这是我的发现，只有我发现了，我为自己的智慧感到得意。

你们啊，全是傻子！

我回到林的座位，急急地等着，一边压抑着沸腾的血。我终于收到了呼叫。我马上起来，指着林，道：

“你记住你刚才说过的话！”

“什么话？”他竟然问。

“你说我要是神仙。”

“小姐就是狐狸精，我也将这一身交给你安排！”

“说话算话！”

“男子汉大丈夫站着撒尿，一句顶一万句！”

舞台上正表演着节目，一个染着金发的女歌手在唱着疯狂的歌。我兜了一圈，转到犬养那里。“回来了？”他有点惊喜。他没有叫我回来，我就回来了，他自然高兴。我就趁机诱他继续刚才的话题。

“过去啦，过去啦！”没料到他挥挥手，一副满不在意的口气。

“怎么可能过去呢？您不是还担心他就得回中国去吗？那个林。”

“那我管不着了。”

“您想想他多可怜啊！”

“是啊，可怜。”他说，但口气仍然没有松动。

“他一旦回中国去，就一辈子也不可能来日本了。”

“是啊！遗憾呢！”

看来已经时机过去了。他不再为白天的事纠结了。也许是因为酒喝多的缘故？我不在时，他只能喝酒消磨时间。我看他瓶子里的酒，果然少了许多。

我只能从利害上让他清醒。“那么您店里的生意呢？没关系吗？”

“没关系，没关系！”他说。

“送货，真的没关系吗？”

“没关系，没关系！”他仍然说，嗓门有点大。我也不想制止他，不怕被隔屏那边的林听到了。反正我是在撮合他们，做好事。我认定自己是在做好事，内心坦荡。我说：

“怎么会没关系？”

“我告诉你！”犬养神秘地把食指竖在嘴唇前，“我有人了！”

“谁？”

“コゥ。”

“他只是一个人……”

“コゥ的朋友。”

我的心被重重砸了一下。

“所以嘛，我才敢辞他。”他简直得意地说。他好像顿时翻了一张脸皮。

我的脊梁在发冷。

“其实，就是不发生今天这个事，我也会辞退他。只是推迟一两天，让新人熟练一下工作。刚才我给コゥ打了电话，他说明天就把人带来，他可以带新人熟悉工作。”

“怎么可以……”我几乎说出来。

“其实コゥ早就找我了，说他可以介绍朋友来。他说他跟林并不是朋友，林是把工作卖给他的，他找不到工作，饭都吃不上了，但林竟然还敲诈他介绍费，他是向别人借钱才付了介绍费的。所以他很珍惜这个工作。他不是贪得无厌的人，知足，知道感恩。都是林逼他一起来要求加薪的，他会日语，林不会。语言相通就是不一样啊！他被林逼着来要挟我，过后就私下找我说明，并且说，他有朋友可以替代林，那真是他的朋友，物以类聚，人以群分。你看他干得不错吧？他的朋友一定会干得更好的……”

你啊！还自鸣得意呢！

“卑鄙！”我叫起来。

全场好像都静下来。我感觉侧面隔墙上头，那塑料花从上露出一张脸。那是林的脸。我觉得他出现也好，甚至，我需要他的支援，我们是同盟。我们都是傻子！你啊，林，还自鸣得意呢！

不料我被打了一耳光。

“臭婊子！跟日本人合着耍老子！狐狸精！”

林的手甩到隔屏上，把塑料花打得噼噼啪啪四处崩落。

我感觉晕眩。

你们，全是王八蛋！我这是自讨苦吃！我这是讨贱啊！

场内好像一下子又热闹起来了。舞台上那个染金发的女歌手从台上跳下来，呼喊大家来吧来吧和我一起跳舞。已经有几个醉醺醺的客人站起来了，有的把杯子顶在头顶上，有的额上蒙着花手绢，有的将自己不知是“指名”还是“场内指名”的小姐拦腰搂着，顶着走，小姐怪声怪气地叫着，好像谁也没有注意到在我耳朵上的那一声脆响。大家很快连成一个圈，像旋涡转着，打头的是女歌手，客人和小姐和女歌手手拉着手，还不断有人加入进来。圈子越来越大，旋涡越来越大，好像一望无际，不可收拾。林突然向外走，场地麦克风马上响起了店长的声音：

“94号小姐请出来，94号小姐马上出来！”

我没有出去。但我也离开犬养的座位。我一头钻进化妆间，抱起自己的衣服。我都等不及穿，就穿着场里的薄衣服往外走。

“你怎么才来！”店长指责我，见我这样子，“怎么回事？”

“回家！”

“什么？还没到下班时间呢！”

“我要回家！”

“说什么疯话！这是在工作！”

“这工作没法干！”

“什么没法干？还有客人要接待呢！”

“我不接待他！”

“那你接待谁？哦，就刚才走的那位啊？那个中国人？”

“跟中国人没关系！”我顿足否认。

遥感拉门被我踏开了。

“没关系？那你怎么这样？”

我的脚跨出门。两扇门在我背后合拢，店长的声音还在门缝里：

“该不会爱上客人了吧？警告过你，对客人不能动心！八格牙路……”

我

我被犬养耍了。我本来自以为很智慧的。他用他的眼泪让我热血沸腾。

但对林，我确实是想帮你的啊！你却打我。你打我，是因为我跟日本人一起耍你。我不仅不知道犬养在耍你，也不知道北京人コゥ竟然摆了你这么一道。我真是冤死了。再说，即使他们耍你，你怎么就断定我也在耍你？我完全不知情，只是被你的诚意感动。

但扪心自问，我只是为了林吗？我仍然是有心机的。我想帮コゥ，我担心林走了后，コゥ一个人干活，要累死。我揣着私心。

コゥ，就是黄。他是我在语言学校时的同学，一口正宗的中国普通话，还带着翘舌。他名字也很中国：黄河。虽说是北方人，但他却长得细腻，一副玉树临风的样子。我承认我爱慕他。我想跟他说话，但我的福建普通话拿不出来。语言成了我们之间的天然屏障。我的嗓门好像被装上了铁门，上了锁。我的锁生锈了。但恰因为这样，我对他的感情却更加茂盛生长。但他却忽视我的存在。我承认我很自卑，很想成为他那地方的人。以至于日本人问起我是中国哪里来的，我会下意识说北京。

但他总是把我归到我的老乡一堆。他总是说：

“你们福建人！”

福建人怎么了？

他好像一直打不到好工。他在餐馆里端盘子，工资很低。虽然穿着人模狗样的服装，但还不是伺候人的？

其实他也并不像他表现出的那么清高，他也想赚钱。但他在班上没有朋友。我们都是福建人。福建人在这里的势力大着呢，门路活。他聪明是聪明，我仰慕他聪明，但在日本，最主要的是帮派、人脉。在中国他占尽资源，但在外国，我们才吃得开。所以他的聪明除了用在耍贫嘴，几乎一无所用。

后来，听说他还是从一个福建人手里买了一个筑地市场的工作。

听了林的话，我当即判断，应该就是林介绍给他工作的。

我能够想象他在市场，被残酷的体力活折磨成什么样了。我生出了怜悯，我仍然爱他。我要去救他。我要让犬养收回开除林的话。他们都是好人，应该都说得通的。

至少，从利益上考虑，他们也应该握手言和。当然，我也有我的心思：让这个姓黄的北京人正视我这个福建人。

但我没料到，我被抽了耳光。

是林抽了我一耳光，也是姓黄的抽了我，还有犬养。无论是我，还是林，都太自以为是了。

林自然没有再回到犬养的店，犬养先生，我也没有办法联系到他。我失去了那卡芭莱的工作。这样，我就也无法再见到姓黄的北京人了。东京茫茫人海，我从来没有在街上遇到过一个熟人。我曾经跑去筑地市场，但市场也浩瀚如海，那么多的店，那么多的人，我没有找到黄，也没有找到犬养先生。

他在日本，真的最后没有黑下来？这是我一直关心的。因为，我曾经向他表示，可以送给他保证人，他竟然问："你不需要吗？哦，你们都已经永久签证了！"

真是不知好歹的傲慢家伙。

我所以这么执着，不仅因为爱他，还因为他的傲慢，他对我的蔑视和挖苦。但仇怨经过时间浸泡，到头来全成了爱意。我很想他。

二十年来，寻找这个姓黄的，成了我的执念，时刻不忘。从日本到中国。我回国后没有回家乡，用从日本赚到的钱在北京做生意。一听北京腔调，我就觉得是他。好像整个北京人只有一个他。

二十年来，我经历了各种事，一次次被骗、被敲诈、被驱逐，就像一只鸭子被捏着脖子，提上去，放下来；又提上去，又放下来；再提上去，再放下来……有时候我后悔当初为什么回来？难道就为了追寻那个北京人？我这是干什么呀！

好在我终究没有死掉，因为，我身体里面的血还在流着，并且支持给脖颈能量，让它坚韧。

随着北京人的步伐，我用上了手机。我更多是在电话里听到北京腔。再后来，我用上了智能手机，这腔调成了短信里的文字。再后来，这腔调的文字也淡化了，因为我自己也用上了这种腔调打字，不受舌头限制。又后来，有了微信，我们当年日本的同学成立了一个群。我被拉进时，第一想着的就是他在不在群里？

他在。

有一天，我们私聊。聊起了当年的事，他说，他在筑地市场干了一段，被老板赶走了。

“也被赶走了？”我说。

“什么叫‘也’？”

我说就像林一样被赶走。

他说，他并不认识一个姓林的人。

我：那么犬养呢？你的老板。

他：我老板叫山川。

我：不可能！他们都认识你，コウ！

他：コウ？就是“黄”吗？“高”也念コウ，还有“洪”也是。

我愣。猛然有一种直线崩塌的感觉。想想，无论是林，还是犬养，都只是说コウ，林没有说汉字是哪个字，犬养也没有写汉字，犬养从没有用笔写过字。犬养所说的“コウ”，是“黄”还是“高”？或者是“洪”？林所说的呢？我怎么就死死认定“コウ”这个音就是“黄”呢？

也许他们说的根本就不是一个人。也许他们之间根本就没有共同认识的人。也许他们根本就不认识？

不可能。林不是说他老板叫“犬养”吗？

是“犬养的”！他是说“犬养的”。

我不是也说过“犬养的”吗？

那么林认识那个叫犬养的日本客人吗？我无法问他。他不是我的同学，不可能在这个微信群里。那么可能在别的群里吗？我们同时被拉进什么群，比如同乡群？

确实，有一个是当年从日本回国的福建人的群。里面有很多姓林的，“陈林半天下”嘛！我留意他们说话，但他们说的话都差不多，根本无法判断谁是那个林。

其实我说的话也差不多。我们关注的东西、提供的信息，都差不多。

有一天，我浏览朋友圈，看到那个北京人黄发了一个信息：

钓鱼岛是中国的！

恍若在哪里也见过这话。是在福建人的群里，翻回去看，确实有，发的人还是姓林的。

我当即找黄说话：

我：你还说不认识他？

黄：谁？

我：还有谁？林。

黄：哪个林？

我：日本，筑地。

黄：我不认识姓林的。

我：那你刚才发的怎么跟他发的一模一样？

黄：这个啊？

一会儿，他发来一个截屏：

单身猴：钓鱼岛是中国的！

黄：钓鱼岛是中国的！

一期一会：钓鱼岛是中国的！

冰儿：钓鱼岛是中国的！

竟然一串排下来的。但也可以理解，他们可能都是北京人。但他们都是北京人吗？至少是朋友吧？想一块去了。但朋友圈里就互相是朋友吗？

我急急打开自己的朋友圈：

老白干：钓鱼岛是中国的！

我是一条蛇：钓鱼岛是中国的！

阿芳：钓鱼岛是中国的！

好好：钓鱼岛是中国的！

捅墙窟窿：钓鱼岛是中国的！

也是连着一串。再看，他们互相并不认识。“老白干”是我生意上的朋友。“我是一条蛇”是我小学同学。“阿芳”是税务局的熟人。“好好”，我回国后认识的上海人，零三年，她也去日本留学。“捅墙窟窿”，我新男友。他们彼此都是陌生人，但他们想法不约而同地发出了同质内容。

而且这些内容都是让人血热的。

我也认为钓鱼岛是中国的！我的血又沸腾了起来。

人心怎么杀也杀不死。心没死，就会挤出血来。我曾经在一个屠宰场看到被摘出来的牲口的心，还渗着血。它们堆在一起，相濡以血，它们在彼此给予热量。

我忽然感觉羸弱，就像婴儿一样，需要依偎，需要受哺。这就是我们都需要朋友圈里老是说的“正能量”的原因吧？我们都需要能量的撑持。我们毕竟还没死，那么我们的血就还得热着。这血都是真诚的。那么当初犬养也许也是真诚的。林固然也是。那么，我那时心血来潮也就不可笑了。

但怎么能让我不一再犯傻？

コウ

有一天，我看到我朋友尹小安发了一行字：拯救我的血热。这话很有意思，我就把它用在我微信名上。

尹小安说，这是因为她患了病，这病就叫“血热”。

我也觉得自己身体里有了血热症状了。我能够感觉到自己身体里血管密布，血在血管里奔流，之前我都没有意识到身体里有这种装置的。我痒，甚至疼。我必须拿手去抓挠，不停地抓挠。我一刻也不能安生。我都怀疑人生了。

有一天，我蓦然想：那个コゥ，我们认识吗？

拯救我的血热：我们认识吗？

コウ：是你说认识我的。

拯救我的血热：那你叫什么？

コウ：黄。

拯救我的血热：我知道你姓“黄”，“黄”什么？

コウ：黄河。

黄河……一大片水“汪”地漫过来。

海市蜃楼

正逻辑

他走进朝北最后一间教室。他总要在讲课前将讲台下的学生扫视一遍，尽管他清楚，自己完全没有必要在这种时候用这种方式，才最终将目标猎入眼底，但他还是要这样做。这种扫视让他兴奋，这是在他担任班主任的班级里所不能产生的感觉。但这天，他迈进这间教室时，步子就变得畏缩了。近视镜片的度数好像骤然加深，不，简直成了平光镜，无论看什么都浑浑噩噩。他将眼皮狠眨几下。有一刻钟，他的目光不小心滑出课本的字里行间，顿时像一个岸上的孩子失脚掉进了汪洋大海。他明白自己是落进了那双热情洋溢的眼睛里了。

他急急向黑板转身，仓皇捡起一个粉笔头。但根本没有什么需要板书的。他只得随意写一个方程式。

“老师看不见……”身后传来学生的叫声。学生怎么知道我看不见？他定了定神。学生应该是在说他自己看不见。总是这么说病句。从窗户射进来的阳光，不知什么时候已经侵占了四分之一的黑板。他用手掌涂抹起那刚写上的方程式，涂抹得很笨拙，或者是在磨蹭，因为他拿不定，抹掉了要不要再去写？写什么？或者说，如果他再做着无意义的板书，至少在他心里，他的恐惧就昭然若揭了。最后他还是挪了挪脚，在没有光照的地方，又把那个方程式写了一遍。然后，他煞有介事在底下画了两条横杆。这样，好像就是写了与之前不一样的内容了，心才躲进了阴暗的角落。他看了看表，已经是下午两点半。终于过了两个钟头了！他想，有点轻松起来。

过去的两个钟头，他简直是在逃亡。两个钟头前的中午十二点，他的宿舍阳光无处不在，天花板、地板、四面墙壁都是明晃晃的，好像整个泡在夏天露天游泳池里。一个女孩子在跟他说话，声音咣咣的，听起来也毫无实感。她的脸和身体也光影飘忽，好像在梦中。她为什么要中午来他宿舍？她向来是傍晚来的，以至于刚才他见每一个同事，都担心他们撞见她溜进他的房间。她长得人高马大，鹤立鸡群，很显眼。他当初第一次看到她，想到了抻着长脖子的长颈鹿。接着觉得她更像撅着大屁股的鹅。也只有在他没有担任班主任的班级里，他才有这种放肆的思路，就好像男人离家越远，出轨，越没有心理压力，可以无所顾忌。

但她并非孤零零在学校里，她有一个表舅，是学校的工友。原来是木工，修课桌椅什么的，现在可修的桌椅少了，也干其他杂活。他脾气暴躁，虽然跟教师打了这么多年交道，却没有学得细腻一点，倒是忌妒心见长了。平时听人家说教师的子女书读得好，是因为父母可以教，他就不舒服，就说：

“孩子会读书就会读书，不会读，抱在膝盖上教也不会读，跟老师有什么鸟关系？”

她的这个表舅不说“父母”，而说“老师”。

但到了他自己表外甥女上初三，看着许多人都找老师补习，表舅也坐不住了，也找上她的语数英老师。同事之间，不好说钱，表舅就利用自己工作之便，为每个帮忙补习的老师做个小书架。他宿舍里的书架就是她表舅做的。他的宿舍简陋得像仓皇逃难途中的临时安身地，只有这个书架有点光彩，他喜欢看些杂书。

她也喜欢看，现在更有机会到他宿舍借书了。她借了书，每次都自己定下还书的日期。一次次这样，他揶揄地想到这像在预约下次幽会。但他也只是想想，没往心里去。他根本看不上这个女孩子。对未来，他有自己的设计。

书每次还回来，书脊上都被她贴一个玲珑可爱的长颈鹿粘贴纸。他对花里胡哨一向不喜欢，觉得小家子气，好在那动物设计得颇有洋动漫的味道，他也就没去撕它们。有时候会打趣地想：难道她自己也知道自己像长颈鹿？他想，她可知道我觉得她更像鹅吗？很快地，许多书都被贴上了长颈鹿，排在书架上，呈现出一排可观的景象。长颈鹿后来还爬上了冰箱，床头也贴了一枚，把这个死气沉沉的单身汉宿舍贴得活脱起来。他欣赏着那些长颈鹿，不禁想起一句话：一个家，有了女性就活了。

他吓了一跳，意识到自己正迈向一个深不可测的陷阱。于是他毅然把它们撕了。她再来还书，要再借时，他拒绝了她。她低着头，立在房间正中央不肯走。他借口说要出门办事，她仍不挪一步。他忽然产生一种急躁，伸手去拉她，却不料拉出了她一串泪珠，打在他的手背上。

他只得答应再借一本书给她，最后一本。但她走前，仍然自己定下还书日期。

过后他也觉得自己未免太小题大做了，见风就是雨，自己这岂非也落入了校长的思维逻辑里？他从来鄙夷这个教政治出身的校长，他曾讪讪地听着校长把学生爱吃零食当作恶习，并且一路演绎到将来走上犯罪道路。当然校长的话语也有变化，随着学生热衷的事物的变化而变化。学生热衷于穿名牌鞋，他的演绎就从穿名牌鞋开始，哪怕学生穿高仿的名牌，或者只是“匡威”，他也一样演绎。学生有手机的多了，他又从手机演绎起。学生流行手机上网了，他更是振振有词了：上网最终会走向犯罪道路。反正只要学生喜欢的，最终都会走上犯罪的道路。因为学生喜欢的东西越来越成人化，价格也越来越高，所以他推演到犯罪的过程也越来越短，他们离犯罪也似乎越来越近了。

最让校长振振有词的就是那些经常不穿校服的学生。确实有许多这样的学生，这不是一所好学校，只是三级达标校，学生大多不听话，对校服，变着法子不穿。“你为什么不穿校服？”校长说，“无非就是跑到校外方便！无非就是为了做坏事方便，不会被认出来！”他也觉得这些学生不像样，但他对校服也有看法。中国的校服怎么都这么难看？“这简直是糟蹋祖国花朵！”有一次他讽刺道。他当然不认为这些催命魔鬼一样的学生是什么花朵，但校服确实太难看了。他从一篇文章里读到，难看的校服具有袈裟一样的功能，控制学生的欲望，国外规定学生穿校服的初衷也是这个。这似乎也有道理，难看的东西就不会让人产生欲望，比如对这个女生。她不好看，不合他心目中漂亮女的标准，不入他的法眼。不漂亮又往往容易让人同情，他再想起她可怜兮兮赖在他宿舍的情景，觉得自己不仅神经质得可笑，还有些残忍了。当他再一次见到教室里坐着的她，他觉得对她很抱歉。

他是名牌大学毕业，三年前到这个学校。大学毕业时，他本来是要去美国留学的，麻省理工，但没有申请到全额奖学金。他一直自信自己是能够申请到的，他的成绩很好，天知道老美怎么不按常理出牌，这让他第一次对洋人讲规则的观念产生了怀疑。他家不富裕，没有全额奖学金，就留学不了了，只能先工作。他曾去考公务员，但一败涂地。他也曾去过国企，但那里没有编制。得知教育局有编制，于是他参加了教师招考，进了这所中学。校长把他当宝贝一样，专门找他谈话，让他教高中。学校为教师提供宿舍，其他年轻教师是两人合住，他单独给一间。只是这单间在一个偏僻的地方，校长对他说，如果他不喜欢，可以调。他则更喜欢这种地方，远离人群，他有点孤僻。

校长还在全校教职工大会上重点介绍他，说他本来是要去留洋的，放弃了。校长不知道奖学金不奖学金，认为被外国大学录取了不去，是很长脸的。“为什么偏要去人家的国家呢？中国人就应该爱国！”校长说。在校长看来，这是很有骨气的决定。校长思想一直比较“左”，过去中国贫弱时，他就“左”，闹了很多笑话。现在中国有钱了，他的“左”又有了支撑，就更坚定了。

被校长这么介绍，他有了被校长捂进被窝的感觉，温暖，但肉麻。但他当时没有意识到，王校长对他的介绍，是把他按进了茅坑，给他贴上了标签。有同事还背地里议论这“80后”怎么跟老顽固一个样？现在的孩子思想大倒退，他成了一个例证，还有人背后叫他“脑残”。他知道了很恼火，去不去美国留学，本来只是经济的问题，现在成了爱国问题。他不想在这里待了，但是他已经跟教育局签了协议，走不了了，而且一签就是五年，合同期未满，要走，赔钱。有编制好，但也失去了自由。他后悔了，不如没编制，你不保障我，我也不需要你保障，可以跳，我还是自由之身。但他无论如何待不下去了，还是要走。他申请了一个非“藤校”，只要给全额奖学金就行。但是他仍然没能申请到。

这两年，社会上移民蔚然成风了，他更急着要出去了。如果说之前他只是想出去学习，毕竟西方先进，现在他多了一个心思，要去定居，这样就有了更现实的考量。这不仅是事业的前途，而且是生活的前途。

他转战澳大利亚、加拿大。但他也没有申请到澳大利亚全额奖学金。等加拿大的，他每天都无数次去打开邮箱，E-mail 来了，竟然被拒绝。

收到拒绝信的那个下午，他失魂落魄走到学校边上的码头，呆呆坐到黄昏。他恨洋人不接纳他，他们不讲规矩，甚至不讲道义，之前对他们的国家、制度、民族性的种种想象破灭了，那些写在纸上的褒扬那些国家、制度、民族性的文字，都成了笑话。当然他更恨自己没有经济能力，他的父母都是普通工薪阶级，无法支撑他的留学费用。不能出国，书读得再好，智商再高，也只能被捂在中国。即使日子过得安稳，也是腐烂下去。他已经看到自己退休的时候了。有一刻，他想跳下海去。

最后他长长叹了一口气，回到学校。学校已经清校，有着黄昏特有的死寂。宿舍门虚掩着，他才记起他收完 E-mail 出去时，门没有关。他推开门，如血的夕阳从窗户斜射到屋里，把他的影子长长投在空空的地上。宿舍如同一个坟墓，而且是铁坟墓，是锈迹斑斑的铁坟墓，所以才是红色的。他盯着地板上自己孤单单的身影，忽然发现，他肩膀的上方有一个东西在晃动，好像是一只长颈鹿。它细长的脖颈下，又生出两根手臂一样的东西，展开来，一会儿好像要搂抱他，一会儿又弯曲起来，做着抚慰他的姿势。他猜得到是谁了。在自己离开房间的空当，她进来了。他闻到了洗发水的气味，这味道很熟悉。接着一披长发掩住了他的脸，他整个人发蒙了，跟外界的联系阻断了，他只感觉到自己，他像孤魂野鬼一样寻找归宿。他需要一个落脚点。他抽动右手，狠狠去抓住已经转移到左肩上那个长颈鹿的脖颈。他抓到一根肉颈，那个肉颈靠上了他的后脖颈，落脚点有了。他死死揪住它不放，既不回头，也不吭声，残忍地感受着那肉颈有些颤抖，惊慌地要挣脱。它甚至发不出声来，好像要窒息了。他又猛一猫腰，那个肉颈上的头被拽到他的面前。他的嘴前就是那张嘴，他压了上去。对方更剧烈颤抖，但没有反抗，随他摆布。有一刻，他有点不满，他甚至怀疑她已经不是第一次了。都说现在要找处女要到幼儿园找了。他于是不再含蓄，把舌头伸进她嘴内。她不知回应，其实她完全没有经验，她是被吓住了。但他才不管吓着她了，他的苦难必须得到补偿。他于是又一猫腰，把对方整个人甩到前面来。对方终于叫了一声，她的身体仰在他的眼前，她的裙子掀起来了，两条丰腴的大腿毫不保留地呈现，像犒劳他的美食。并且这美食是活的，它有叫声，证明了它是活物。

他果然收获了处女。

第二天她又来。第三天、第四天，天天都来。她好像自然而然来的一样，不再用借书还书作为理由。他也没有阻止她，也没有担心她来的路上被人撞见。他也太需要她了，就像幼虎尝到了血的味道。他从来没有哪怕看见过一个女人的裸体。而她，就是自我投饲的肉。

几天之后，他不再饥饿，他可以卧在床上冷静端详这块肉。她虽然不漂亮，但扒去衣服，却完全不同，那已经是成熟女性的形态，一个成年女性，一个社会青年。他更喜欢她的成熟。最初她紧张得要丢了性命，这他喜欢，这可以证明她是单纯的。但检验过后，他就需要她的熟练了，免得周折，麻烦。她也合他的心意，她变得一点也不害羞。她甚至成了顽皮的宝贝，令他爱不释手。

这所学校本来就没什么教学氛围，好学生被重点学校捞去了，普通学生也去了二级达标校，捞了两遍，剩下的只是垃圾。他之前不满，现在倒让他跟她行成人，不，就是苟且之事，没有障碍了。反正大家都无心干正事，反正沆瀣一气，反正学生不像学生，那么她这种形骸也就是正常的，老师不像老师，他也就没什么可指责的。

他破天荒不再考虑出国的事了。当然本来考虑了也是白考虑，一次次失败，让他失去了信心。现在他有了更好的去处，那就是她的身体。她是他的希望，更是他的绝望。他像丢失江山的帝王，得到了美人，那是一种难以言表的绝望。他每天活在发狠的绝望中，她成了他醉生梦死的温床。

不过他还是有个在意的地方，他不让她叫自己“老师”了。她不习惯改嘴，他还会发火。

偶尔他会觉得不对，他当然不想跟她结婚，不想跟人家结婚却这样，可谓疯狂。但他又实在离不开她。有一次，他情不自禁感叹她对他真好，她说：

“只要你对我是真心的，我就对你好！”

这话让他警醒，让他惶惑。这毋宁说是在告诉他债务，他平生最怕欠债。他开始后悔起来，想撤退。但是她怎么办？人家已把处女之身给了你。好在这时代已经对处女与否看得很轻了，可能她现在会受不了，但随着她走入社会，观念就会改变。

他更担心的是她是否会怀孕。他每次都是拔出来的，但他自己也不能确定是否拔得及时。当初只图着快活，但这种快活跟别的快活不一样，是有后果的。别的后果可以消除，但这是要生出活生生的人的，这可不是开玩笑的，一辈子都摆脱不了，全完了。

他奉行的是“不主动，不拒绝，不负责”的原则，但话是这么说，出了事了，能完全不负责吗？

但应该不会这么巧，这么倒霉。即便抽出不及时。难道中彩的就是他？那么多人这么干。他讨厌他所处的环境，但他其实也像许多人那样，坏事会干，但不承担后果，只道别人也这样。

还有，她那么经常来，虽然他的宿舍地处偏僻，但毕竟在校园里，是否会被人撞见？这问题又浮上来了。

他开始拒绝她来了。但他又得关心她。她毕竟是学生，看似成熟，长得跟大人一样，但心理年龄还未成年。她是否知道来例假与怀孕的关系？不知道，到时候就麻烦了。为了不让她惊慌，以至于做出不理性的事情来，他也没敢告诉她危险。她好像真对危险毫无知觉，他就跟她短信联系，问她来例假时间。他等待着，那天一到，他就发短信问她来了没有。她说没有来。他想才早晨呢！中午了又问，晚上又问，睡前还问，都没来。他的心沉了，灾难难道就这么说来就来了？他又去网上搜索，说是也可能推迟。接下来的日子又变成了煎熬。

一星期了，刚才，上课前，他再短信问她，她仍说没有来。

她好像并不紧张，还因为上课前他还给她发短信而兴奋。

“回头再联系。”他最后发。

“暗号照旧！”她回。

他马上想象得到她那神秘的表情，好像他们在一起搞地下工作。所以他现在特别害怕去接她那神秘的目光了。

他在讲台边磨磨蹭蹭，不知都上些什么内容。他实在上不下去了，就索性在课文后勾一道练习题，让学生自己做。他发现她不停地用眼睛望他。那目光烫人，他躲避，就开始在教室里转来转去，但离她远远的。她于是举手。他看到了，他故意装作没看见。几个好事的学生提醒他，他板起脸来呵斥：

“自己做！到处乱看什么！”

他不得不硬着头皮走近她，她并没有具体问题要问，他就装作另一边又有学生在喊他，跑开了。到另一边，他抓住一个不认真的学生，指责起来。他心中不仅慌张，而且怨恨，这怨恨全发泄到了那倒霉的学生身上。那学生本来就不是好学生，平时被骂惯了，赖皮了，反正自己总有毛病，随时可以让老师抓住一大把问题，所以也就不跟老师辩，只是笑嘻嘻的。这又让他抓住了另一个骂的理由：

“笑，笑，笑！皮厚！脸皮跟砧板一样，百年老板！”

他说“百年”，指的是这所中学是在百多年前的船政学堂上建起来的。一百多年前，清政府被迫现代化，把目光转向这沿海地区，创办船政局，企图挽救濒临崩溃的大清王朝，但没有用。这学校老师每当表示对学校不满，就喜欢拿“百年”来说事，一如对中国不满，就揶揄其“五千年文化”。他所住的那座二层土木结构楼房，就是当年船政学堂的一个仓库。他总是闻到这座老楼腐败的气味，当然是老木头的味道，但当他不满时，这味道就具有某种象征性。他讨厌这个楼房，他喜欢新楼、洋楼，洋就是现代化。他想象西方人应该住的是新楼，摩天大楼，线条锐利、不锈钢、玻璃，他就是奔着这样的西方去的。

但现在，这里成了他的避难所。他一下课，就逃回自己房间。这里偏僻，是躲避的好地方。但当初正因为它偏僻，才诱使他干了荒唐事。如果在众目睽睽之处，他根本不会让她进出他的房间。这样，这里似乎就是陷阱，当初校长对他的关照，都成了对他的构陷了。这个学校的老师总是想跳走，校长为了留住学校的年轻老师，曾经引诱男老师和女教师谈恋爱，一旦结婚了，两个人要走就没那么容易了。

他上网查怎样会怀孕。他不敢去问现实中的人，怕被人怀疑。他没有朋友，根本不可能跟人家交心。哪怕他愿意跟人家交心，人家也不会。即使一时会，过后也会笑他，看不起他，出卖他。学校边上有个基督教堂，早年是船政学堂请来的外国人做礼拜的地方，现在是中国人的了。他经过那里,几次想进去祷告。只有向神倾诉，才不会被讥笑。但问题在于那牧师是中国人，跟他长着一类脸庞。牧师虽然代表着神，但毕竟是人。作为中国人，无论如何不能超越肉身的存在。

何况，见神是为了忏悔，必须承认罪恶，然后接受罪恶之果，接受惩罚。而他却是千方百计要逃避惩罚。但网络又是知识，知识就是力量，他崇尚知识。网络知识是最丰富的，不依靠网络还能依靠什么？网络是他的神。

神灵一样的网络提供的信息几乎是恶的，知识就是恶的，是人类偷吃禁果的产物。或者是，那些恶的信息他才会接收。他担心她会被将来的丈夫质疑，网络上告诉他，现在没有多少新郎会在乎新娘是否第一次了。而且也无法考证，有很多理由，运动剧烈等。何况，不是说要找处女要去幼儿园找吗？在西方人，女孩上了大学还是处女，会被嘲笑的。这才是现代观念！他想。中国也慢慢现代化了。他释然了。

但释然后细思，这世界也太可怕了。他自己绝对不能接受不是处女的新娘，那是肮脏，是罪恶。但他自己又是制造罪恶的人。

但谁不制造罪恶？谁没有罪恶？这是智慧的认识。而且好像基督教也这么说："谁没有罪，就可以拿石头砸她！"砸她，现在他是砸她。有时候他觉得知识真好，可以用来辩解。

门裂开了，她闪了进来。他才意识到自己没有关门，已经习惯了，这下让她钻了空子，又一次被她钻了空子！他赶紧冲上去，拦住她。但她已经顶上来了。这身体，他已经完全没有兴趣，只有肉麻。这不是身体，是肉，是让他发腻的，不，是发臭的令他避之唯恐不及的肉。但总不能把她推出去吧？推出去反让人家撞见了，拉的屎不臭，搅的屎更臭。他正犹豫着，她已经迅捷关上门，背抵住门。这也使他稍微安心，不会被外面看到。但她的手臂不老实地一把箍住他的腰，她没有发觉老师的变化，仍然是偷尝禁果的诡秘和激动。他慌忙挣脱。她噘起嘴，生气地把他一推，道：

"不要我？那等我干什么？"

"谁等你……"他正要说，见她扫兴地把他松开了。这是解脱，但她的背也就离开了门，门就开了。他慌忙去把门掩紧，反扣上。再回头寻她，她已经仰天躺在他的床上。她是扫兴，但那形态在他眼里，就是随便，简直是淫荡。他喝令她起来。她不起来，她说她不舒服。

"哪里不舒服？"他急切问。

"肚子。"她说。

他叫起来："你怎么不早说！"网络上说，这就是来例假的征兆。如果怀孕了，不可能这么早就有反应。"我说会推迟呢，你也太不正常了！"他叫。

她却咯咯笑起来，像母鸡抱蛋，笑得他脊背发凉。他不要她叫他“老师”，不是他学生的她，实在不听话。他问她笑什么？她不说。但他已经判断得出是什么了。她笑得脸发红，像红柚的皮，厚厚的，简直恬不知耻，嫌恶感袭上他的心头。

“这种事开什么玩笑！”他斥骂。

她连忙把笑收起。

“要是我也开玩笑，看你怎么收拾！”他又说。

她好像听出了些意思，至少老师的脸已经冷了下来了。她还是把他当老师的。她坐起来，变成了在班级时的模样，是在班级时还没有的老老实实。她从来没有过这种神态。他觉得自己可以掌控局势了。“我有话要问你！”他严肃说。

他问她是否有例假要来时的感觉？他希望她说有，但她说没有。她说完全没有感觉，要在之前，一般肚子会难受。他得到的答复简直是在跟他的期待唱对台戏，几乎全是反的。他喝道：

“不许开玩笑！”

“没开玩笑……”

“那么……说真话！”

“我说的是真的呀！”她显出冤枉的神情。这让他绝望，但他仍然说：

“你没说真话！”他倒好像在逼她说假话，只有假话才是他要的回答。“你说，你说！”他逼她。

“你要我说什么呀！”她叫起来。

“说什么？”他像一头野兽咆哮起来，“到你顶着肚子满学校满大街展览，就知道说什么了！”

她涨红的脸顿时煞白。忽然，她跳起来，跑出门去了。

连续两天他上课，她都是伏在桌子上，脸埋在手臂弯里。他想到自己不但使她怀了身孕，而且还出口伤害她，心中又有了罪恶感。他几次想用提问的方法打破僵局，但马上意识到这是馊主意，这等于是去刺激癌细胞。

两天后，她突然不来校了。给她发短信也不回，打她电话也不接。

他只能向她的班主任打听。她的班主任说，她生了病。她立刻把这病跟她怀着的那个可怕的东西联系起来。这念头抹不掉，挥不去，死死缠着他。以往每天能见到她，他觉得自己还有挽救的能力，现在是鞭长莫及了。

一个晚上，他梦见她肚子猛然增大，好像胀大了的气球。这气球没被吹大时，好好的，什么事也没有，一旦被吹大了，就没办法让它变小了。不，气球还可以放气，但人的肚子不是气球，要放就放。如果她真的怀上了，怎么打掉？

自己当时怎么那么冲动？一点也没有想到后果？只想着要突破出去，一泻千里。热烈，不管不顾。精液淌在腿上，仍然是暖的。但现在回想起来，很快就凉了。现在他感觉到自己下面还挂着凉凉的汁液。他摸了摸，虽然什么也没有，但他感觉到有，那种极不清爽的感觉，像鼻涕一样。他甚至奇怪，那种事有什么好干的？

要把这后果摘除！至于会不会给她身体留下后遗症？往后她如何面对她的大夫？如何再生育？他顾不着了。

重要的是她要同意。可是自己却把她气跑了，她还生病了。他生病了他倒没什么愧疚，他本来就跟她没有爱，没有感情。他对谁有感情？他对什么有感情？他真的爱美国吗？自从这个事件后，他发现谈爱是很虚妄的。他什么都不爱，他只是要实际解决。

他不知道她家住址，即使硬着头皮问到了，他敢去她家吗？敢去面对她的父母吗？他连她的舅父都不敢面对。想到她这个舅父，他更是头疼，他要是知道了，那就纸别想包住火了。他去找她的班主任，说有学习上的事，让她回他个电话。

她几乎每晚以泪洗面。她知道担心了，其实之前她也担心，只是一见到他，就觉得搂住了大柱子，多大风雨她都不怕了。她一直对自己的出身感到自卑，她父母都是农民，但她骨子里又不安分，所以他动了她，她就觉得是被他看中了。第一次，她从他宿舍出来，竟产生了一种强烈的特殊感。第二天坐在教室里，她觉得自己是一颗光彩照人的红苹果，接着几次之后，她觉得自己成熟到已将一树的未熟的苹果比下去了。只要他爱她，她就什么都不在乎。她也不是不知道有怀孕的危险，只是不在乎。想想，自己已经要升高三了，再过一年就高中毕业。如果怀孕了，那么她就不读大学，跟老师结婚，给老师做饭，她会做很多好吃的菜，不会的她也可以学。只是她没料到真的怀孕了，这么快就怀孕了，原来只是设想的东西，现在一下子摆在面前了。

要说生病，她也确实是生病。那天被他斥责后，她当晚就发烧了，后来烧退了些，但一直低烧着，只能在家待着。她不敢去学校，也没地方去。但她讨厌这个家，和他好以后，她觉得自己有机会飞出这个家了。她越加讨厌自己形象猥琐的父亲，和烦人唠叨的母亲，但她只能待在家里。都是因为他不接纳她。她怨恨他，不接他的电话，不回他的短信。但她又无时无刻不在想念他，此刻他在干什么？他是否在想我？他会想我吗？他不是担心我肚子吗？她确实也不知道自己是否真的怀孕了，她一个学生，怎么知道？他不再给她短信了，她又觉得被他抛弃了，自己怀孕了，但他不管了，留她一个人，自己解决。她怎么解决呀？只能去死！她更加恨他。

这天傍晚，她躺着，突然手机响了。她猛然欠身，从床上滚了下去。虽然是班主任的号码，但她仍然赶快接了，至少班主任那里有学校的气味。

他的召见，好像给了她一个死刑赦免令，她竟然在还没有放下电话就哭了起来。但班主任说，他只是让她回打个电话，并不是让她去他那里。她才不管呢，她爬起来，就往外面跑，母亲叫她都没听见，她要去见他。

她出现在他宿舍门口，他很惊慌。他不想让她进来，即使是会被人撞见，也不让她进来。他甚至可以向发现者推说，是她缠着他。为了逃脱她，他可以不择手段。

但他很快改主意了，还是得让她进来，然后才可能知道她到底怀孕了没有。他把她拽进门，关上。她一下子扑到他怀里。他本能地缩了一下，但马上意识到不能推开她。他必须温柔，这样才能让她听话。

他刚从网上看到，可以通过早孕测试板来检测是否怀孕。现在科技真是太发达了，对他来说，主要是方便，不用去医院丢人，可以直接逮着她就测。只是她来得突然，他没来得及买测试板。无妨，可以马上买，学校门口就有药店。但被人认出是学校的老师怎么办？得去远一点地方买。仍然无妨。他装作关心她，心疼她，让她在床上躺一会儿，说自己出去有事。他迫不及待，竟然直接在学校门口药店买了，好在没有人问他是否是学校的老师，他也管不着了，这是救火，救火最要紧。他几乎是跑着回宿舍的，她已经睡着了。她竟然这么安心。

他把她推醒。她才知道原来他是出去买测试板的，说他骗她。这说明她还痴心着他，他很不情愿。她的爱就是黏住他的胶液，不，是鼻涕，冰凉的，他又感觉到自己下面淌着凉凉的精液，巴不得擦掉，洗个清爽。但现在不能。他必须稳住她，他告诉她，只是为了安心。

她竟然撒娇说，不用安心。他知道她的意思，什么乱七八糟的想法，女孩就是头脑不清楚！他于是又想到一个理由，为了优生。

他这么说时，身体整个动了一下，觉得她真的会给他生一个。

她同意了。他把早孕测试板交给她，教她检测的办法，然后自己到一边去，让她自己去弄。他不想看到她的身体，只想看到结果。

结果出来了，果然阳性。他顿时觉得被判了死刑了。他只想抽身逃跑。让她检测时，他觉得自己一只脚已经跨在门外，只等另一只脚再抽出来。那个门不仅是这个宿舍之门，是学校之门，也是国门。他现在觉得自己是已经申请到全额奖学金了，只是自己那只跨出去的脚，被她任性地牵了回来。

他不甘，但就好像每次申请留学，失败了，从不信，到恼怒，到不甘，到只得甘心，到死心塌地。蓦地，他心底闪过一丝希望。他扑到电脑前紧张搜索，他搜索通过试纸检测怀孕的准确性。说法各种各样，他需要的是说不准的搜索结果。果然，有人说不准了。

何况，以他具有科学思维的脑袋分析，完全准确是不可能的。

必须到医院检查。但是他明显不可能带她去医院。让她自己去，她不肯，说害怕。“怕什么嘛！”他不耐烦叫道。就差说出后一句：你以为你还是小姑娘，处女？他这时候真希望她是一个大妈，甚至一个破货，可以自己去医院把胎儿打掉，并且毫不在乎，就像摘掉一顶帽子。

糟糕的是她不仅不是随便的女孩，而且还不听话。他试探她要打掉,她竟然不肯。难道她要把孩子生下来？他不敢问她的打算，他害怕这一问，反让她的心思成形了。像她这样的女孩，应该还不至于想这么多。接着几天里，他又用各种办法试探她，都被她挡回来了。再说下去，怕把事情搞僵。只能他自己想办法。

他想到了一个朋友，老油。他平时不爱交际，只有这么一个还算是朋友。老油是他中学同学，没考上大学，现在开一个卖服装的小店。老油生性油条，所以被叫作老油。但他也有上心的，他有个爱好，喜欢探访历史遗迹。偶然得知他住的地方就是赫赫有名的船政旧建筑，就跑来找他。他习惯侃侃而谈，他当然不会把他的高论听进耳里，他也对文史没兴趣。但老油还会谈社会面的事，从做生意的以假充真，到吃喝嫖赌，什么都谈，然后就大骂社会，这他感同身受，所以也有点来往。再加上老油很坦白，什么都说，别人的事说，自己干的也说，糗事也说，他讪讪笑着。他就是这样知道，老油曾经把他玩出事的女人带到省妇幼保健院打胎的，那里有一个狐朋狗友。

当然他不可能把自己搞女生的事说出，他编好了一套话。他把她说成是一个朋友的女友，不说还是在读学生，好在她长得人高马大。

他谨慎地审查了谎言的各个细节，要找不出半点纰漏。他反复琢磨着这个编造的故事，快到老油的店时，他居然也觉得确实在为别人两肋插刀了。他甚至感觉到悲壮。

忽然，后面传来急促的脚步声，几个人影从他身边跑过去。他们叫唤着："快，快！"顺着那些人跑去的方向望去，码头处已经聚集了一片人。又有一群人快步向那里奔着，他们叽叽喳喳议论着，他听不清楚他们说些什么，只隐约听到一个词："海市蜃楼"。一个人将"蜃"读成"唇"音了，另一个大声纠正他。他知道海市蜃楼这种现象，但实景没有见过，难道现实中真的出现了？他不觉跟了上去。他去做一件多么重要的事，最重要的事，但他不知道为什么，心思竟然被这牵引走了。

走了几百米，就望见远处海面上空隐隐约约飘浮着什么。再往前走，看那浮动物虽然仍像是透过水帘，但轮廓清晰起来了。这俨然是一块陆地，好像从来就在大海的那一面，跟这边的陆地相对。它游动不定，摇摇晃晃，像被风吹动的电影幕布上的影像。他听到围观的人在对证，那是岸上的哪座楼房，哪一抱树丛，哪一个吊车臂，那里是港口，那是旧街，那是新开的路了……虽然他对这种现象了如指掌，科学上完全可以解释，但他还是被惊住了。他凝视着那块新大陆，那当然不是美国，不是加拿大，不是澳洲，它不是地球上的哪个国家，它是全新的没有被人类占有的地方。一旦到那里，谁都找不到他了。他的整个心思被它占据，他眼前景象也越加稳定。恍然间，他看见自己站在新大陆的那一块空地上，那边的他在凝视这边的他。他的头脑也分裂成了两半，他不知道哪一半是真的，在想着实实在在的事：逃亡。

15 分钟后，这陆地如烟消散。它的消失在人群中激起了更大的唏嘘，许多人从幻觉中走出来，有人打比喻说，好像一早醒来，发现自家门前的石板路突然变成汪洋水道；有人说起海面下沉，无处可逃；有人说起股市猛跌，一夜跌回解放前；有人说起了人心，崩溃了再难找回……他好容易才将自己散落的魂魄收拢，一股失去天堂的感觉油然而生。

他必须下地狱！

老油的服装店离码头不远，他正用叉竿从墙上取下一条桃红色筒裙。见他走进店来，扭头打个招呼。老油在接待一个顾客，继续跟顾客说话。客人是一个年龄不轻的女人，接了老油递给的筒裙，进了更衣室。老油这才跟他说话：

“去看海市蜃楼了？”

“你怎么知道？”

“那客人就是看了来的。你怎么走得这么慢？”

真的，他走得很慢。

“也难怪，好景象总是让人留恋，恋恋不舍。”老油说，“咱命苦，有店，饱不了眼福了。不过话说回来，那海市蜃楼也没什么好看的。说是像这城市，连道路楼房都一模一样，但这城市不是天天在看着？讨厌都讨厌死了！也许是幻象的魅力吧！也许魅力就在于它消失了，昙花一现。失去总比拥有令人怀念。喂，小妹，好了没有？外面有全身镜。”老油朝更衣室叫，回眼低声说：“其实应该叫‘大姐’。”

他笑了。

更衣室的门吱呀打开了，那女顾客换上那套红色筒裙出来。老油夸张拍手道：“我说得没错，就是没错！像小妹这么年轻，就要配这款式，红花绿叶相辉映嘛！”“咯，这是我朋友，”老油指他，“当老师的，大学高才生，要出国留学了，让他给你说说。”

“我年轻？你知道我今年多大呀？”女客在镜子里笑着，用撒娇口气说。他看出，这女人在欣赏镜子里撒娇的自己。

老油流里流气应：“小妹你考我？”

“还小妹？”对方道。

“不是小妹，但你也就三十吧！”

女客连忙不笑了，把脸皮拉平整，在镜子里端详着，但眼睛还是笑着。他看镜子里的她，是在竭力将自己配上老油所说的三十岁。这让他觉得好笑，也不看看自己肚腩都出来了。她明显已经生过孩子了，生过孩子的女人身体就好像母猪的躯体，令人厌恶。怀孕的身体都让他受不了，他想起了她的身体。自从疑心她怀孕后，他再没有去看过她的身体。

那女客好像终究无法说服自己，神情有点沮丧。一股悲凉袭上心头。失去的好天堂哪！他想。他又想起了海市蜃楼。

“三十个头！”那女人嗔道。

“最多就三十一。三十二？三十三？”老油道，油腔滑调。这么一岁一岁地猜，有意思吗？但对方却高兴了，是啊，对步步接近地狱的人来说，过一天也许就是等于一年，他会千方百计拉住时间的一分一秒，坠向衰老的女人，再无可阻止，也要让青春的尾巴从自己手上竭力慢地一截一截地滑脱。女客笑盈盈地不置可否，倒好像她真的被老油猜中了似的。老油就趁热打铁：

“你想装大？”

“谁装大！”女客说，转了一个身，“我是来买东西的，谁来跟你装大了？开个价吧！”

老油不慌不忙，点了一支烟。“我看小妹你穿这么合身，也不叫原价一千块了，八百块卖给你，也算咱义务成全一个模特。”

“你想哄我吗？”那女客道，“穿得合身，不等于多少价都要买哟。”

老油笑，有点自言自语道：“有身材资本，就是这么拽，任性。”他说，“好吧，就七百块，我凭成本价卖给你，看你实在穿了太好看了，折本赔小妹您了！不过你可不能跟别人说这个价，那样我店要倒了！”

女客道：“五百块，半半价！”

“六百块，行不？我等于没赚了。”

“没赚你开什么店？还不关了去玩？”

“所以要六百元，”老油央求道，“小妹您好歹让我挣一点嘛！”

“说得这么可怜！”女客道。

“说实在话，我卖了这么多，还没碰见过穿了这么漂亮的。不瞒您说，刚才差点害我犯错误了！”

女客啐了老油一口，答应了。多少有点卖弄风骚地抓钱，丢给老油。老油建议她就不要脱下了，他给剪掉价格牌。老油趴在女客肩膀上剪时，朝他使贼眼，但那女客似乎很享受。

末了，老油拿出一个十分考究的包装袋给她装旧裙。“这是原装袋。”老油强调。他想，天知道是什么袋，原装？到处是“山寨”。他又恶毒地想：处女都“山寨”！

女客飘飘然走了。老油点着钱，衔在嘴里的烟一抖一抖地问他：“知道多少钱吗？”

“不是五百元吗？”

“我是说我多少批发来的。”

他摇头。老油张开一个巴掌：“五十元！”

“够黑的！”他说，“哄骗得人家昏头昏脑，年龄都忘了！”

老油正色说：“搞女人，就这么搞定！但我也没有骗她。她哪里是忘了年龄？是装作忘了年龄。那么我怎么是骗她呢？我是在安慰她，或者说，我是在说我眼中的她。你怎么知道我眼中的她是什么样的？也许她因为我的夸奖，就有了自信，真的青春焕发起来了。相随心变是不是？什么是真？什么是假？人生是需要幻象的，清醒有什么好处？我看过一本关于戒毒的书，那里说，人脑本来就含有吗啡，叫作什么‘体内阿片样’，它麻痹着人的真实感觉，才让我们能够人模狗样地活下去。什么是经得起认真的？没有。就是我将来娶的老婆是‘二锅头’，我也决不刨根问底，自找不自在。现在哪里有处女？就是中学也没有了，都被老师给破处了。”

他一吓，疑心老油已经风闻了他的事。他顿时感到自己走进了一个不该来的危险地，他想逃。但逃肯定不合适，于是他就找个动作做。他把眼镜摘下来，抽出衣袋里的拭布揉擦，又将眼镜举起来照照店门外的天光，又继续揉拭。他动作机械得像木偶。他一直背着老油，没有勇气让自己回过身去。忽听老油在身后叫：

“喂，就是要擦亮眼镜，也没必要这么拼劲揉呀，小心将玻璃揉穿了！”

他嘻嘻笑了一下。这一笑舒缓了他的心情，他有勇气回过头对着老油了。

“你太单纯了！”老油说。

“我单纯？我他妈的单纯？”他大声说，高兴起来，他现在愿意人家把他看成单纯的人，哪怕傻子。之前老油这么说他，他一定要去论证老油单纯。但他现在反击的是：“谁像你是教徒？”

老油是基督教徒，这是他祖宗留给他的产物，用他自己的话说，是“历史遗留问题”。因为整个家庭都信教，老油出生没多久就洗礼了，他说是“被信教”。老油很聪明，从坏处说是奸诈，他经常开玩笑说老油是“犹大”，是奸商。他现在去提老油教徒身份，老油条件反射地想到他肯定接着说他是奸商，自己刚在他面前诈了顾客，于是顺着他意思说：

“你是教徒！”

“我怎么是教徒？”

“你有理想，你是理想主义者，我卑鄙。”

“我理想个屁！”他几乎是咆哮道，好像急切要把理想主义这个光闪闪的帽子甩掉，放在地上踩。只有自戮，他才配得上现在的身份。在这个人人比堕落的社会，只有自堕，干脆堕入地狱，才好行罪恶之事，他才能理直气壮、不知羞耻地开口让老油帮忙。

老油很吃惊，问他怎么了？他才觉得自己失态了，于是笑了起来。他使劲笑着，先是掩饰，但掩饰不足以让他勇敢，于是他笑成一副无赖模样。这笑容掩盖了他的内心，那个殊死搏斗的战场。他几次努力让自己脑门关闭，产生漆黑感觉，好在盲目中索性一个莽撞，把要说的话撞出去。但没有成功。“你才理想……”他听自己说，但关键的词就是无论如何喷不出来。他累了，精疲力尽。“你理想……”这时，他竟听自己脱口说出一句话：“上帝没告诉你反对打胎？”

这话简直没有前后逻辑。好在老油仍然只是把他的话当作攻击，攻击重要的就是击中要害，东一枪西一枪很正常。老油笑了：“中国的上帝忘了告诉我了！”他嘻嘻笑道。

“对了，你那狐朋狗友还在那个医院？”他做出忽然想起来，问。

“你也有事？”

“我会有什么事！”他叫起来。但他告诉自己，必须抓住话题说下去，不说下去，再找由头就麻烦了。“是这样的，我有个朋友，不是我，是我的一个朋友，”他没顾着老油的反应，说下去，“他估计出了事了。我们是好朋友，无话不说的好朋友，也是狐朋狗友。

穿一条裤子。我们一起干了很多坏事，男人跟男人嘛！你不是有句话，男人和男人没有一同干过坏事，成不了好朋友，基友。”“基友”明显不是他的词。“我们就是这样的好基友……”

“我可没跟你一起干过坏事。”老油仍然油条。这倒让他放心。“那你就不帮我了？”他脱口而出。

“是你？”

“不是！”他连忙改口，“也可以这么说，帮我基友，就等于帮我。你帮不帮吧？”

“说吧，什么坏事？”老油仍打趣。

“他只敢告诉我一个人，”他说，“但我有什么本事？我这种人，只会读书，好事干不成，坏事也干不成。所以只能来求你了。”

“敢情我是坏事干得成的？”老油说。

“我也想干坏事的嘛！”他说，“只是干不了，窝囊废！这个时代最糟糕的就是干不成坏事了，你看成功人士，哪个不是干坏事起家的？哪个不还在干着坏事？不干坏事能成功吗？”

老油惊讶：“没看出你还这么伶牙俐齿。”

他也奇怪自己怎么变得这么会说。尽管所说的都是他平时所想的，但他平时基本只放在心里想。他告诫自己要收敛。“都是被你逼成的。”他说。

“怎么是我逼的呢？”老油说。

得尽快回到正题上来，他想。“好好，不跟你辩，为了我那朋友，就算我说错了。你听我说下去。他一求我，我就想到了你，我想起你曾经说过有个朋友，当初完全是你讲着有趣，我听着玩的，没料到真有麻烦你的时候了。你也知道的，这种事，谁又愿意沾手？沾得一身腥。但人家也是，不到迫不得已，谁愿意跟人说？人家说了，你怎么好推掉？我是被逼得实在没有办法了！”

“对对对，你是读书人，你清高，前途无量，未来诺贝尔奖得主。哪像我？至多挣几个钱！”老油拍着手里的钱。

“诺贝尔奖个屁！”他又咆哮起来。老油诧异。之前他不接受把“理想主义”安在他头上，可以理解，这世道谁还要什么理想主义？早已经成了挖苦，老油只是诧异他反应激烈。这下是说他清高，得诺贝尔奖，他不是一直以清高自许吗？他不想得那个奖？他怎么也勃然大怒？

他也觉得自己失态，道："诺贝尔奖会在中国产生？”当时中国没有一个获得这奖。“出国，哪个国家要我？一辈子闷在这腌菜缸里了！”

这也并非掩饰，他内心确实在悲鸣。老油安慰道："瞧你瞧你，不就是随口一说吗？可惜我不是‘老外’，如果是，我就选你！‘老外’也真是，眼睛被牛屎抹了！好吧，说正事，没来多少日子了？”

“什么？”他一时没有反应过来。

“那个！”

他明白过来了。“我怎么知道？”他故意说，“那要问他，不，问她，女字旁的她。”

老油笑了。“就是叫你问他再问她，从单人旁‘他’问到女字旁的‘她’。瞧我，像不像语文老师？”

“像生理老师。”他也开了个玩笑。

“你这书呆子！”老油说。

他灿烂地笑了，这下他欣然接受。他庆幸自己在老同学眼中向来是书呆子。尽管他曾因为自己在社会上吃不消沮丧过，但这一次，他真愿意当书呆子、傻子！

按约定，大家一起在省妇幼保健院门口碰面。他跟她说是去医院准确检验一下，她同意。老油见只有他带着她，就问那个朋友怎么没来？他怕她开口，赶紧把老油拉到一边，说那男的难为情，临时不来了，任务全摊在他手上了。

老油挥挥手，二话不说，就带他们走。老油走在医院门诊楼，就像流水中的破布一样，动不动就挂住了。老油好像谁都认识，这让他忌讳。那些跟他说话的人，都回头顺便看看他，特别是他边上还有她。他想出一个办法，让老油先走，他退后几步跟着，然后让她跟在他后面。她也害臊，本来就爱躲在他身后。突然老油停住了，他赶忙刹脚，一抬头，头顶上有块白底红字的牌子，写着“检验科”。

他向里面探了探头，里头有不少人。他正要对老油说“我不进去了”，老油已经丢下他们，自己进去，跟里面穿白大褂的人嚷嚷起来。他赶忙退到走廊来。

一会儿老油出来，手里捏着一个小小的塑料容器。老油直接把容器递给她，好像她是他的女友一样，叫她去女厕取尿。她去了后，老油把烟头呸在地上，道：

“干这种棺材事，连女人的尿盆都沾手了，亏了运，生意蚀了，你给赔！”

他慌张撇清："你向我索赔，我向谁索赔？哦，向他……"

老油道："我不管。"

他道："那种鸟人会给？"

老油道："鸟人？说得对，用鸟快活的人。他懂得快活，快活是有代价的！"

代价！他的心被捶了一下。

两个人正说着，她已经平端着那塑料容器回来了。她交给他，他只得接了，那满满一容器的浓黄色液体，让他心里猛然像是被爪子抓了一样。他转交给老油，老油说："这么满！"捏着它，小心翼翼进了检验科。老油在里头待的时间越长，他的心越慌。他不禁又去偷偷瞟她，跟她火辣辣的目光撞在一块。他赶忙避开那目光。快活是要有代价的！他想起老油刚才的话。我快活过吗？又有了裤裆里淌着冰凉鼻涕的感觉。

化验结果终于出来了。老油没有直说，但他怜悯的目光已经足以说明了。他没有勇气去拿化验单，心脏都停止了。老油把化验单递给他，他没接，倒是她伸出了手。他猛地感觉危险，按说她去接，才是正常的，他是扮演牵线人角色嘛！但如果被她知道结果，就没有回旋余地了。难道还有回旋余地吗？他猛地激灵，马上打掉，趁她不知道结果时，骗她去做进一步检查，打掉！一不做二不休。只是这必须老油答应。他抢过化验单，没有看，把老油拉一边，然后他再离老油远一点，装作给那个朋友打电话，报告情况。然后回来，大骂。"好人不能做！得寸进尺了！"他说那个朋友求他直接打掉，"现在人怎么都这样！你看现在，老人摔倒了都不能去扶，怕被讹。

我这是被讹了！”

既然是被讹，那他就没退路了，那老油一定得帮忙。老油竟然也答应了。“谁叫我一生出来就‘被信教’了呢？只能救苦救难。”他说。

他这时候真把老油当上帝。

但他没有料到，当老油把她带到人流室，她看到了牌子。也是他太自以为是了，那么大的牌子。而且她应该也懂这种手术，就是不懂，他会查网络，她就不会去查？老油已经把关系都打通了，急着说服她，她竟然顶老油。老油很冤枉，自己为你做事，这是何苦来？他本来潜意识里就瞧不起这种女人，就也跟她吵了起来。

她扑向他，他很慌张，首先慌张的是她这种动作，岂非把他们关系暴露给老油了？接着感觉绝望。他想得太如意了，就像他出国的事。黑暗。既然这样，也别隐瞒老油了，免得这样两面撒谎，两面受敌，他索性倒向老油那边。但理性告诉他不能这么做。他凶狠地瞪了她一眼，先把她镇住，又把老油拉到墙边，小声说：“我朋友还没有做通她思想工作。”

“做得通做不通，难道这女的要大着肚子拜天地？”老油说。

“谁说要结婚……”他说。

“就是不结婚，大着肚子满街走？现在女孩可真开放！”

“我们都老了！”他掩饰道。

“老了老了！人老，跟得上人民币变小的速度了。没办法，好吧！”老油把食指关节骨重重击在他胸脯上。“你那朋友要是不想丢人现眼，要尽快！这种事等等等等就搞不下来了。他懂得急吧？”

“当然懂得急，就是很急！”他说。

只能先回去。出来时，她又跟老油干上了，只因老油用怪讶的眼神瞥她。“看什么看！”她说。

老油没想到她会这么问，油油道：“看看又不会打下来。”

她委屈地喊他：“你看他！”

他很惊慌，她竟然当着老油的面，跟他这么亲热。女孩子一旦把身体给你，就什么也不顾了，完全变成了一个烂货。他想老油一定是看出来了。老油当然看出来了，其实在人流室门口就看出了一二。原来这书呆子也不老实！唉，这世界哪有老实人哪！但现在老油更多的是担心他了，他会被这女的给坑了。他还在打圆场，对她说：“老油他这人就爱开玩笑。”

“我没开玩笑！”老油正色道，“这事要紧，小姐你知道不？别后悔了！”

老油说她，但眼睛却看着他。

“我不会。”她竟答。

“不怕？当然了，这种事，女的是在之前害怕，之后不害怕；男的是之后害怕，之前不害怕。”

她扭头向他求证，他惊慌得真想钻到地底下去。他一边向她使眼色，一边又向老油使眼色，哀求他们消停。她却又说：“要是我朋友这样，我就跳海去了！”

她竟然这么说，他更加害怕了。这就是搞女人的代价，女人要豁出命去，十头马都拉不回来。这老油也真是，这么碎碎语。他才恍然记起老油虽然热心帮人，但也是个多嘴的人，而且多嘴得一套一套的。

老油仍道 :“跳海？敢打赌吗？”

“怎么不敢？”她应。

“你们瞎扯些什么呀！”他赶忙制止，“都是没法兑现的话，空话，屁话！”他对老油，“你到那边坐车吧，我带她去。”

“我敢打赌我跟小姐还会见面的！你还会活下去的，你不会去跳海。”老油仍不甘心地冲她说了一句。她还要应，他不顾自己的动作暴露，拽起她就走开。

“你怎么不帮我说话？”她怪他。

“怎么帮？过去抓他的脸？”他只能开玩笑。

“你这个朋友也太气人了！”她说。

“人家毕竟是帮我们的嘛！”

“谁要他帮？帮我去做那个？”她说，“是你的意思？”

她直接说“你”。他连忙否认，说是老油自作主张。这明显不能自圆其说，他自己都觉得太牵强。索性就此解决算了。他说:“不过人家说得也有道理……”

“什么道理？”

“这不是明摆着吗？难道要大着肚子满街走？让人指指点点？”

“我不怕！让人家舌头没骨去！”

“你敢，我不敢！”他道，“我还丢不起这个脸！”

“那我把肚子束紧点，就瞧不出来了！”

都想哪里去了！“然后呢？”

“我快毕业了！”

确实可以拖到她毕业。“那然后呢？你就读到高中？”

“高中又怎样？现在读书又没用！”

“那你吃什么？”

“反正有你！我们结婚！”

他脚心都沁出汗来了。在他，读书是绝对不能不读的，他崇尚知识。但现在，眼看着就要跟这样一个只有高中文化程度的人绑在一块，一生一世。简直荒唐。他直想给她一记耳光，直接把他的想法说了，让她清醒清醒自己是什么东西。但他仍然不敢。他只能讲道理：“你们这些女孩子呀，把世上的事想得太简单了！结婚是那么简单的吗？说结婚就结婚？结婚是人生的最大关卡！还有《婚姻法》，你知道《婚姻法》吗？光是法律条款，就一条又一条，这一切你都一窍不通！还有各方面关系，结婚是两个人的事吗？结婚是那么简单的吗？结婚是……”

他说得语无伦次。他只感觉悲哀，焦躁，绝望。他突然一个哀号，一个拳头捶在自己大腿上，一屁股蹲下来。他两眼泪汪汪地模糊起来了，他真的哭了。她被他的举动镇住了。好一会儿，她才也蹲下身去，愁苦地望着他的脸。见他哭了，她从衣袋里摸出纸巾，为他擦。他抗拒着不让，他抗拒她的一切。但她仍然要为他擦。她把纸巾抹到他的眼睛，这一抹，好像一下子剐破了他的泪袋，他的泪水汹涌而出。他甚至哭出声音来了。这可是在大街上。她慌了，说：“别这样，别……”她用身子罩住他。被她这么一罩，他哭得更凶了。他的不幸都是这个女孩造成的！但她不知道他是这么想的，她以为他是因为结婚太麻烦。女人这时候的智商往往很低下。她说："总会有办法的……"

"有什么办法！"他叫，他把她一推，她坐到地上去。她霍地站起来，道：

"最坏，最坏……最坏我们一起跳海！"

她说的是真的。跟他在一起，她什么都可以干。但他才不会把自己的命运跟她绑在一起，他有他的活路，他的计划。"说什么呢！"他啐。

"真的！"她说。

"我才不去！"

"我去！"她仍然说，"我爱你，我什么都可以干！"

他一惊，也霍地站起。他浑身起鸡皮疙瘩。他就怕她说爱，他也怕她为他做出牺牲。她就像一坨屎，她愿意为他牺牲，毋宁说是把那屎粘在他身上。"你有点脑子好不好！理性点好不好！好好解决问题好不好？"他叫，"现在要做的就是不管怎样把那个去掉，以后日子还长得很。"他引诱她，她想着跟他结婚，那就先让她做着这个梦。"以后，什么不会有？是吗？我们先打掉……"他把手抚上了她的肩膀，他已经很久没有触摸她的身体了，那身体令他肉麻，但为了哄骗她，他忍受着。

"不要！"但她竟然道，"有了，为什么还要以后？"

他的手像被她扣住，他赶紧缩回来。

都说到自杀了，她变得义无反顾了。她觉得自己跟他的命运完全绑在一块了，更肆无忌惮了。上他的课，她变得很特殊，让其他同学惊异。做练习，她不会做，不举手就离开座位，去讲台找他。他曾暗暗制止她，不料他的制止竟招来她的撒娇。他只能时刻警惕着她会干出什么来，一发现她站起来，就离开讲台，转到别的同学那里去，俯下身指指点点，装作没看见。但她竟然到那同学那里，抢先问问题。

她公然违反课堂纪律，很快被班干部告到她的班主任严莉那里。严莉是教语文的，当年就是从这学校考上了大学的。当初她当学生时，校长就是现在的校长。当年她表现好，校长对她记忆犹新，现在她是重点培养对象。

在校长心目中，年轻教师中就两个值得培养，一个是严莉，一个就是他。但校长误读了他，而严莉还真是爱校，还有爱国，乃至爱任何的“正能量”。她工作大胆，行事麻利，对同事也不留情面，招来不少人忌恨。学生也不喜欢她，因她脸上有不少小麻坑，据老教师回忆，她中学时代长很多青春痘，估计是因此留下的，学生就给她取绰号,叫她“麻莉”。听得懂的是“麻莉”,听不懂的是“麻利”。

对“麻莉”，他更是敬而远之。不料学校安排他教她的班数学，她教他的班语文。

最初他也并没有对这种安排有太多的想法，反正公事公办。后来“麻莉”总是有事没事来找他，他班上哪个学生上课玩文具，也会被她缴上来，交给他。哪个学生语文作业欠交了，也要告到他这里来。“你自己的课程，学生不交作业，怎么来找我？”他不快，但看她平时工作认真，他就将这一切理解为她过于严格。为了不冒犯这个动不动就脸上麻点涨红的女人，他每次都承接下来，过后将学生教训几句，就放了。

她很快觉察出他的敷衍，她于是改而采取跟他共同教育学生的方法。抓到学生交给他，她不走，陪着他教育学生。要是有作业欠交的，课后留下来，她就罚学生抄课文，数学没什么可抄的，就抄语文课文。她要和他一起看守留下来的学生，看守时，她的话特别多，向他大诉其苦，某某某在工作上刁难她，某某某受了挑拨，某某某造她的谣，她某月某日如何成功地识破了学生的阴谋诡计，现在的学生思想太复杂了，拉拉杂杂，讨厌极了。

他听得不耐烦了，支她先去食堂吃饭，她吃后还自作主张为他打了饭，端到教室里来。他非常厌恶，就挑剔不吃这个，不吃那个。她竟然问他喜欢吃什么，下一次她可以买他喜欢的。他被她缠得不耐烦了，索性道：

"食堂的东西，有什么好吃的！"

"那我去外面打。"她竟然说。

"我全不吃！"他道。

她的行为，一些同事看在眼里，都说她看上了他。大家议论说：这时候她才成了女人！那时候他已经有女人了，就是那个女生，他不喜欢人们这种议论，几次跟议论的人吵了起来。不过再想想，自己竟然把她的学生搞了，她还不知道，还跟他探讨如何教育学生，还觉得跟他心心相印，也觉得是对她恶毒的嘲弄了。这么想着，也有了一种快意，有了补偿。他和那女生在一起时，就跟她一起来嘲弄她的班主任。

她也感觉到他在躲她，他是一个攻不进敲不响的橡皮人。有时恨起来，她想索性绝了这份心，跟他闹翻，把他搞臭，让他在校长那里坏了印象。可是当校长向她问起他，她又会说他的好话。让他更讨厌的是校长的介入。有一天，校长找他谈话，大谈“麻莉”多么多么好，以恩师及见证人的身份，谈了许多她在中学时代的出色表现。他开始怀疑学校安排他与她配班，是别有用意了。他回到自己的宿舍,对墙壁大发了一通脾气。学校有那么多未婚青年教师，为什么偏偏缠上他？而且还以校长的权威压他。从此他更把严莉视为洪水猛兽。惹不起还躲得起，他在班上郑重宣布：谁要在语文课上违反纪律，加倍惩处。

果然奏效，“麻莉”找他的机会大为减少。但她并不甘心，又改向他取经，班级工作怎样才能做得好？他又不敢说落后的话，只能说我没有可取的经验。她说，怎么这么谦虚？我知道你的经验！过后他才知道，她也在她的班级宣布：谁要在数学课上出事，加倍惩罚，惩罚三倍！

他是要逃避她的纠缠，才定了这个纪律，她却是真的为了维护他。

果然有人在数学课上违反纪律了,就是那个女生。有学生向“麻莉”报告，“麻莉”立刻像打了鸡血，斗志昂扬起来。“麻莉”向来对学生有一种出自本能的敌意，尤其对这个女生很忌讳。他当初给那学生补课，她就不高兴。几天前他向她要那女生的电话，她也猜疑过，现在不幸应验了。他们间一定有特殊关系！怪不得他不理睬她，怪不得她在班上这么放肆。

他正在她班上上课，她等候在自己班级门口。下课铃声响了，他让学生从最后一排开始传练习簿，拖了一些时间。这当儿，她已经走进教室了。她一出现，本来传练习簿时显得有些吵的教室霎时肃静下来。他对这种没下课就擅自走进课堂的班主任很反感，只是对方是“麻莉”，他没办法。“麻莉”用带翘舌的普通话问他：

“据反映，最近有一个同学上数学课时不遵守纪律，自由散漫到了极点？”

他猜到指的是谁，有些惊慌。“大家快一点，快点传上来，班主任还有事情……”他催促学生。

“我的事情就是这个事情！”她说，对他，“请告诉我有没有这回事？”

他支支吾吾：“还好……还好……”

这分明是包庇。她怒火噌地上来了。她把自己手上的教案夹在讲台上一个横扫，他的东西差点被扫下讲台。她恨不得把这个世界包括自己都一扫而光。她脸颊上的麻坑变红了，接着又变紫色，她的声调也变尖了：

“这不仅仅是数学课的问题！作为班主任，我要对全体课任老师负责！纵容一匹害群之马，全班都要深受其害！最终邻班、全年段，都要乱掉！”

她已经学透了校长那种将事件推演到极端的逻辑方法。这几乎成了本能，尽管她已经气疯，但嘴巴却依然能够做逻辑演绎。

他正被女生怀孕的事烦着，这下按捺不住了。他真想用最粗野的话骂这婊子，但最终他还是胆怯了。他只能朝学生拍拍手掌，叫：

“快点快点传上来！传迟了不要了！”

他一边赶紧收拾讲义，然后夹着作业走了。他径直回到自己宿舍。稍微平息下来，他发现不妥，自己怎么那么软弱？他怎么一点也不敢反抗？原因就在于自己有把柄让她抓着，那个女生是她班级的，她掌握着那个女生，也就掌握着他的生死。他好像一个两手攀在悬崖沿的人，眼看要落下去，他的死活完完全全取决于有没有人拿脚踩他手指。但“麻莉”当着那么多学生的面羞辱他，他竟然不反抗，学生一定看在眼里，全班那么多眼睛！现在的学生鬼得很，岂非让他们猜疑？

更严重的问题是，接着这个“麻莉”会做出什么来？他考虑再三，决定主动去找“麻莉”说明。这是第一次他主动找“麻莉”，他希望显得不那么主动，他们是偶然遇到的。作为班主任，下午的第三节自修课必须下班。他在自己班级门口走来走去，希望撞到斜对面的门出来的她。他隔着走廊的墙壁听里面动静，“麻莉”在训斥学生。他的心揪了起来，再听，“麻莉”竟然就在训斥那个女生。那每一句，都在玩火，让他胆战心惊。突然，他听见那女生的声音嘹亮地响了起来：

“我不会做！”

“麻莉”厉声喝道：“你不会做，就可以违反纪律？要是每个人都……”

“人家数学老师都没说什么……”女生道。

“你说什么？再说一遍！有胆量再说一遍！”

女生竟然真的又说一遍。“麻莉”大声叫：“数学老师没说，我就要说！你以为数学老师就容你上天了？这是我的班级！”

女生毫不示弱：“你的班级又怎么样？还不爱在你班级呢！”

“你给我滚！”“麻莉”吼叫起来，“你爱在谁的班上？爱在谁的班上？为什么爱在他的班上？啊？”

两个女的竟然这样，他恐惧极了。她，还有她，不像学生，不像老师！学生不懂事，老师也是，“麻莉”你怎么跟学生一般见识？他不顾一切撞进教室。

教室里哄地乱了。他立刻冷静下来。“严老师，出来一下，有话说……”他竭力做出严肃的样子。“麻莉”猛地转过脸来，表情从愤怒变得惊讶，继而又出现一丝羞愧，最末像被俘虏了似的顺从地向他走来。

“我们走廊上说……”他小声说。

他们在走廊上站定后，不约而同朝走廊尽头亮着天光的地方瞟了瞟。她回过眼来，发现他也在瞟，他好像被逮住了一样慌张。她忍不住露出笑来，这个人，过去对她，总摆出大公无私的样子，现在终于暴露出心怀鬼胎了。在这空无一人的幽暗的走廊，她觉得自己把他紧紧攥在手里。

他开口说话了：“严老师，我觉得有必要跟您谈谈……”

“好，我听着！”她说，那语气表明她掌控着局面，但又轻声柔气。她委实不愿对他太凶。

“是这样的，”他对她的温柔感到不适，所以他说得非常急，好像要立刻把话整筐倒完，好让她收起幻想。他说话的时候，不停地拿手推因汗水滑下来的眼镜，“是这样的，我觉得你对我有误解……”

“误解？”

“是这样……我不是纵容害群之马，不是纵容学生，这样的后果我当然懂得，你知道一个班级，学生几十人，教师只有一个人。学生要举手才能提问，这我知道，当然会这么规定，她好像是有举了手的。对举了手的！因为我当时顾了别的同学了，她也是为了不浪费时间，并不是故意要捣乱，并不是这样的！平时她表现的确是还可以的。只是有些学生，特别是女生，你一定也知道作为男教师你设身处地想一想，工作是不太方便的，现在学生鬼灵精怪……”

“麻莉”也不想争执真相，虽然他是在袒护那个女生，但跟他纠缠真相，就可能搞崩。她是为了跟他发生联系，继而把他拉过来。她叹了口气，用责备的口气道：“你不好管，怎么就不交给我呢？你班上的学生犯了纪律，我总是毫无顾忌找上你，不管是在你上班时间还是课后。我们之间还客气什么？”

肉麻的感觉像毛虫一般粘在他的身上。他僵硬地笑了笑：“那是我工作没有做好……”

“你工作做得怎么样，我是最清楚的。我在校长那里也是这么肯定你的。校长对你非常器重，他常说，现在年轻人，要么是这不行，要么是那不行，校长把眼睛看着你呢！”

这他知道，校长曾经明明白白对他说过要重点培养他。当时他虽然嘴上没说什么，心里却嗤笑，自己根本不想在这鬼地方待下去。但现在想起那时候，他还没有跟女生发生关系，还没有造孽，那时候如在美梦中，那时多美好，没灾没难。他无力摇着头说：“这种话还是不要说的好。我自己的工作都没有做好……”

她扑哧笑了。“你还记得那学生的事哪！我自己班上的学生什么样子，我自己心里是明白的。这个女孩子特殊气十足，究竟为什么，我又不是不知道。”

笼络到了他，她开始打击那女生。

“你知道什么？”他失口叫起来，心中有好几个水桶七上八下。他疑心自己和那女生的事掌握在这个母老虎手里了，那就是末日来临了。他恐惧地盯着对方，既怕她不回答，又怕她回答。他恐惧着，不知道怎样才好。他几乎要向面前这个女人跪下去。

她的嘴唇张开了：“还不是因为有个表舅！”

原来是这个！他一个轻松，这下真是要垮得跪下去。这个女人可真会故弄玄虚。

“当初她表舅也叫我给补课，我就拒绝了。没法补。亲不亲，疏不疏的，关系太难处理了。又在我自己班上。当然补课能提高我自己班级的平均分，但我想了又想，还是不行。”

“我也是被逼无奈！”他连忙说。

“我知道，我知道。这种关系嘛，难拒绝。许老师也答应了。”

他吃惊，自己怎么都不知道？那女生也没有告诉他。她可是对他无话不说的，连谁睨她一眼，也要跟他唠叨半天。尽管他平日对她的唠唠叨叨从来心不在焉，但现在得知她没有告诉他去许老师那里补课，还是很在意。这说明她有城府，真是滴水不漏。她跟他都上床了，都怀上他孩子了，竟然对他有二心。现在的孩子真是可怕。那么也说明她根本没有跟他同心。那么也好，他可以脱身了。

那边“麻莉”仍在絮叨,说她某一天去许老师家遇到了那女生。“真的？”他惊讶叫,他让自己惊讶叫起来,显得非常意外。他向她求证,她言之凿凿。他如获至宝，他真感谢这个“麻莉”。他原来讨厌她，但现在她成了他的救星。

回到宿舍，坐在椅子上，他目光幽幽，挖掘着真相。那女生为什么要隐瞒去许老师那里补课？许老师老婆孩子都在外地，这样，他家就是自由之地。虽然有老母亲同住，但老太婆耳聋，眼睛也不好使。即使听见看见，是自己的儿子，又不吃亏，这样的事母亲哪里会不愿意？即使不愿意，又哪里能制止得了？他的思维活跃，触角终于钻进了一个狭窄而幽深的洞里。他隐约意识到这洞内有他渴望得到的救命的武器，他放任自己几乎到了不近情理的地步，但同时又揣着对希望落空的恐惧。为了清除这种恐惧，他从椅子上站了起来，在房间里疾速来回走步。他忽然站住，退到房间角落去，瞧着被如血夕照抹得平坦坦的房间的地面。

他回忆着他跟她发生那事的情景，他们所在的位置，椅子翻在何处，突然一个炫目的光。现在那光并不那么强烈了，可见自己是已经抽身出来了。应该是!

这时老油来找他了。那一天回去后，老油越想越觉得不对，把女生肚子搞大的应该就是他，他摊上事了。这个书呆子可能还没有意识到问题的严重性。老油为他急，就跑来了。

老油问是否已经说服了那个女生了。他一摊手:“我也不知道。”

老油急了:“怎么能这样处理事情！你这个书呆子！男人做点

错事可以理解嘛！”

“你说我？”他反问。

老油愣了。“不是你是谁？别装了！”

“我装？”

“还不是装？”

他不作声了。果然，老油猜得没错。老油有一种惊喜加得意的感觉。

“我讲一个故事吧，”他忽然又开口了，“听得懂的是真事，听不懂的，就当它是故事。有一个男的，跟一个女的在稀里糊涂中有了事，过后女的说怀孕了，男的要她去人流，女的不肯。这时候，男的发现那女的还有另外一个男人……”

老油大吃一惊。他倒稳稳地笑了起来。老油本来是满腔热情来救他的，现在倒显得可笑了。但他不甘心，他仍然找到了指责他的理由。“你怎么就能断定那女的怀的是谁的孩子？”老油问。

“那就管不着了！”他甩着手。

“管不着？如果是……你的呢？”老油直接指他。

“跟我什么关系？”

他想表达这事跟他没关系，他说的只是别人的事，但老油却直指他就是当事人，“如果真是你的呢？你的骨血，你的精血……”老油在寻找最恰当最刻骨的词，“你的精血，是要亏的！这是你第一个孩子，是要亏你一辈子运气的！”

他一跳，有一阵滑精的感觉，那是从身体最深层发出的留不住的感觉，甚至有一种要死的感觉。他本能抵抗：“什么乱七八糟的！你这是信耶稣吗？”

“耶稣也要科学化了嘛！”老油油油道，“没听说很多科学家最后去信教了？”

“你这算什么科学！”

“有科学这玩意儿吗？”

“怎么没有？你是典型的没文化，无知者无畏！”

学校广播喇叭响了起来：“现在播送讲座通知：今天下午第三节课，校团委举办爱国主义教育讲座，题目是《洋务运动与中国现代化进程》……”

“洋务运动？现代化？”老油调侃地蹬蹬脚底下破损的地板。“看来你校长还不保守。当然他讲与时俱进，这倒是跟你相通了。”

“我才不呢！”他说。

“当然也不一样。你是现代化到国外去，他是现代化到国内来，从一百多年前就讲现代化到中国来，却都跟海市蜃楼一样消失了，消失了又来，循环往复，以至无穷。”

“你政治学得不错嘛！”

“不是政治，是辩证法！”老油纠正，“你虽然是高才生，但你是理科生。不要以为文科强，考大学没优势，但在生活中，文科还是有高屋建瓴的指导意义的。所以你得听我的，还是快做决断，尽快解决掉！”

老油竟然还是建议做流产，这是出于理性的考虑。老油这时候把“精血”“骨血”这一套说辞抛到九霄云外了，那本来就不过是老油为了逞强，随手抓来镇住对方的武器。他也没有发现破绽，也随着老油的思路走。他抓住的是另一个武器，不，是救命稻草，那就是孩子也许是许老师的。“怎么就断定是我的？”

“这种事怎么说得清？大着肚子满街走，她说是谁的就是谁的。”

“她说？我也可以说！”

“到时候可就没你说的份了！这种事一曝光，臭者臭，怎么说得清？全都一锅端！”

他想想也对，网络上此类事甚多，女的一旦开口，男的就是真无辜也难还清白了。

“我操！这么说男的总是没理？总是吃亏？被人冤枉扣了绿帽，还得老老实实戴着？”他叫。他当真愤怒起来，好像真有谁往他头上强扣绿帽，自己完全是个受冤者。而一旦他这样认定，就立刻有许许多多证据在他脑中出现，雄辩地证明他的观点。在真假不辨的烟幕下，他心底有一股正气在冒，最后充满全身，同时产生一种发自深层的轻松。他甚至是故意愤怒，以此彻底消除了自己的负罪感。他从来没有罪恶意识，但现在忽然有了，不过是针对别人的，是别人对我犯下了罪恶，他从制造孽债者，转换为索债者。事实不见了，是非没有了。哪怕我有罪，但你也有罪。哪怕我们都有罪，现在这罪果搁在我这里，由我来承担，我是倒霉了，那么罪感也减轻了，倒生出了一种悲壮。好吧，我只能来解决。但这不是我应当承担的，那么解决，我可以不择手段。怎么不择手段？除掉她。当然这念头很快就被他打消了，那可是犯罪的。就像这社会上的人会闪出极端念头，但到头来还是作罢了。

或者是伺机？只要机会到来，轰隆隆会冒出一拨拨报复者，就像《让子弹飞》里的情形，人们从楼后面、地底下冒出来，握着武器，围拢而来……

每个人都是复仇者，虽然每个人也都是罪恶者。

女生再次来他宿舍时，他把宿舍门开得大大的，他要对她，也对大家表明他和她之间并没有什么见不得人的事。他所以敢这么做，也是因为这时门口不会有谁经过，他的勇气是建立在审慎基础上的，好像一个人要跳水自杀，去跳一个浅滩。

他大开房门，让她产生了误解，以为他是有意要公开他们的关系。所以她进屋后嗓门也大了，在房间里来回走动，鼻窟窿张得大大的，一副有恃无恐的悍妇姿态。她将班主任大骂一通，他又慌张跳起来去关门。关门前，他还探个头，瞧瞧有没有人在外面。然后他回头来，昂扬了嗓音，严肃道：

“老师毕竟是老师，学生不能没礼貌！”

她并没有注意到他立场的变化，仍然说：“她算什么老师呀？一个泼妇！她还说你呢！”

“快给我站好！走得人头都昏了！”他叫，“说我什么你不要管，老师跟老师间的事。”

她停住脚，像是从很远的地方瞄着他似的。他慌忙把眼镜脱下来擦，他没戴眼镜的眼睛显得那么冷酷。好一阵她冷笑道：

“说得多么体面呀，老师跟老师间的事。那我的事就不是事了？”

她气急急拍拍自己的肚子。他头脑轰地一响，仿佛脑底有沉渣泛起。他想干脆把她和许老师的关系捅明了，但话刚要出口，立刻又吞下了。他嗫嚅一句："小孩皮大人灾……"

她没有理解他的意思，挥舞着手嚷道："我是灾？我是灾星？我早知道你这么看我。好，我不害你了！我自己生下来自己带，上刀山下火海，也跟你没关系，最坏抱着去跳海！"

她就往门口走。他没有追上去，她的反应豁然在他面前打开了一扇门：她要自己解决，这不是就解决了？他没有去拦她。他希望她去，他就解脱了。过后他可以去忏悔，无论她肚子里的是他的孩子，还是许老师的孩子，他都愿意忏悔。但只是忏悔，只是因为争吵，他并没有杀她，是她自己要寻死的。

但她闪出门的一刹那，他又心头一紧，扑过去把她抱住。他把她拉回门内，然后把门关上，用身体堵住门。"人家讲什么，你扯什么了嘛！"

她执拗地挣扎着："不管扯什么，反正我完了！叫我怎么去见人？不如一头跳到海里……"

"都胡说什么了！有什么事不能好好商量的呢？你开口就是跳海，还能解决什么问题？"

她终于扑在他肩头，捶着他的背，号啕痛哭了起来。她哭得天昏地暗，蓦地止住了，抹着眼泪，心满意足走了。他忽然意识到自己又释放了一个极其错误的信号。他为什么要去劝她？要对她温柔？他恨死自己了。

她从他的宿舍出来，宿舍楼前小树林里的鸟儿已经回窝了。它们在啾啾叫，夕阳在它们肚皮下闪烁。她蓦然记起哪一天也是这样的夕照下，他要了她。她不禁回头望那间他爱她的房间窗户。她瞧见了他在窗口探她，她对他做了个鬼脸。他连忙把头缩了回去，她笑了起来。她笑他胆小，笑他不诚实。还说要打掉！她想，就知道不能听你的！

她不是没有想过肚子里的问题，首先她怕做手术，其次，她爱着他。她又快毕业了，这肚子能挨得到毕业的，她算好了。她知道他不愿意现在让人知道，那就等到时候再说出来。

可是当天晚上她就出现了呕吐反应。母亲问她，她只能说是被班主任气的。“气会气得吐？”母亲道。

“妈，你不知道那个女人多恶心！”

“那恶心不是这个恶心！”母亲说。她何尝不明白，只是敷衍罢了。好在父亲打岔进来：

“你别总说别人坏！老师坏？老师会害你？”

她就数落起班主任的不是来。她的话里有真话，也有编造的，也有夸大其词。起初她只是为了掩饰，强词夺理，但说着说着，她理直气壮起来。因为她真的恨那女人，那女人阻碍了她向他撒娇，她觉得自己背后有他，于是她说的内容变成了班主任迫害她，而数学老师救她。她这么说着，自己也相信了。

那晚她表舅刚好在她家吃饭，听着她诉说，一盏接一盏地喝酒。这对他简直是耻辱。自己本来一直被看作在学校很有人缘，这下没面子了。自己好歹也是学校职工，虽然不是老师，但也算这些老师的同事，有事情可以商量，你“麻莉”却这样。想想当初“麻莉”怎么说也不肯补课，这些都是有联系的。他早风闻“麻莉”看上了跟他配班的老师，但追不到。你追不到，怎么拿小孩出气？他一拍桌子站起来：

“他妈的！看老子整她！”

早读课前五分钟，“麻莉”肯定站在她自己教室门口。一方面是监视自己的学生；另一方面，也是为了跟他搭讪。他总是姗姗来迟，今天更迟了。他没来，她班上做包干区的两个值日生，扛着折断的竹扫把柄向她走来。她一拧眉头问：

“怎么回事？”

两个值日生用带哭腔的声音讲了原因。原来，她班级的卫生包干区就在那女生表舅工作间周围，今天早晨，两个值日生正在扫地，那表舅忽然冲出来，说影响他干活。两个值日学生争辩两句，他就一把夺过扫把，一顶膝盖，折成两段，又把另一把缴获，说，叫“麻莉”来拿！

“麻莉”自分配到这个中学，就不断遭到攻击，她早已练就了金刚不败之身。她嗅出对方是冲着自己来的，她下意识地向教室欠身，瞥了一眼那女生。女生好像是早有预料，竟还有恃无恐地瞟了她一眼，然后眼睛又吧嗒吧嗒朝天转着，大动嘴唇念书。她受了刺激，转身就找那表舅去。

她到时，那表舅并不理睬她，只照样干自己的活。她一跺脚，他才看过来。“还以为是谁呢！”他说，“怎么这么生气？没男人理你了？”

“说什么呢！”她竟然气弱了。

“说什么！自己明白！再给人家打饭也没用！看自己长什么样。”

她知道他在说什么，她转身去找校长。但在去校长室的途中，她又改变了主意，她要去找他。她向他宿舍走去。她可从来没有去过他宿舍的，他一见她，惊得嘴都合不起来。她却一头撞进房间，眼泪簌簌掉了下来。

他不知道是该关门，还是不关门。最后他决定不关门，他跟这个女人又没有什么事。

她自顾哭着。哭歇了，她才发现他还站在门口。她叫：“还不把门关上，让人看了笑话！”

他才迟迟疑疑关门，仍是虚掩着。

单独跟他待在一起，而且是在他那充满神秘气息的房间里，吮着鼻子里热辣的味道，她顿时觉得自己原来要向他倾诉的话，多么无关紧要。她决定铸造骇人听闻的事件。

“你听说过闲话？”她诡秘地问。

“什么闲话？”他紧张。

“就是，说你和我……”

他呼出一口气。这他倒没想到。这谣言把他的担心盖住了，反而让他安心。他稳稳摇着头：“我才不急呢，你也别放在心上，让他们捕风捉影好了。”

她感觉被对方推开。她懊丧，但她并不甘心，她坚持：“我一定要查到底！你知道吗？搞我们鬼的人就在身边，就是——”

她故意停了停，吊他的胃口。但他对这根本没兴趣，竟出现了冷场。她只能说出来了。她说是那女生造的谣。他愣住了，这怎么可能？

这是怎么回事？他又想。他明明知道这个“麻莉”的话不可信，但他还是很重视。当然他也清楚，这是自己的阴谋，他终于又抓住了那女生一个把柄了。他变得愿意相信这个女人了。现在的孩子太阴险了，不是他糟蹋她，而是她钓他。她为什么要造谣呢？一方面她死缠着他，另一方面又造他的谣。是不是她把他跟“麻莉”绑在一块，她就可以顺理成章跟许老师了？虽然她还表现出黏我的样子，但其实她是准备伺机一跳，跳到许老师那边去。毕竟我什么也没有，而许老师是有家产的人，可以接管现成的财产，现在的女孩子不都这样吗？

“你什么时候听到的？”他问她。

她没料到他感兴趣，她兴奋起来，说：“什么时候？老早就听说了！”

她说“老早”，这时间是含糊的。但是他却认真听进去了，问：“那么，‘老早’以后，就没听说了吗？”

她没有听懂他的话，愣了一愣，随口说：“也听说过。要不，我今天怎么来你这？”

她不是说来找他，而是说来他这，突出现在是在他这里，这里的氛围。但他明显没有兴趣，他感兴趣的是事件本身。他骂：

“真是可恶！”

“我们要站在一起！”她说，还把胳膊伸向他。他本能地一缩。他忽然清楚她的意图了，她要把他跟她绑在一起。这他不愿意，他觉得被塞了一只苍蝇在嘴里，那样恶心。这女人她要干什么？她来搅局，她要掀妖浪。他想把她赶走，他用嘴赶，她不走。他就动手，把她拉起来，推她。推不动，他才发现她的背很厚，她像一头母牛，这个能量让他无奈，令他害怕。他这是遭什么桃花运啊！两个女的，两面夹击，要把他夹死！蓦地，他发现了一个契机：可以让她们互夹。这女人搅局，可以利用她，让她去整女生，女生不是要去跳海吗？她要做浪，我就给她风。以毒攻毒。至于面前这个女人到时候黏上他，他又没有动她，那么她就不可能要挟他。这就是中国人的智慧。有时候他觉得老祖宗的智慧还是很实用的，比如《孙子兵法》，兵不厌诈，就是“下三烂”手法也可以用。而且就是用“下三烂”，《三国演义》里满是尔虞我诈，相比之下，莎士比亚戏剧里的阴谋太小儿科了，“美剧”好看，但其实那些阴谋的桥段，对中国人来说并没什么新鲜。他于是握着拳头，砸向桌子。“他妈的！”他骂。

她惊喜。她好像被注入了强心剂。她也拿拳头砸桌子：“对，我们绝不能坐以待毙！人不犯我，我不犯人；人若犯我，我必犯人！”

她一副宣战的架势，让他心里好笑。但他没有笑出来，现在她是他的枪。

“我有一个创意！”她说。这女人有什么鬼点子？他装作倾听。“我们两个班合起来搞个主题班会，怎么样？”

这女人要折腾什么？“这主题班会的主题就是……‘拒绝社会不良思潮的影响’。现在的学生，哪里像学生？简直是社会青年！

这也是当前普遍存在的问题。”

这简直是馊主意。搞主题班会？他就怕事情公开化。但她可谓一箭双雕，既能整人，又能产生公共效应。他后悔上了她的贼船了。他说：“好是好……可是对学生，还是挽救为主……我是说，现在学生正处青春期、叛逆期，拿去示众，就更叛逆……”

“没关系！对歪风邪气，就是要刹住！”

“不行！”他不得不强硬起来，“你要搞，你自己班上搞，我班不搞！”

他这话，让她解读出是在跟她分离。这是她最不愿意的，她妥协了。“我知道，你不好得罪那表舅。”她说。

她怎么这么想？但他很愿意她这么误读。他承认。她说，那就她自己来。

“你想怎么做？”他问。

她意味深长地冲他笑了笑，这幽暗的笑，他最忌讳了。她也像一个鼻涕，黏在他身上，抖也抖不掉。好在这是真的鼻涕，不是精液。他不欠她的，他释然了。这女人要闹什么幺蛾子，随她了。

接下来几天，“麻莉”没有动静，也许还没有想到新的计谋。他知道她有一个性格，要做就要做最好的，整人计划也应该是。他等待着，既期待又害怕。那边那女生又来找他，他不开门，电话不接。她发短信来，他虚与委蛇。但他知道这样绝对不是办法，何况那肚子里“孽障”一天天在长大。他简直是熬着。他渴望“麻莉”赶快想出个办法，制订出对他最有利的周全方案。但是他没等到，事情发生了。

这一天上早操，那女生突然举手，要上厕所。“什么时候，上什么厕所！”“麻莉”啐道，“你特殊？”

“就是特殊！”女生应。

其实那女生只是嘀咕了一声，在操场上，广播体操前奏音乐又在响着，“麻莉”应该听不见，但她竟然听见了。“你说什么？”她喝叫。

大家全看了过来，这等于当场示众了。被这么一刺激，女生也横了。想想，自己确实就是特殊，自从发现自己怀孕后，她上厕所的次数明显多了。她去“度娘”，说怀孕初期会尿频。这是数学老师的孩子，她觉得自己当然特殊。她眼睛寻找数学老师，他赶紧躲开。但两个班级挨在一起，他还是没有躲掉。因为他在躲，就顾不上去制止她，哪怕用眼色。那边“麻莉”又在逼她：“你再说一遍！再说一遍！”

“就是特殊！”她大声应。

“麻莉”脸上麻坑一个个暴红了。她突然厉声尖叫着向女生扑去。她直接破开学生队伍，学生们骇然闪开。她很快扑到女生跟前，伸手就揪对方头发。女生挣扎着，她们个头不相上下，女生竟也揪住“麻莉”的头发。你抓我，我也抓你。你要控制我，我也要控制你，两个人像陀螺一样打转起来。学生们四散奔逃。操场上尘土飞扬，她们就在灰扑扑的光影中打转。其他老师纷纷把自己班级学生喝住，但他顾不着自己班上学生了，他只想自己逃跑，一种末日降临的感觉紧紧攥住了他的心。但他不能逃走，这是他玩的火。怪都怪他玩火，火不由他控制地说蔓延就蔓延开来了。他在学生闪来闪去的身影间隙，瞧着两个格斗的女人。女生的背部朝着他，与她相对的“麻莉”的头正被女生狠狠按在胸前。女生两腿大叉着，毕竟年轻，“麻莉”毕竟老了。但是女生毕竟是孕妇，年轻使她不知收敛，也就不知自我保护。他忽然想到，她这么使劲，肚子里的胎儿是否会堕掉？这样，岂不是就直接解决了？比所有计划都好，其他计划都太拖泥带水了。机会说来就来。他紧盯着女生叉开的胯下，期待着奇迹出现。但一直没出现。那么只能期待外力了，“麻莉”的头被按在女生胸前，只消往下低一点，就顶在对方的肚子上了。这是对方的致命点，他渴望“麻莉”意识到这。但“麻莉”并不知道对方有孕。他几乎要冲上去，帮“麻莉”。但他不敢。他只能提醒，他几乎要叫出来。他张开了嘴，但不知该怎么叫。这时，年段长冲过来，一把将她们分开。

他简直恨这个男人！

年段长控制住女生，“麻莉”乘机把女生的手反剪起来。“你横！你横！反了你了！”她喘着粗气，声音早变了调。她又用胜利者的口气叫：“早就要处理你！你猖狂？看你猖狂！搞死你！搞死你！”

“麻莉”杀气腾腾，让他又充满了期待。但年段长又去制止她。但“麻莉”就是“麻莉”，她竟然不给年段长面子，应道：“我在教育我的学生！你走开！”

年段长只能撒手。这下，女生被“麻莉”完全控制了。她被押着，扳不过身子来。她起初身体还能挣扎，很快只剩下头部挣动，头发盖住了她大半张脸。她的眼睛从头发缝穿出来，他知道她在寻找自己。他赶紧躲开。这下他逃走了，也许是因为她的目光太危险，也许是因为他已经无望了，也许是因为她不再有危险，怎么说？他虽然渴望胎儿堕下来，但潜意识里仍然担心，如果堕下来了，大家都会看见了，事情就败露了。

她明明瞧见了他，他竟然不伸手援助她。他竟然溜走了，她再怎么找也找不到。她一下子觉得身后虚空了，她没有了底气，她绝望。绝望让她不顾被反剪的疼痛，也不顾胳膊会被折伤，她一个反身，竟然解脱了，反把“麻莉”翻在地上。但她丝毫没有胜利的感觉，只有恨。她跑了起来。后面“麻莉”在喊：

“好，好！你跑！你跑！永远不要回来！”

不回来？永远不回来？不回来，不回来……她跑，只想跑，把自己跑消失掉。她跑出学校时，他瞧见了她。他瞧见她往码头方向跑去。难道她要去跳海？

这个念头让他恐惧。他跟上去。但不能让她看到，那也让他恐惧，还是更大的恐惧。那么她跳海就不是什么可怕的事了。当然也可怕，只是没那么可怕。但她死了，不是更可怕吗？但不是他逼她去死的，不是他的原因，是那个“麻莉”，他也讨厌那个“麻莉”，他也恨她。她才是杀人者。

他跟着她，也没有上去拦。忽然他又想到，如果她死了，尸检时就会发现她怀孕了，那样他就会暴露出来。但即使这样，又怎样呢？他不过是使她怀孕的人，不是害她死的人，也不是使她流产的人。他的罪恶都没有实行。

只是她死了，他这一辈子还能安生吗？她的魂，女鬼的魂可是很可怕的。但人死了哪里有魂？迷信，全是迷信！中国人真愚昧！

她果然走到了码头。她在码头上站着。难道她改变主意了？难道她冷静下来了？他觉得自己的心在冷。才发现原来他的心一直热烫的。

有一刻，他生出一个念头，干脆上去推她一把。四周没人。但他很快打消了这念头，这太罪恶，这等于他杀死了她，他不敢，也不能。

他猫在一个集装箱后面，等事态发展。他看见她拿起了手机，很慢地。她要给谁打？不会是父母吧？还是她表舅，给“麻莉”是不可能的……他就是没有想到会给自己。

他口袋里的手机响了，他像被判了死刑一样。他不敢接。鼓起勇气瞥了一眼屏幕，却是“麻莉”的。他轻松地接了起来。她问有没有看到女生？他想说，但他把话吞下了。不能让她来，她一来，事态就缓和了。电话里，这女人已经没有了气，只有害怕，她变得可怜兮兮。这种情况下，一看到对方要跳海，她都会跪下去。即使不会，她一定会拉他一起控制女生。“我怎么会知道……”他说。

“怎么办嘛！”“麻莉”说，“当时我真是太气了，我只是想教育她，你知道的……”

“我知道，我知道……”他说。对这女人，他得安抚。再想想，她也没什么可恶的，是自己利用了她。于是他又对她说了更多劝慰的话。其实不是安慰，他是在拖延时间。他一边瞧着码头的女生，她也打着电话。她是给谁打电话？奇怪，她不是要给他打电话吗？

“现在大家都在找，许老师也在找……”“麻莉”在说。

“他找她干什么？”他脱口而出。

“麻莉”被问住了。“她应该听许老师的话。她应该跟许老师最好了。”

哦，是啊，她跟许老师才最好。那让她找许老师好了，她这不是正在给许老师打电话吗？她肚子里的是谁的？虽然确实会像老油所说的那样，有她说的份，没我说的份，但她这时候还打电话给许老师，说明她不会赖我身上了。这样，就跟我没关系了。我救也罢，不救也罢，都无所谓了。我只是一个看客，看客即使有错，也没有罪。他至多只是见死不救。跟我无关的，我为什么要见义勇为？他的思路扯上了见义勇为，一旦扯上了这高尚的行为，他就解脱了。他是不高尚，现在谁高尚？谁见义勇为？老人倒在街上不是也没人扶吗？谁愿意当“冤大头”？谁愿意被讹？对，这就是讹诈！这么一想，他又成了无辜的人了。本来见死不救也是值得谴责的，当看客也值得谴责，现在，却变成理所当然了。他只是不作为，不作为成了“底线”。

但是，他让自己忽略了一个情况：在他跟“麻莉”通话时，他手机一再有“嘟嘟”声，那是电话打不进的声音。

但是“麻莉”说：“我不跟你说了，以后再说，我还是要去找找！”

电话挂了。这电话一断，另一个电话就响起来了。也许是因为自己蒙蔽了自己，他竟然没想到这是女生的电话，她挂通了。他接起来。

他感觉被逮住了。被声音逮住，就好像被天穹逮住。

但对方的声音却很稚嫩，好像小女孩一样，拖着尾音。“喂——”

奇怪,她怎么会有这样的声音?他没有应。她又说了一声:“喂——”

他仍然没有应,他躲着,尽管他清楚躲而无处可躲。

“你爱我吗?”对方单刀直入。

爱?

“我爱你,你爱我吗?”

他最怕这个词。这是个滴滴落落没完没了的词。他仍然沉默着。

“你说嘛!”

要说,就索性告诉她不爱!什么爱不爱的!他从来就没有爱过她,她别搞错了!但能说吗?

“你不爱我!”她忽然悲怆地叫了一声。“可是,我是真的爱你啊!”

这一声像一颗炮弹,把他摧垮了。自己爱不爱她没关系,她是爱自己的。这难道有什么可怀疑的吗?这声音不会造假,记忆不会造假。他想起她对他的许多好,竟然产生了怅然若失的感伤。现在他愿意放过许老师,承认她从头到尾都爱着自己。他沉浸在这感伤中。但他仍然没有回答,他不知怎么回答。渐渐地,他产生了一种慵懒的感觉,好像小时候赖在被窝里,享受着发自骨髓的酥麻。他隐隐希望这感伤永远延续下去。

“我知道你不爱我!”对方又说,“我早知道你不爱我,我早看出来了!所以我被人家欺负,你也不敢站出来!”

他仍然没有说话。很长时间的无声,他听得到她那边的风声,还有涛声。

“我明白了。”不知过了多久,他听到她说。

她把电话掐了。她要干什么？他不知道。他忽然变得不知道她要干什么了。她会干什么？她为什么要到这里来？她是怎么到这里来的？发生的一切，他好像全不知道了。到了这份上，他自己都不能说服自己责任在“麻莉”。那么，只能让自己糊涂。但他分明看到她在脱鞋子，她要干什么？他仍然感觉自己不知道。但他不能让自己不知道，他应该知道，那么他应该怎么办？他要阻拦她。这不是开玩笑的。但他整个身体懒懒的，他告诉自己这不应该，但他就是调动不了自己的身体。她又把电话掐了，掐断了他跟她的救命线，不然还可以喊她。人跟人之间的连接，有时候就是这么脆弱，电话、短信、微信，忽然断了，就再连接不上了，再没有了。

但他就是没想到自己可以直接喊她。他也怪罪自己，为什么不回答她？他陷入深深的忏悔中，简直乐此不疲，他乐此不疲得无力自拔。他窥见了自己潜意识里的阴险和残酷。

那边，她光脚在海岸上走着。以前她也有这样，以前她也说过跳海，结果没有，只是威胁，于是带有喜剧的味道了。她说过多少次去死了？去死，去跳海，我们日常语言中也常这么说，其实这只是表示她极度气愤、绝望。于是他的心有点得到赦免了。他望着她在码头边沿急速地走，蹬，就好像瞧着顽皮的、赌气的小孩。

蓦地，她不见了。

他后来回忆她不见前的最后一瞬，好像她一个趔趄。他的心揪紧了，好像玩游戏玩出了事故。

其实她真的只是在愤怒，她并没有想跳海，她甚至连表演死亡的念头都没有，因为她根本不知道他在后面看着。

这下他不顾一切冲上去，她确实不在岸上。他瞧海里，海水平静，有一处似乎泛着涟漪。

他愣愣地瞧着涟漪，脑袋一片空白。他让自己头脑一片空白。

半小时后，他拿起电话：

“110吗？有人落水了！”

“你在现场？”

“对不起，我反应太迟钝了！我没能救成！我，我见死不救……”

他哭了起来。

反逻辑

2015年，他如愿去了大洋彼岸。

后来，他如愿移民了。

但出去三十年后，他却回来了。我以为是因为这时中国已超越美国，成为世界第一强国，所以他回来了。

回国的他的样子，好像跟当年没什么两样，除了老了。他好像并没有出国过，或者，只是去那块海市蜃楼的大陆转了一遭。但一接触，发现还是变了，在国内人看来，他变得虔诚了。我以为他信了基督什么的，却不料他一回来就奔去码头，问三十年前跳海自杀的女生的情况。人家告诉他，那女生当时就死了。他说他是问她肚子里的胎儿。

“哪里有胎儿？”人家说。

确实，三十年前处理尸体时，并没有发现死者怀了身孕。至于当时的他，对女生带着身孕去死，也是求之不得。但现在他却在意了，这是我的孩子！一个父亲怎么对他的孩子有不共戴天之仇呢？非除之而不快。

那是他第一个孩子，他的第一泡精血。他的人生至今不如意，都是因为亏了精血。他一直没有结婚，据说是因为他无法射精，精液让他联系到血，他就感觉疼痛。中医说“精血同源”，翻译成英语就是“homogeny of essence and blood”。

“精血？”老油说。我对老油说时，他很惊愕。“我都忘了这茬了！”

“他怎么在乎起精血来了？”

“咱中国人平时不都这么说吗？一种说辞而已嘛！我看他当时也没有放在心上，他巴不得扒拉掉那胎儿。何况，他不是认为那不是他的精血吗？”

我是在写一本关于中国现代化进程的书时，认识老油的。他带我去看船政旧址。他仍然那么油条。

老油说起这个老同学的认真劲，说就因为当时太认真了，他才没能处理好那种事情。哄骗女人打胎，其实只比哄骗她买衣服难一点，比哄骗她脱衣服还容易一些。

老油说，人要搞定自己，说难也难，说易也易。他跟我说话时，我则在艰难进行逻辑推演：一个人到头来怎么成为自己曾经鄙视过的人？一个知识分子，怎么从理性倒回到迷信？但理性就应该替代迷信？大洋彼岸那边，许多人也开始只相信他们所愿意相信的。这世界是逻辑的吗？有逻辑这种东西吗？也许只有从一个点到另一个点。从一个点到另一个点，距离有多远？三十年是否一个周期？“三十年洋东，三十年洋西。”

后　记

谈何反抗虚无，不过是虚无地反抗着

眼前一黑，就什么也看不见了。正在看新闻。不想看，又不能不看。也许是因为自身就很糟糕。还趋暗，如同趋光。上帝给了我黑暗的眼睛，我用它寻找黑暗。不断地钻井，不断地加码，也有预感总有一天会崩，但仍然不可遏制地看着，想着，写着。终于，崩了。

好在坐的是老式藤椅，有半环抱扶围，所以人还在椅子上。没有别人在边上。就是屋外有人在，也没用，已不可能发出声音。但似乎仍有知觉，知觉着世界继续在崩。但我无能为力。世界在离我而去。但世界离你而去不是求之不得吗？但似乎也未必。但世界不由分说地在跟我剥离着，类似于之前我写的至今没有出来的长篇，主人公自杀前的知觉。原来一种情形是可以重复出现的，就像自杀的路会一再去走，一如回家。从现实到虚构，从虚构到现实。

但我这次不想死。

不知过了多少时间，能看到东西了。能够起来了。只是头疼。

疼在我，已经不是什么事了，倒是没有疼的日子让我感觉蹊跷。疼是常态，那么，就算是恢复了常态了，过了。也没有对人说，能不说就不说。自己的事。有时会在空泛的范围里号一声，已经很作孽了。对具体的人，尤其是身边的人，怎能糟践人家心情？人人都“泥菩萨过河自身难保”，你老是出状况，烦死。自己也羞耻。但有一天，从两辆车中间穿过，过道宽大，明明判断着可以顺畅过去，却人一偏，撞上一边的车。才去医院，CT。果然出事了。医生建议：不看，不想，不写。

其实在此之前，就有医生叫我不要写了。当他知道我是作家后，命我给自己松绑。

什么也不能做。就是不听医生的话，也看不了东西，想不了事，更不用说写了。写了也是白写。浑噩中，常想到一句话，据说是周作人说的：“一、有话未必可说，二、说了未必有效，三、何况未必有话。”

接着，脚疾又复发，走也不能走了。于是没事。天下太平。

但已经富养了一个多事的大脑了，想，听歌总可以吧？一次，听日本的《里の秋》，里面唱：

あかるいあかるいほしのそら

竟然发愣，这“あかるい”是什么意思？怎么想也想不起来。就好像伯格曼《野草莓》里垂死的老医生竟然认不出黑板上那句话：“医生的第一责任就是请求原谅。”这歌，我在二三十年前就会唱的。

听佛经。六根清净。佛教比基督教养人，基督教是悖论性思维，满是冲突，而佛教讲的是“中道”。当然，也许是我还未能进入基督教境的缘故吧，而佛教，作为中国人，一出生就在它的境里。但那也不是佛教的，是中国式佛教吧。其实佛教里的禅宗，也不是很平和的，《临济录》里就有：“向里向外，逢著便杀。逢佛杀佛，逢祖杀祖，逢罗汉杀罗汉，逢父母杀父母，逢亲眷杀亲眷，始得解脱，不与物拘，透脱自在。”

最近又看到这段话，是因为讲三岛由纪夫的《金阁寺》。还得上课，毕竟还得靠这份薪水活。只不过讲得浑浑噩噩。但也发现浑浑噩噩似乎恰是讲与读文学乃至写文学的恰当方式。讲到 1945 年 8 月 15 日，日本战败。这在日本人，简直是天塌下来的日子。在此之前，日本人被军国政权忽悠得以为国家异常强大，是战无不胜的。

> 这天晚上，就寝诵经之前，为了特地祷告天皇陛下安康，悼念阵亡者之灵，诵了很长的经。战争以来，佛门各宗都穿着简朴的圆口袈裟，可今夜，尤其是老师穿上了收藏多年的红色五幅布袈裟。
>
> 他略胖的脸，洗得十分干净，仿佛连皱纹的深处都洗净了。今天他的气色确实好极了，似乎感到心满意足。在闷热的夜晚，那衣服的窸窸声清晰可闻，令人感到一阵凉爽。
>
> 诵经完毕，寺庙的人全被唤到老师的居室，举行讲课。
>
> 老师选择的参禅课题，是无门关第 14 则《南泉斩猫》。

《南泉斩猫》也见于《碧岩录》里的第63则《南泉斩猫》和第64则《赵州头戴草鞋》两则，这是自古以来公认难解的参禅课题。

话说唐代，池州南泉山有位叫普愿禅师的名僧，因山名的关系，世人亦称他为南泉和尚。

一天，动员全山去割草时，发现这闲寂的山寺里出现了一只猫。众人出于好奇，追赶着这只小猫，并把它逮住了，于是，引起了东西两堂的争执。这是因为两堂都想把这只小猫放在自己的寝床上而引起争执。

南泉和尚目睹这一情形，立即抓住小猫的脖颈，把割草镰刀架在上面说：

“众生得道，它即得救。不得道，即把它斩掉。”

众人没有回答，南泉和尚把小猫斩了，然后扔掉了。

日暮时分，高足赵州回来了，南泉和尚将事情原委讲述了一遍，并征询了赵州意见。

赵州立即脱下脚上的草鞋，将它顶在头上走了出去。

南泉和尚感叹道：

“唉，今天你在场的话，也许猫儿就得救啦。”

——故事梗概如上所述，尤其是赵州头顶草鞋这段，听起来是难解的问题。

但是，按老师的讲义，问题又不是那么难解。

南泉和尚所以斩猫，是斩断自我的迷妄，斩断妄念妄想的根源。通过无情的实践，把猫首斩掉，以此寓意斩断一切矛盾、对立、自己和他人的争执。如果把这个叫作“杀人刀”，那赵州的作为就是“活人剑”。他将沾满泥泞的被人蔑视的草鞋顶在头上，以这种无限的宽容实践了菩萨之道。

老师做了这样的说明之后，丝毫没有触及日本战败的事就结束了讲课。我们心里纳闷。老师为什么在战败这一天特地选择了这个参禅课题呢？我完全不明白。

也许老师是觉得无须说。明白的自然明白，不明白的，说了也不明白。乃至，不想明白。

“南泉斩猫”是禅宗“公案”。禅宗起源于中国，但中国人不像日本人那么着迷于禅宗。中国人还是喜欢把问题说明白的，于是现在谁都在说，到处都在说，说，说。我自己也在说。聒噪。

也许只是因为没意思？蓦然想起青年时读到的契诃夫的《没意思的故事》。在所读的契诃夫小说里，当年对这篇特别有感觉。也许是因为篇名。“少年不知愁滋味，爱上层楼，爱上层楼”“没意思”，是当年的口头禅。当然到如今才知道，“却道天凉好个秋”才真正是“没意思”。

契诃夫擅长写没意思的事，《没意思的故事》是在他哥哥死了，他自己也在病中万念俱灰的情况下写的。当然还因为爱情，有人说他用自己的病情把自己跟情爱隔离开来。但《没意思的故事》仍在诘问意义。他的常被人提起的《万尼亚舅舅》更是。日本人，村上春树是属于要写没意思的作家，但他的《驾驶我的车》被同样是日本人的滨口龙介搬上银幕，却把原小说中只提一嘴的《万尼亚舅舅》

发扬光大了。这种做法，被许多人所称赞。甚至有人说是契诃夫救了村上春树。同样地，村上春树的《烧仓房》也被同样是东亚人的韩国导演李沧东所改造，据说还有美国人福克纳《烧马棚》的元素。李沧东毕竟原来是作家。

也许文艺就要这么做？不这么做，创作就无所作。所谓文学的支点。或者说，逻辑的起点。

霍布斯把上帝作为思考问题的逻辑起点。当然他所谓的上帝，未必就是基督教的上帝。一次，听一个人用中国的方式说：这就是"道"嘛！"上帝""自然""真理""道"（中国人"真"的真理化）确实有千丝万缕的联系。不管怎样，他们是相信有至高无上之神的。而我，似乎怎么也拢不起这个神。或者说，我也可以相信有这么一个至高无上的东西，但我不知道它是什么。因为无法命名，所以也就不能坚信。更重要的是，我的人生中的所有它的显相，都无法证明它是值得我信仰的东西。给学生讲远藤周作的《沉默》时，讲到"我的人生本身就在诉说着那个人"，讲台上的我，脑子里现出的是由人刻在踏绘上的那张长着络腮胡的耶稣的脸。我身边有许多有信仰的人，或信仰基督的，或信仰其他的，所有有信念的，他们在精神格调上为我所认可，甚至想法也类似，但一顶到具体救世主这份上，就没法谈下去了。他们有所笃信，我实在是没有。他们的思维有逻辑起点，而我，实在无所傍依。

"如果上帝不存在，那么一切都是被允许的。"那么，是否可以反过来问：一切被允许的世界，上帝在哪里？在一个没有上帝的世界，逻辑是可疑的。就像这本书里的事，没有逻辑可言，没有道理，就这么发生了。或者，这道理并非我所认为的道理？所以，恰恰就以它自己的本相，就这么在我感觉的不可思议中，必然地宿命地发生了。

但也许，这又恰就是神的旨意？2019年，我写出《普罗米修斯已松绑》后寄给《花城》，主编朱燕玲告诉我，1979年《花城》创刊号头条发的就是关于普罗米修斯的小说：《被囚的普罗米修斯》。我写《普罗米修斯已松绑》时完全不知道这个，就只觉得要写写普罗米修斯。1979年，也是我考上大学的年份。16岁，天之骄子，意气风发，觉得一切从此会好起来。

2019年，《花城》创刊40年，发了我的普罗米修斯。40年，是否是一个周期？40年，普罗米修斯在中国的观感变了。40年前，普罗米修斯尚“被囚”；40年后，普罗米修斯已“松绑”。40年前，普罗米修斯被追捧；40年后，普罗米修斯被反噬。拉倒吧！松绑啦！已而，已而。没事，没事。不仅是没意思，是没事。

这本书里的事，都是没事的事。

很多作家要张臂拥抱我了。长期以来，他们写的不就是没事？或曰“沉默的权利”？总会找到合适自己的说辞。所以他们自己也不会有事。但我跟你们绝非一路。在我，没事就是最大的事。

又有人要从写作学上举手赞成我了：对啦，把事物端出来就行啦，不造事。乃至，取消思想。我跟你们也不同路。我不敢染指“思想”，只能用“想”。文学所以低端，就因为写作者不想。或无力，或怯懦，或偷懒。说是把思想隐藏起来，实际上是没有。不仅没有思想，连想也不试图。可以分裂而想，但不能没有想。而且想恰恰就是分裂的，想而想不出。人能够想出什么呢？但又不能不想，又要去想。明知想不出结果，没有出路，却还想着。想得头炸裂，想与想打起架来。

不知所云，是吧？

即使有那么一个逻辑起点，放到作为作家身上也没有了。或者说，文学自有逻辑。常人相信，但作家不信。世俗遵循的是“日常性”（借用舍斯托夫的概念）。看那些知识分子滔滔不绝说着正确的话，一腔正气说着有良知的话，让人像鸡啄米一样点头称是，其实是废话，只是一堆讨人喜的话。应该向何处去？应该有怎样正确的人生？怎么办？也许知识分子自以为有答案，但作家不是知识分子，就像陀思妥耶夫斯基不是别林斯基一样。知识分子切入世界，作家也切入世界。知识分子以理性，作家则破除理性。知识分子相信有道路，而作家，即使已见曙光，也顽固地扭过头去，坚决不信。作家也和知识分子一样会愤怒，但愤怒之后呢？一切都不能解决。

何况，换成我也不怎么样，难说还更坏。

一切都是合理的。要破除这种合理性，只能用非理性来对合理做出反应。这是应激反应，只能如此。只能无理，只能偏激，发泄，唯发泄乃作家之行动，唯偏激乃作家之立场。

知识分子向生，作家向死。如果你是知识分子，那你就探寻道路去，这也应该，人总不能坐以待毙；如果你看到更浩茫的黑暗，那你就进入文学。但你必须做到文学的极致，与黑暗撕扯，而不是与黑暗和解。

但又说，要有担当。也被用来赞扬我。我有什么担当？“担当”

“承担”，这些词容易被“扯正”，太正确，且甜腻。哪怕说“承受”，也是“大路货”。我们能承受什么？

许多话听起来是对的。无比正确！要“正能量”，要理性，要讲道理。难道不要讲逻辑吗？难道不要有希望吗？难道不要好好说话吗？难道不要树立正确的人生观吗？难道不承认问题很复杂吗？都对，极其对，但要警惕被人家暗度陈仓到他的话语里。

曾经有人问我：你既什么也不信，那就应该彻底虚无，该吃吃，该喝喝，该捞捞，该卖卖，你为什么还折腾？你究竟是虚无还是不虚无？“虚”而不“无”吧。不“无”，就是反抗。反抗虚无？谈何反抗虚无，不过是虚无地反抗着罢了。其区别在于，前者，再借用舍斯托夫的概念，属于“希望哲学”，后者属于……“悲剧哲学”？舍斯托夫说陀思妥耶夫斯基的，似乎也不合适。“悲剧”也是一个“大路货”词。但“反抗”何尝不是？就用以头捣地罢。但“以头捣地”还不也是？没词……可怜作家又是以词为戈的人。姑且用“反抗”吧。文学的支点就是反抗，绝望地反抗。

如果你是真正的作家，你应该比任何人更痛苦，更绝望。

有人说，都绝望了，你还反抗什么？还有神经在。芥川龙之介有句话：“我没有良心，我只有神经。”

想起卡伦·霍妮曾经谈到一个小说。男主人公在妻子死后痛苦难当，不可遏制地想，想得脑裂，最终昏厥过去。他解脱了。这是出路吗？不，是沉溺，是享虐，用享虐让自己充分自主地存在。我认为享虐才是打开文学的钥匙。遭遇苦难，着迷于荒谬。作家看到了荒谬，企图写作。写作用语言，但语言铺不出道路。作家只是背着十字架走的基督样的东西。卡夫卡就这样走着，他的文学最杰出部分是：行刑机器出了故障，行刑军官让被判决者回去，被判决书者却把这个命令视为惩罚，摊着手央求让他留下，甚至跪下。而军官，被他得意发明的行刑机器杀死，“他双唇紧闭，眼睛睁着，恍若生者，目光安详，充满信念”。表演饥饿的艺术家，表演结束后仍然不肯吃东西。“‘因为我找不到适合我胃口的食物。假如我找到这样的食物，请相信我，我不会招人参观，惹人显眼，并像你，像大伙一样，吃得饱饱的。’这是饥饿艺术家最后的几句话，然而，从他那瞳孔已经放大的眼睛里还流露出一种不再是自豪，而是坚定的信念：他还要继续饿下去。”卡夫卡究竟在写什么？写来写去，不知写了什么。但还写着。说西西弗斯推石头都太自以为是了，是，被绊脚。

永远地绊来绊去，永远走不出去，倒成就了文学。

“成就”？又回到正价值了。一开口就不对。

病又犯了。拉倒。

陈希我

图书在版编目 (CIP) 数据

普罗米修斯已松绑 / 陈希我著. — 北京 : 北京十月文艺出版社，2022.9

ISBN 978-7-5302-2206-5

Ⅰ. ①普… Ⅱ. ①陈… Ⅲ. ①中篇小说—小说集—中国—当代 Ⅳ. ①I247.5

中国版本图书馆 CIP 数据核字 (2021) 第 246948 号

普罗米修斯已松绑
PULUOMIXIUSI YI SONGBANG
陈希我 著

出　版　北 京 出 版 集 团
　　　　北京十月文艺出版社
地　址　北京北三环中路 6 号
邮　编　100120
网　址　www.bph.com.cn
发　行　新经典发行有限公司
　　　　电话 010-68423599
经　销　新华书店
印　刷　河北鹏润印刷有限公司
版　次　2022 年 9 月第 1 版
印　次　2022 年 9 月第 1 次印刷
开　本　880 毫米 ×1230 毫米 1/32
印　张　10
字　数　213 千字
书　号　ISBN 978-7-5302-2206-5
定　价　49.00 元
如有印装质量问题，由本社负责调换
质量监督电话　010-58572393